编委会

指　　导：中共佛山市委宣传部
　　　　　中共佛山市委党史研究室
主　　编：夏金旺
副 主 编：盛　慧
执行主编：刘　东
编　　委：李伯瑞　邹婧婧　朱郁文　罗祎英
　　　　　王思伟　崔爱琳　赵芳芳　苟文彬
　　　　　周崇贤　谭旭日

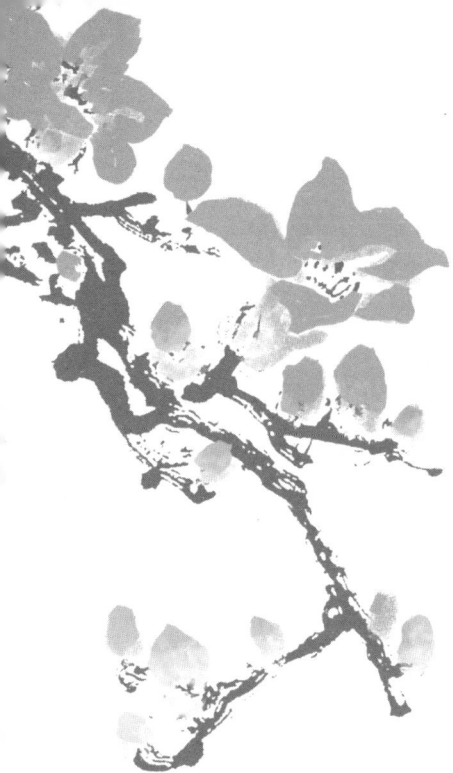

红棉永绽放

——佛山先烈故事选

佛山市艺术创作院 编

暨南大学出版社

JINAN UNIVERSITY PRESS

中国·广州

图书在版编目（CIP）数据

红棉永绽放：佛山先烈故事选／佛山市艺术创作院编. —广州：
暨南大学出版社，2022.4
ISBN 978 - 7 - 5668 - 3387 - 7

Ⅰ. ①红… Ⅱ. ①佛… Ⅲ. ①革命故事—作品集—中国
Ⅳ. ①I247. 81

中国版本图书馆 CIP 数据核字（2022）第 055422 号

红棉永绽放——佛山先烈故事选
HONGMIAN YONG ZHANFANG——FOSHAN XIANLIE GUSHIXUAN
编　者：佛山市艺术创作院

··

出 版 人：张晋升
责任编辑：潘江曼
责任校对：周玉宏　林玉翠
责任印制：周一丹　郑玉婷

出版发行：暨南大学出版社（510630）
电　　话：总编室（8620）85221601
　　　　　营销部（8620）85225284　85228291　85228292　85226712
传　　真：（8620）85221583（办公室）　85223774（营销部）
网　　址：http：//www. jnupress. com
排　　版：广州良弓广告有限公司
印　　刷：佛山市浩文彩色印刷有限公司
开　　本：850mm×1168mm　1/32
印　　张：6. 75
字　　数：180 千
版　　次：2022 年 4 月第 1 版
印　　次：2022 年 4 月第 1 次
定　　价：39. 80 元

（暨大版图书如有印装质量问题，请与出版社总编室联系调换）

Contents —— /目　录/

他以热血荐轩辕

——记革命先烈梁桂华

盛 慧

1921 年 3 月，广州正式成立了广州共产主义小组。由于佛山经济发达，产业工人众多，王寒烬、梁复燃两人接受广州共产主义小组书记谭平山布置的任务，回佛山发动工人组织工会。他俩经常往返于广州、佛山之间。

俗话说，万事开头难，找准切入口就能事半功倍。根据谭平山的意见，小组准备以理发店工人作为切入口。他们认为理发店里人来人往，店里的工人消息灵通、头脑灵活、思想开明，易于接受新事物。当时佛山镇有出租剃刀的惯例，他俩便以租剃刀的名义到理发店与工人接触联系，由此结识了梁桂华，正是这一次非同寻常的见面，让共产主义的火种传播到了佛山。

理发师走上革命道路

梁桂华原名贵华，参加中国共产党后改名桂华，1893 年农历十二月二十一日出生于云浮县思劳乡三坑村的一个贫农家庭。他的父亲梁积是一名搭棚工人，长年在外谋生，梁桂华一年见不到他几次。就在梁桂华 12 岁时，梁积在香港搭棚时一脚踩空，不慎从高空落下，当场摔死。资方非常冷血，连一块钱的抚恤金也不愿给，梁积的遗体还是由他的工友们捐款埋葬的。

父亲的惨死和资本家的冷酷无情，在梁桂华幼小的心灵中刻下了不可磨灭的创伤，他发誓长大了一定要找资本家算账！

梁桂华

　　梁桂华的家乡是个穷乡僻壤，加上连年战祸灾荒，人民过着饥寒交迫的生活。他的母亲严五，在家佃耕一两亩瘦地，兼打短工和割草去卖养活一家老小。他从小跟母亲劳动，替地主牧牛，父亲惨死后家境更加困难。母亲想来想去，儿子唯一的出路就是去学一门手艺。当时，云浮人的理发手艺很出名，广州很多有名的理发店都是云浮人开的，而且云浮人开的理发店，有一个不成文的规定——只收同乡为徒。虽然理发这个行当旧时被列入"下九流"，但混口饭吃是没有问题的。于是，14岁的梁桂华和他的很多同乡一样，离开家乡，到广州学理发。学徒生活非常清苦，没有工资，每年店里只供给一套衣服、一双鞋子，每月只得一两元"凉茶费"，出师后才发一套工具（推子、剃刀、铰剪、梳子），或介绍去其他店当练习生。梁桂华很勤快，每天早上，天还没亮，就起床生炉子，晚上，总是负责打扫店里的卫生，把店里收拾得干干净净。三年后，梁桂华终于出师了，经人介绍到了佛山，在永汉理发店当工人。

梁桂华故居

　　来佛山之前，梁桂华听说这里经济非常发达，可谓遍地黄金，但到了佛山后备感失望。佛山是南派功夫的发源地，乡人尚武，不过，也有一些习武之人，仗着自己有点儿功夫，常常欺压乡里。有一年农历十二月二十五日，永汉理发店里人头攒动，忙得不可开交。见生意这么好，老板乐得合不拢嘴。突然，他脸上的表情僵住了。街角处来了三个趿着拖鞋的烂仔，正挨家挨户地收岁晚钱，为首的那个，手里捏着一只小茶壶，歪着嘴，边走边吸，另外两个，手里都拿着铁棍，一副凶神恶煞的样子。这已经是第三批到店里收钱的烂仔了，老板烦不胜烦，但又无可奈何。老板胆子小，躲在内屋不敢出来，只是叫梁桂华出去交涉。理发店是个很锻炼人的地方，经过几年的磨炼，梁桂华已经不是当初那个木讷羞涩的乡村少年了，他变得擅长交际，足以独当一面了。烂仔们大摇大摆地进了屋，没等他们开口，梁桂华走上前去，客客气气地交了保护费。烂仔头目看他们交的钱少，马上脸色一沉，破口大骂："这么一点钱，你打发叫花子啊！"梁桂华便好言好语地说："各位大佬，生意惨淡，实在拿不出钱，请高抬贵手。"烂仔的头目大手一挥，说："少废话，给我打。"梁桂华还没反应过来，两个烂仔就对他一顿毒

打，打完之后还一脸嚣张地说："今天不把钱交齐，就把你的破店砸了。"说着，就准备砸店，梁桂华抹了抹嘴角的血，站起来，拦住他们。这时，老板急忙跑出来，边赔着不是，边乖乖地交了钱。烂仔走后，老板直叹气，因为这一天又白忙活了。这件事对梁桂华触动很大，他心想自己要是有功夫，一定能将这些烂仔打得落花流水。

梁桂华脑子灵光，善于钻研，虽从业不久，但手艺很好。他总能根据顾客的脸型选择最合适的发型，因此，有一些顾客点名要他理发。当时，佛山鸿胜武馆有一个钟姓师傅，功夫很好，每次都点名要梁桂华理发，有时候梁桂华的顾客太多了，他就一边喝茶一边等，一等就是几个时辰。春节过后的一天，店里生意少，一个客人都没有。钟师傅又来理发了，梁桂华一边理发一边问："钟师傅，我想跟您学功夫，不知道您肯不肯收？"钟师傅知道他为人忠厚老实，便爽快地答应了。就这样，梁桂华白天理发，晚上就到钟师傅的武馆勤学苦练。钟师傅毫不保留地把自己的生平绝技传授给他，并告诫他练武防身之道在于救国兴中华，千万不要随便炫耀自己的本领。

梁桂华谨记师傅的教诲，养成了谦虚谨慎的好品质，苦练出一身好武功，未过几年，就成了佛山小有名气的国术师。与此同时，他结识了鸿胜武馆的武师钱维方和周侠生。钱维方是佛山鸿胜武馆馆长陈盛的首徒。周侠生是南海县神安司大冲堡荷溪冲边（即现在广州荔湾区）人，童年时便到黄伦开设的武馆学习武艺。三人一见如故，经常聚在一起切磋武艺，有时也谈论时政，针砭时弊，结下了深厚的情谊。

梁复燃与王寒烬第一次见到梁桂华时，便发现梁桂华为人爽直，喜欢结交朋友，一来二去，三人便渐渐熟识起来。当时佛山的理发工人，几乎都是梁桂华的云浮老乡，平日里交往甚多，经常在一起喝茶聊天。为此，他深知理发工人的诉求。那些年，物价飞涨，但工人的待遇始终原地踏步，日子过得十分艰难，大家的怨气很重，碰到一起就对此不停抱怨。在梁桂华的帮助下，王寒烬、梁复燃在理发工人队伍中集结了一批骨干，并向理发工人宣传马克思主义，通过不懈的努力，提高了理发工人的思想觉悟。1921年春末，佛山理发工会在孔圣会（今佛山山紫市场附近）成立，这是佛山建立的第一个工会，梁桂华任会长，会员有六百多人。

梁复燃与王寒烬很想认识鸿胜武馆馆长陈盛。因为他门下弟子有三千多人，在当时的佛山武术界威名显赫，德高望重，而且他的弟子大多来自社会底层，如果能将他们吸纳进工会，将是一支重要的革命力量。1921年8月，时机终于成熟，在梁桂华的引荐下，王寒烬、梁复燃与陈盛促膝长谈。陈盛得知他们的来意后，当即表示会全力支持，并派钱维方与他们联络。同年冬，在佛山筷子路博施药酒店二楼成立佛山工人俱乐部。这俱乐部成为中国共产党在佛山领导工人运动的秘密机构。

与此同时，在梁复燃的启发教育下，梁桂华的思想觉悟有了很大的提高，逐步认识到只有实现共产主义，无产阶级才能获得彻底解放的真理。一天，梁复燃给梁桂华介绍俄国十月革命后工人阶级取得胜利的情况，梁桂华听后十分振奋，激动地说："我们中国有共产党吗？要是我能参加就好了。"梁复燃见他已有入党的要求，便向他表明身份。梁桂华喜出望外，紧握梁复燃的手说："那你就介绍我加入党组织吧！"1922年春夏间，梁桂华经谭平山、梁复燃介绍，终于加入了中国共产党。

广东工人运动的先驱

1922年7月，中国共产党的第二次全国代表大会在上海召开，会上研究了党成立一年来工人运动的情况，总结了工人运动工作的经验，通过了《关于"工会运动与共产党"的议决案》。文件指出："中国的劳动运动，是在第一个阶段中发展，还脱不了旧行会和手艺组合的束缚。同时劳动阶级的奋斗还不过是为某种手艺或某个工厂的特别状况的单独运动，并没有普遍性质的运动。"参加工会的工人人数不多，工人组织不够强大。该文件还规定：工会工作必须把工人阶级的短期利益和长

远利益结合起来，工会应该为改善工人的生活和劳动条件而努力，但是，还必须领导工人开展政治斗争。必须把经济斗争和政治斗争结合起来，把秘密斗争和合法斗争结合起来，才能推动工人运动的继续发展。党的"二大"的决议，对工人运动的继续高涨起到了指导作用，工人阶级的觉悟得到迅速提高。

佛山的党组织积极响应"二大"决议。这一年秋天，在佛山各行业工会纷纷成立的形势下，为适应工人运动迅速发展的需要，经广东省工会联合会批准，佛山各行业的革命工会在莺岗黄家祠成立佛山工会联合会（简称"佛山工联会"），主任为钱维方，副主任为任达华。佛山工联会下有理发工会（主任为梁桂华）、土木建筑工会（主任为钱维方）、唐洋革履工会（主任为任达华）、制饼工会（主任为欧阳峰）、描联工会（主任为黄江）、西竹工会等基层工会。

佛山工联会成立之后，队伍迅速壮大，有些工会提出立刻开始罢工，但梁桂华、钱维方等人认为时机尚不成熟，他们认为罢工要想成功，"天时""地利""人和"缺一不可。经过周密计划，最后决定把罢工时间定在春节前夕，因为春节前夕向来是理发和鞋业的旺季。

春节渐近，佛山表面上看来仍和往常一样平静，但是革命的力量已经暗流涌动，革命的火山即将爆发。理发工会率先行动，他们要求资方改善劳动条件，提高生活待遇，改变利润分配比例，把工人工资从原来只占总利润的40%提高到47%。春节前夕是理发店挣钱的最好时机，每天晚上灯火通明，要忙到半夜才会歇业，工人提出罢工之后，理发店的老板都慌了手脚，不知所措。老板们多是云浮同乡，就聚集到茶楼商量对策，大家你一言我一语，意见很不一致。有的人认为可以答应工人的要求；有的人认为一旦答应了，工人们会得寸进尺；还有的人认为可以折中，在原来的基础上略微加一点，给工人们一点甜头。兴无理发店的老板黎安初资历最深，他一直在拨弄手中的佛珠，听完大家的意见后，眯着老谋深算的小眼睛，清了清嗓子说："诸位不必惊慌，这些乌合之众，肯定是翻不了天的。他们不过是受人怂恿，一时冲动而已。据我所知，他们大多家中无隔夜粮，停工就意味着全家挨饿，我倒要看看他们的肚子能顶得住几天。"这时，有一个姓徐的老板激动地站起来，大声说："这些闹事的，全是些不知好歹的东西，应该给他们一点颜色看看，绝不能让他们骑到我们头上来。依我看，快刀斩乱麻，把闹事的全辞了，到外地请些伙计来。"黎安初白了他一眼说："徐老板，你就别痴人说梦了。这大过年的，你到哪里去找人，哪家店不是人满为患，哪个老板不是恨不得一个伙计长出两双手来？"徐老板听罢，长叹了一口气。大家沉默了一会儿，一个姓邱的老板黑着脸说："那停工这几天的损失怎么办？这一年到头，生意惨淡，只够勉强糊口，可就指着这几天挣钱了。"黎安初笑了笑说："这个好办，到时候，我们定个规矩，稍微涨一下价，这损失不就弥补回来了？你们放心，依我看，不出三天，他们都会乖乖回来上班的，到时候，你们杀鸡儆猴，就把那些带头闹事的害群之马给辞了。"大家听他这么一说，都吃了颗定心丸，紧锁的眉头舒展开来。

见资方态度如此坚决，理发工会600多名理发工人在梁桂华的领导下举行了全行业罢工。但形势确实比大家想象的严峻许多，这些理发工人收入微薄，生活清苦，平时没有什么积蓄，过了几天，有些人家里就没米下锅了。他们本想吓唬一下老板，没想到老板竟然如此狠毒。俗话说，胳膊拗不过大腿，很多工人的情绪有了松动，担心丢了生计。梁桂华得知后，马上把情况反映给钱维方。钱维方认为当下正是博弈的关键时刻，一旦放弃，必将功亏一篑，以后的工作也会很难开展，但是工人们的生计又是现实问题，让大家饿着肚子罢工是不可能的。于是，佛山工联会发动下属工会的工人给理发工人以经济上的支援，帮助他们解决暂时的生活困难。这样一来，理发工人的情绪平复了许多。

理发店的老板们原本以为工人们坚持不了几天，可转眼一个礼拜过去了，仍然没有一丝复工的迹象，原本应该热气腾腾的理发店，现在却很冷清。他们终于坐不住了，又跑到兴无理

他以热血荐轩辕——记革命先烈梁桂华

发店找黎安初商量对策。黎安初十分淡定，正和夫人唱着粤剧小曲，见到他们一个个垂头丧气，便说："诸位不用着急，我自有妙招。"众人忙问："黎老板有什么高招？快说来听听。"黎安初不紧不慢地抽了口烟，说："一个字，打！"

黎安初请了兴义武馆教头招锡，让他搜罗了一批打手，在长兴街一带围殴理发工会的骨干人员和工人，并许诺凡参与者，每人发放茶资2元，如有死伤另给医药费和抚恤金。第二天一早，招锡就带着人来到长兴街，见到理发工会的人，不问三七二十一，上前就是一顿毒打。理发工人没想到老板会出此毒招，毫无防备，不到一个小时，就有十几个人被打伤了。黎安初在一旁观看，一脸得意。钱维方听到消息后，赶紧带领工人纠察队和鸿胜武馆的人赶到，将招锡和他的打手团团围住。鸿胜武馆的弟子个个武艺高强，将招锡的手下打得哭爹喊娘。最终理发店的老板们无计可施，只好答应了工人的要求。

这是佛山工人取得的有组织的经济斗争的第一次胜利，理发工会的胜利鼓舞了其他工会，那段时间，资方只要听到罢工，都会吓出一身冷汗，鞋业资方慑于工人联合斗争的力量，也不得不接受唐洋革履工会工人提出的条件。接着，土木建筑、描联和西竹工会的经济斗争，均取得胜利。佛山的工人阶级在斗争中显示出了强大的力量，佛山的工人运动已实现了从自发的、无组织的状态向自觉的、联合的、有组织的高层次发展。

佛山工人运动迅速发展，声势浩大，革命的火焰烧到反动阶级的尾巴。佛山的议事机构"大魁堂"，为一群土豪乡绅所把持，是佛山社会统治的中心。大魁堂里的土豪劣绅视梁桂华为眼中钉。于是，他们在大魁堂商议"收拾"梁桂华的办法。大家你一言我一语，没有达成一致意见。这时，有一个留着山羊胡子的乡绅说："依我看，最好的办法，就是让永汉理发店的老板开除他，让他在佛山没有立足之地。"其他人纷纷附和，认为这是一记釜底抽薪的妙招。于是，他们便派人去找永汉理发店的老板，老板知道大魁堂的厉害，理应顺从他们的意见，但是梁桂华手艺出众，如果开除了他，生意必定会一落千丈。思忖之下，最后还是决定留下梁桂华。土豪劣绅们见此计未成，又生一计，叫了打手，煽动他们打群架，试图分裂工会。梁桂华拳脚功夫了得，号召鸿胜武馆的弟子将这些打手狠狠地教训了一番。后来，土豪劣绅们又想出一个更狠毒的招，他们重金收买了市政厅厅长，以莫须有的罪名，强行判处梁桂华有期徒刑一年。是年冬，党组织派杨殷和谭植棠进行营救。梁桂华坐了半年牢后，终于出狱。

1925 年春，佛山工人联合会改为佛山工人代表大会（简称"工代会"），由钱维方任执行委员会主席。鸿胜武馆中的绝大部分弟子加入了工代会，其中钱维方任主席兼纠察队总队长。梁桂华任工代会委员并当选为中华全国总工会委员。陈雄志任工代会委员、宣传队队长。汤锡任竹器工会纠察队队长。陈艺林任车衣工会纠察队队长。鸿胜武馆实际上成为佛山工代会的支柱力量。

朱英元作品《工会力量·梁桂华》
作品尺寸：140cm×145cm×220cm
作品材料：树脂仿铜

同年 5 月，全国第二次劳动大会和广东省第一次农民代表大会同时在广州召开。梁桂华以省农民代表和佛山工会联合会代表的身份出席了两个大会，被选为中华全国总工会执委。同期，他又被选为中共广东区委员会监委委员。同年，上海爆发五卅运动后，中共广东区委和中华全国总工会同时发出了反对英帝国主义的宣言，号召香港和广州沙面租界的工人、学生等广大市民参加反帝大罢工，并派邓中夏、杨殷、杨匏安和梁桂华等前往香港，协助苏兆征等发动罢工。梁桂华一方面作为邓中夏的助手和保卫人员，另一方面负责发动理发工会等基层工会的群众参加罢工。

1925 年 6 月 19 日，党组织派梁桂华任接待站主任，以接待安置罢工归来的工人。他奔忙于罗湖、蔡屋围等 10 多个乡村农会，借来大批桌、椅、床板和木料，搭草棚，设床铺，热情接待归来的工人，为归来的工友铺床倒茶，受到罢工工友的爱戴。之后，他回到广州，参加了省港大罢工的党团工作，奉命举办党课训练班。他亲自讲党课，为党吸收新鲜血液，为发展党的组织作贡献。他还撰写了《工农商学联合委员会意义》等文章，为巩固革命统一战线、支持省港大罢工而努力。

1927 年初，中共广东区委派梁桂华往香港担任中共香港工委书记，继续在回港的罢工积极分子中发展团员及党员，扩大各行业的工人支部。同时，建立了一系列秘密机关，为党转入地下活动做好准备。

国民党反动派派出特务暗探，与港英当局勾结，跟踪中共党员、团员和革命群众。由于叛徒的出卖，秘密机关相继被破获，梁桂华也落入了敌人的魔掌。

当时，港英当局与国民党勾结，由广州公安局组织反动的侦缉课，把在港拘捕的中共党员和革命群众引渡回广州杀害。港英当局知道梁桂华是中共的重要人物，便对他进行秘密审讯，严刑拷打，强迫招供，梁桂华却始终守口如瓶。在阴暗潮湿的审讯室里，敌人动用了各种刑具，他都不屈服。敌人的一个头目来查看审讯情况，负责审讯的人说："他嘴巴很硬，什么都不肯说。"头目一听，气急败坏地说："我倒要看看，是他的嘴硬，还是我的铁锤硬。"他的手下一听立刻找来一把铁锤，对着梁桂华的腹部猛击，一阵剧痛之后，梁桂华嘴里喷出一口鲜血，昏迷过去了。等醒来时，已是第二天，他发现自己呼吸困难，每一次呼吸，胸口都像有千万根针在刺，敌人的铁锤打断了他好几根肋骨……敌人以为他会妥协，可面对审讯，他仍然不吭声。后来，党组织派杨殷前往营救，聘请了著名的律师为他辩护，梁桂华才从虎口中脱险，安全转移到澳门，可是他的身体已被折磨成残废了。

为革命流尽最后一滴血

　　党的"八七"会议后，广东全省酝酿着武装起义。梁桂华带着受伤的身体回到广州，投入到起义的准备工作中。他和沈青、李源、陈郁、周文雍、罗登贤等人三次组织和改编工人赤卫队，并担任了工人赤卫队副总指挥一职。广州起义缺少经费和枪支弹药，他便主动地承担了筹款、建立武器运输站等任务。

　　为了筹款，他回到了阔别多年的家乡——云浮。他白天和农民一起劳动，晚上就把农民兄弟召聚在祖屋，宣讲政治形势，宣传共产主义，介绍苏联的革命经验，讲述中国共产党号召运动、打倒国民党反动派、建立工农的民主政权的革命道理等，把共产主义的曙光带给他们。一天晚上，他回到家，妻子和女儿都已经睡下了。他的开门声惊醒了妻子，妻子打着哈欠起床，关切地问："桂华，你又没吃晚饭吧？"梁桂华说："是啊，一忙起来肚子就不饿了。"妻子二话没说，摸黑来到厨房，给他煮了粥。梁桂华坐在床边，看了看熟睡的女儿，帮她盖好被子，然后走到厨房，对妻子说："有件事，我想跟你商量一下。"妻子善解人意地说："你是一家之主，你自己拿主意就行了，干吗要跟我商量。"梁桂华看着空荡荡的房子说："革命缺少经费，我想卖掉一间房子，给革命筹款。"妻子一听要卖房子，心里咯噔了一下，有些不舍，但是很快就转变过来了。她说："我明天就

帮你去村里问问，看看谁想要。"梁桂华见妻子如此深明大义，心中一暖，将她揽入怀中。卖屋的消息在村里一传出，第二天下午，就有人来到了家里，这个人不是别人，而是他的堂兄梁甲。梁甲问："桂华，你真的要卖房子?"梁桂华点了点头。梁甲说："人不到山穷水尽的时候，是不能卖房子的。你要是手头紧，尽管开口，我可以借钱给你。"梁桂华说："我不是为自己，而是为革命筹款。"梁甲一听，十分感动，他说："那你这间屋，准备卖多少钱?"梁桂华笑了笑说："这间房子，最多也就 200元吧，如果你要的话，180 元也可以。"梁甲说："这样吧，我给你 400 元，这房子算是你典给我的，到革命成功的那一天，你回来把房子赎回去。"梁桂华一听，非常感动，再三道谢。梁甲说："不是你谢我，而是我谢你，是你让我有机会为革命出一点力。"

离别的时刻还是来了。有一天早上，妻子做了一顿丰盛的早餐，梁桂华把"农民部特派员委任状"和"黄埔军校军事训练毕业"两份证书交给妻子保存，嘱咐她说："这两份证书比生命还要宝贵，你一定要小心保管，切勿在人前暴露，除非是共产党建立了人民的天下。"妻子听了，热泪盈眶，她无法控制自己的情绪，她知道，自己的丈夫已经做好了牺牲的准备。可当女儿一起床，她立刻抹干了眼泪。她和女儿把梁桂华送到了村口，梁桂华刚走出去，女儿突然从母亲的手里挣脱出来，跑上前，抱着梁桂华的大腿哇哇大哭起来。梁桂华哄她道："不要哭，我到镇上给你买糖，很快就回来了。"女儿却不放手，紧紧抱住梁桂华的腿。妻子硬生生地把她抱了回来。梁桂华加快步伐，不一会儿就消失在村口的竹林里。这时，妻子也跟着女儿哭了起来，因为，她清楚地知道，这一别，很可能就是永别。

在不远处的一座小山冈上，梁桂华停下脚步，深情地望着村子，在明亮的光线下，房舍、竹林、牛羊，这田园的风光宁静而美好。他凝视了片刻，眼睛竟然有些湿润。他擦干泪水，继续赶路，他的脚步毅然而坚决，他已经做好了为革命牺牲的准备……

当时的广州，表面上一片平静，其实已是山雨欲来风满楼，一场战斗已进入了倒计时。中共广东省委根据党中央的指示，决定利用汪精卫、张发奎和李济深、黄绍竑武力争夺广东的矛盾，趁广州城兵力空虚，以第四军军官教导团和工人赤卫队为骨干，发动武装起义。梁桂华到广州后，立刻投入到革命工作中，配合周文雍组织和改编工人赤卫队，将由原有的工人纠察队、工人自卫队秘密组成工人赤卫队，并任副总指挥。队伍组建初有 2 000 多人，到起义前夕，已发展到 3 000 多人。赤卫队员当中，各行各业的人都有，五金工人、人力车夫、汽车司机、建筑工人、运输工人、海员、铁匠、店员、面粉工人、印刷工人、火柴工人、修秤工人、制蒲团工人、缝衣工、铁路工人等，他们隶属于各个职业工会。为统一指挥，起义前，中共广州市委按照工人武装队员的工作或居住地点，编为 7 个联队。其组织形式采用三三建制：每个小队为 10 人，3 个小队为 1 个中队，3 个中队为 1 个大队，3 个大队为 1 个联队。

梁桂华还担负筹款、建立武器运输站和秘密机关的任务。一天清晨，广州的小北直街悄无声息地开了一家米店，店名"大安"，店里经营的大米都是从南海的九江运来的，从外面看，这家米店与其他米店并无差别，只是生意清淡。偶尔会有几个工人模样的人来这里买米，他们头发蓬乱，身上有一股浓重的汗酸味，举止特别谨慎。

这家米店实际上是梁桂华开的，他以卖米作掩护建立了弹药库。当时，在芳村和凤安桥德昌铸造厂等处制造的弹壳，以及从小北附近"飞来庙"军阀制弹厂偷运出的弹壳，都送到九江装配，再运到小北直街"大安"米店，存放在"大安"米店的武器，还有教导团送来的来复枪，陈铁军送来的枪支，以及石井兵工厂的工人制作的镖枪。这些弹药武器将以卖米的方式转送给起义队伍。梁桂华身负重任，日夜工作，晚上仍到太恤书院和各联队开会，检查起义准备工作的进展情况。同志们见他身体虚弱，面色苍白，都劝他休息，他却总是笑着说："将来革命成功了，总会有时间休息的。"

彼时的广州，笼罩在一片白色恐怖之中。汪精卫得知共产党准备发动广州暴动的消息后，接连三次致电张发奎等人，命令其实施"清共"，还连夜派妻子陈璧君从上海飞到广州，面告第四军军长张发奎要加强防备，坚决镇压共产党的这次暴动。起义原定在 12 月 13 日举行，不幸的是，运手榴弹的秘密行动暴露了。

晚秋的广州，依然炎热无比，它像一座火山，表面平静，但随时都会爆发出炙热的岩浆。12 月 5 日，搬运工人像往常一样将大米从九江运送到广州城。有一袋米被老鼠咬过，经过长时间的运输，里面装的一枚手榴弹竟然从破洞里露出了。刚开始，负责检查的军警，并没有发现什么异样，挥挥手让他们通过。连续几天的超负荷工作，已经让他们有些不耐烦了。而在不远处，军警的头目正蹲在路边抽烟，突然看到了一个黑乎乎的东西从眼前掠过，连忙叫道："给我站住!"这时，几个军警冲上前去，拦住了搬运工的去路。军警头目对搬运工说："给我打开。"搬运工满脸堆笑地说："长官，就是一些大米，有什么好看的。"军警眉毛倒竖，说："少给我废话，快给我打开。"搬运工打开米袋，一个军警伸手进去一摸，吓出了一身冷汗，直喊："手……手榴弹，有手……手榴弹。"不搜不知道，一搜吓一跳，军警竟然搜到了 60 枚手榴弹。搬运工吓得腿都软了，军警用枪顶着搬运工的脑袋问："这些东西要运去哪里?"搬运工早就吓坏了，用颤抖的声音说："是，是，运去……大……大安米店的。"军警一听，立刻顺藤摸瓜，直奔"大安"米店。梁桂华听到外面的喧哗声，机智地从后门逃脱。军警在店里搜出了大量军火，他们抓住了米店老板，立刻对他进行审讯。开始时，米店老板不肯说，军警便改用火钳进行审讯。米店老板见到火红的铁钳，立刻道出了实情。米店查出武器，给了敌人一个明白无误的信号，广州即将有起义行动。

梁桂华顺利离开后，立即把情况报告给起义总指挥张太雷。鉴于形势危急，中共广东省委决定将起义时间提前到 11 日凌晨 3 时半，口令为"暴动"，特别口令为"夺取政权"，暴动人员一律在颈上系红领带为标记。1927 年 12 月 11 日凌晨 3 时半，广州寂静的夜空突然响起了起义的枪声。一切进展顺利，捷报频传：起义军已经占领了东校场薛岳的新编第二师司令部，俘虏了几百人；起义军占领了沙河的第四军炮兵团，士兵投诚，缴获大炮 30 门；"广州北部的制高点观音山已经被我们占领，伪省政府已经被占领，国民党省党部已经被占领，邮电局已经被占领，财政厅已经被占领"……

梁桂华带领的工人赤卫队 600 余人将公安局大院团团围住。院内的反动警察发现从天而降的起义军，惊慌失措，盲目地在黑暗中打着枪。工人赤卫队组织的几十名勇士绕道相邻的房屋，借着夜色，翻过围墙，将手榴弹从窗口投了进去，一时间，公安局大院里火光冲天，敌人乱作一团，惨叫声此起彼伏。而在公安局对面的汉记鞋店三楼，早就准备好了几挺机枪，子弹像暴雨一样，扫射着公安局大楼，不给敌人喘息的机会。敌人的火力渐渐弱了，起义军队伍呐喊着冲进院内，同爬墙进入的工人赤卫队会合，一起杀进公安局大楼。时任公安局局长朱晖日趁乱跳墙逃走。天亮后，起义军占领市公安局，门口挂起了"广州苏维埃政府""广州工农红军总指挥部"两块大牌子。

听到共产党要发动暴动的消息后，张发奎随即派人到沙面通过无线电下令驻防广州以外的各部队立即回到广州，以镇压起义。各帝国主义国家驻广州领事团也恐于广州起义的战火，紧急会商后决定调兵镇压，还命令停泊在珠江上的几艘外国军舰炮击起义军阵地，破坏起义军的军事行动。

为了巩固工农红色政权，梁桂华负责长堤一带的警卫工作。从 11 日上午起，他指挥这一地区的工人赤卫队，配合教导团和警卫团三营战士，向沿堤偷袭的国民党第五军和机器工会体育队等反动武装展开激烈战斗，击退了敌人无数次的反扑。

12 日下午，形势发生了大逆转，国民党反动派在各帝国主义列强的支持下，从西江、石龙、江门等地调来 10 倍于起义军的反动派正规军，包围了年轻的苏维埃政府，张太雷壮烈牺牲。

当天傍晚，反动的机器工会体育队戴着红领带冒充工人赤

卫队出现在珠江南岸，李福林部在外国军舰和国民党炮舰的掩护下，从发电厂一带的江堤登陆。梁桂华带领工人赤卫队武装，配合教导团和警卫团，与沿堤的国民党军队和游弋在珠江上的英、日、美、法等帝国主义军舰展开激烈战斗。由于军舰炮火的轰击和第五军机枪的猛烈扫射，赤卫队员们根本无力还击。当船靠岸时，工人赤卫队与他们展开肉搏战，梁桂华虽武艺高强，但终因寡不敌众，身负重伤。

那一晚，广州城中极不平静，枪声此起彼伏，国民党军队从四面八方袭来，对广州起义军进行疯狂反扑，尸骸遍地，血流成渠。13日上午，身负重伤的梁桂华被送入韬美医院（即现广州医科大学附属第一医院）救治。下午3时，广州起义在帝国主义和国民党反动派的强大军事镇压下失败了。敌人进入广州城，进行了大搜捕，梁桂华因行动不便，在医院门口不幸被捕，最终壮烈牺牲，年仅34岁。

一片丹心照汗青
——记革命先烈吴勤

盛 慧

1941 年 10 月 17 日，在顺德西海曾发生过一场激烈的战斗。伪军 2 000 余人进攻"广游二支队"（广州市区游击第二支队），广游二支队则利用甘蔗林为掩护，以少胜多，最终打出了一场漂亮仗，给华南敌后的抗日军民增强了必胜的信心。这次战役被称为"西海大捷"。广游二支队的司令员叫吴勤，他的一生极富传奇色彩……

吴勤

苦练武艺护乡民

吴勤，原名吴勤本，因为小时候生过天花，人称"豆皮勤"，还有人叫他"麻子佬"。他的祖上从东莞迁到佛山，在南海县第四区南浦村（今属佛山市禅城区）落脚。故此地又有"东莞地"之称，乡内以吴族人最多，间有外来杂姓。光绪二十一年（1895）冬日的一天，随着一声响亮的啼哭声，吴家添了一个虎头虎脑的男孩，他就是这个家庭的长子吴勤。他的出生给这个清贫的家庭带来了许多欢乐，父亲见他聪明伶俐，对他的成长充满了期待。家里虽然收入微薄，但仍然从牙缝里挤出

一些钱来，送吴勤去读私塾，学习四书五经。然而好景不长，在吴勤十一岁时，父亲因操劳过度，积劳成疾，撒手人寰。父亲的去世，给这个家庭带来沉重的打击。母亲高氏看着膝下的五个孩子，整日唉声叹气，一个弱小的女子要养活一家人，实在不是件容易的事。她接了一些针线活，每天从早忙到晚。吴勤夜里醒来，看到母亲还点着油灯在赶工，双眼熬得通红，心里很不是滋味。吴勤是个懂事的孩子，他知道，身为长子理应为母亲分担家庭的负担，将弟弟和三个妹妹抚养成人。他对母亲说："阿妈，你不要太辛苦，我已经长大了，可以出去找活做，养活咱们家。"母亲看着十一岁的吴勤，心中既欣慰又辛酸，眼睛里噙满了泪水。她以为这只是孩子随口一说，孰料，第二天一早，吴勤真的上街找工作去了。当时的佛山，工商业十分发达，到处都是前店后厂的家庭作坊，吴勤觉得找份活计应该不会太难。俗话说，"灾年饿不死手艺人"。他当时很想跟人学一门手艺，但是碰了一鼻子灰。他不知道，这些手艺一般是不外传的，要跟人学手艺，都得依亲带故，他这样冒昧前往，没有人会收他。吴勤一连跑了几日都无功而返，这令他甚是气馁。

吴勤的族人以经营肥田料为主，故南浦村又有"屎埠"之称。一天早上，吴勤又出门找工，见到一位老者正拉着粪车很吃力地上坡，累得满头大汗，便上前推了一把。上了坡后，拉车人向他道谢。吴勤便问："阿伯，我想跟着你一起干活可不可以？"拉车人上下打量了他一番，不禁笑了起来。因为，这个活儿，可不是一般人能干的，每天要跟屎啊尿啊打交道，是最低贱的活儿，而且很花力气，一个成年人干起来都很吃力，何况一个孩子呢？他摆了摆手说："后生仔，这个活儿你是干不了的。"吴勤却不罢休，他是个有心人，一连几日都帮着那位老者推车。后来，那个拉车人终于有些不忍心了，便问："你为什么要干这个活儿？"吴勤便把家里的变故一一道来。碰巧拉车人认识吴勤的父亲，很同情他，看着这个精瘦的小人儿，拉车人叹着气说："我倒是很想帮你，但这个活儿，不是谁都可以干的，你有力气吗？我看你还是多吃几年饭再来吧。"吴勤说："阿伯，我有力气的，不信，你让我试一试。"拉车人便把粪车交给他，吴勤这才知道这车有多沉，他一弓腰，咬着牙，脚趾狠狠地往地里抠，使出浑身的劲儿，沉重的粪车终于吱扭吱扭地动了起来。到了目的地，吴勤累垮了，往地上一躺，浑身像散了架一样。拉车人见吴勤是个有心人，便同意让他来帮忙。就这样，吴勤成了一名屎埠工人。

吴勤的族人在佛山根基不深，加上忠厚老实，经常被人欺凌，附近的野鸭乡有一些地主恶霸常到村里来收保护费，如果不交，就要大打出手。吴勤对这些恶霸恨之入骨，常常幻想自己有一身绝世武功，打得他们满地找牙。屎埠工人的工作有一个特点，就是早上和傍晚特别忙碌，其他时间相对悠闲。一有空闲，大家就喜欢坐在村口的大榕树下喝茶聊天，话题上至天文，下至地理，无所不谈。吴勤年纪虽小，但手脚勤快，经常给他们端茶递水，深得大家的喜爱。有一天，几个屎埠工人不知怎么谈到了佛山的功夫，谈到哪家的功夫最厉害，有人说洪门，有人说咏春，还有人说是蔡李佛。经过一番唇枪舌剑，最后大家一致认为蔡李佛集几派功夫为一家，肯定是最厉害的。不仅如此，蔡李佛还特别仗义。据说佛山鹰沙一个手下有百多个徒弟的恶霸，平时恃武艺高强欺压百姓，成为地方一害，习蔡李佛拳的鸿胜武馆馆主陈盛疾恶如仇，除掉了恶霸。从他们的谈话中，吴勤还得知，陈盛的弟子钱维方，功夫非常了得，专门收贫寒子弟为徒。吴勤记得父亲在世时，常谈起家史，说他们在东莞时经常受到地主恶霸的欺凌，无奈之下迁到了佛山。谁知天下乌鸦一般黑，到了佛山，仍然被人欺凌。因此，吴勤从小就想当一个武艺高超的侠士，锄强扶弱，保护乡民。听了他们的谈话，吴勤觉得自己的人生一下子豁然开朗，恨不得马上去找钱维方拜师。

当天晚上，收了工后，一身臭汗的吴勤跑回家，冲了个凉，换了身干净的衣裳。他叫大妹过来，闻闻他身上有没有异味。大妹说："哥，你要我说真话还是假话?"吴勤说："当然是真话。"大妹笑着说："臭死了。"吴勤听罢，转身又去冲了个凉。

一片丹心照汗青——记革命先烈吴勤

而后，他没吃晚饭就匆匆地出了门。正在摘菜的母亲叫住他："阿勤，你急着去哪里？怎么连饭都不吃？"吴勤说："阿妈，你们先吃，我要去拜师学功夫。"说着，他一溜烟跑了。

钱维方的武馆里灯火通明，吴勤见到他正在传授功夫，便立在一旁观看，看得如痴如醉，心中暗想，我一定要学有所成，成为一名真正的侠士。等到钱维方休息的时候，吴勤走到他跟前，毕恭毕敬地鞠了一躬，说："钱师傅，我想跟你学蔡李佛功夫。"钱维方见他年纪虽小，但长得孔武有力，是学武的好材料，便笑着问他说："你为什么学功夫呢？"吴勤便说："一来强身健体，二来保护乡民不受欺凌。总之，我要当一个锄强扶弱的侠士。"钱维方见他小小年纪就有这种觉悟和志向，很是喜欢。又问了吴勤其他情况，得知他是屎埠工人，便答应收他为弟子。

罗志奇作品《鸿胜大刀·吴勤》
作品尺寸：200cm×113cm×210cm
作品材料：树脂仿铜

从此，吴勤白天干活，晚上习武，风雨无阻。因为他勤奋好学，悟性又高，不出几年，他就练得一身的好武艺，一个原本又瘦又黑的孩子，变得魁梧起来了。一天晚上，吴勤像往常一样，从武馆里习武归来，刚进村子，就听到一阵喧哗声，他赶紧加快了步子，只见野鸭乡的三个恶霸又在村里滋事，正在毒打他的一个族人。吴勤冲上前去，大喝一声："住手。"话一出口，恶霸们回过头来，眼睛里闪着冷光，像匕首一样。见面前站着的不过是一个毛头小孩，根本没把他放在眼里。一个嘴角长了黑痣的恶霸，挥起一脚，朝吴勤踢来。谁知，吴勤身手敏捷，腾空跳到恶霸身后，未等他站稳，猛地一掌将他推到了旁边的池塘里。其他两个恶霸见状，气急败坏地跑上前来，对吴勤进行左右夹攻。吴勤知道自己毕竟年纪尚小，功夫尚浅，还不能与他们正面交锋，便像猴子一样左冲右突，两个恶棍累得气喘吁吁，就是打不到吴勤。吴勤捡起地上的一根树枝，使出刚学的八卦棍，一会儿打手臂，一会儿打屁股，让两个恶棍晕头转向、叫苦不迭。这时，吴勤又使出一计，对旁边的人说："快，去把我的师父钱维方叫来。"恶棍们一听钱维方的名字，吓得腿都软了，灰溜溜地跑了。这是吴勤第一次与恶人交手，可谓小试牛刀。此后，吴勤更加勤奋学艺。

正所谓"自古英雄出少年"，1911年，吴勤年方十六，但他的功夫已经非常了得，有"武胆"之称，成了钱维方最得意的弟子。那一年辛亥革命爆发了，同盟会领导的民军攻入佛山，推翻了清朝在佛山的统治，这使青年吴勤眼前出现了希望之光。他向往革命，崇拜革命英雄，经常与参加光复佛山的同盟军会员王寒烬、钱维方等人来往，并成了莫逆之交。他参加了他们的汾江阅书报社，受到民主革命思想的影响，继而又参加了三台会、同盟会。1916年，袁世凯被迫宣布取消帝制，孙中山号召打击袁世凯在广东的残余势力军阀龙济光。吴勤积极响应孙中山的号召，加入了民军，作战非常勇敢。当时，民军受到龙济光的军舰攻击，损失惨重。大家一时间不知如何是好，吴勤挺身而出，说："这个鬼军舰，我去把它炸了。"此言一出，大家都愣住了，以为他在开玩笑。军舰上火力很猛，别说是人，就是一只鸟试图接近它，都会被轰成炮灰。吴勤却很执着地说："放心，我自有办法。"吴勤水性甚好，他将炸药包密封好，让大家掩护他。民军假装向军舰开火，吸引了敌人的注意力，吴

勤借机潜入水中，神不知鬼不觉地接近了军舰。过了一会儿，黑漆漆的水面上突然响起了巨响，一时间火光冲天，恍如白昼，军舰被炸出个大窟窿，缓缓沉入水中。一时间，水面被染成了红色，大家见吴勤迟迟未归，以为他牺牲了，个个悲痛不已。谁料，就在这时，吴勤竟笑呵呵地出现在大家面前，手里还拎着一条七八斤重的草鱼。他像什么事也没发生一样，说："河里漂了好多鱼，我们可以打边炉了。"

二十一岁青年只身泅水炸军舰的事，一时间成为佳话，吴勤受到孙中山的嘉奖，并选拔他为自己的卫士。1918 年，孙中山领导的护法运动失败，在孙中山离粤赴沪后吴勤返回佛山务农。其时，因洋货冲击，佛山工商业一蹶不振，失业工人、破产农民常自发进行反压迫、反剥削的斗争，鸿胜武馆是他们聚集的地方。1921 年，吴勤在大桥头开设鸿胜分馆，召集一批青年农民学习蔡李佛拳。随后，吴勤以这批青年农民为基础，组织起本村武装，保境安民，应对邻乡民团的欺负。

南浦农团声名远

时光飞逝，转眼到了 1923 年，中秋前夕，在中共佛山小组领导下，佛山的工人运动蓬勃开展，制饼工会发起全行业的罢工，工人向资方提出两个要求：第一，工人每月工资从 8 至 10 元提高到 12 至 16 元；第二，上级工会通知参加政治游行和开会时，老板要无条件允许工人参加，不得阻挠。最初，事情还算顺利，但因为消息走漏，老板找了打手对参与的工人进行恐吓，工人们变得顾虑重重。钱维方只身去做制饼工人的思想工作，刚走到普君圩，就有一帮人拿着铁棍气势汹汹地冲出来，将他团团围住，这些都是饼店老板找来的打手，他一人赤手空拳，与五十余人对打，一直打到长兴街。在钱维方等人的带动下，工人开始罢工，要老板方增加工资，改善工人生活，但他们拒绝工会的要求。老板们的小算盘打得很好，他们以为，这些工人要靠薪水养家糊口，一旦罢工，吃亏的是自己。钱维方等人早就料到了这一点，他们吸取了理发工会罢工的教训，给工人们发放生活补贴，让他们安心罢工。

眼看着中秋节一天天临近，普君圩陶园饼店的老板急得直跺脚，要知道，制饼业平日里生意清淡，只能勉强维持，挣钱主要靠的就是几个传统大节，而这其中，最重要的便是中秋节。佛山人向来重视中秋节，每年中秋，家家户户都有拜月光的仪式，需要采购柚子、芋头、菱角、柿子、白榄等水果，而这其中，最不可或缺的当是月饼。如果今年没有月饼供应，街坊邻居非把饼店拆了不可。老板手下有一个老管家，脑子灵活，见老板急火攻心，他说："东家，我倒是有个办法。"老板眼前一亮，问道："有什么办法？快说来听听。"管家说："我跟南浦乡的吴勤有些私交，他武艺高强，手下有一帮兄弟，我们可以请外地的师傅过来，在他的地盘制月饼。"老板一听，心中大喜，转而又担心地说："不知他是否愿意？我听说他可是鸿胜武馆的人。"管家眯着小眼睛说："有钱能使鬼推磨，只要给钱，他肯定是愿意的。再说，别家都没有月饼供应，我们可以把价钱抬高，正所谓羊毛出在羊身上嘛。"老板觉得他说得在理，说："那就照你说的办。"管家说："为了表示您的诚意，明日还请您跟我一同前往。"老板点了点头。第二日，两人便前去拜访吴勤，并且给了定金。吴勤不知内情，爽快地答应了下来。

这个消息传到钱维方的耳朵里，他立刻和梁桂华一起前往南浦村劝说吴勤。吴勤见到师父驾到，烧了一桌子菜，热情款待。席间，钱维方说起制饼工人罢工一事，梁桂华在一旁耐心开导，吴勤这才知道上了当。但是，他深知诚信是很重要的，既然答应了别人，就不能随便反悔，如果出尔反尔，以后在佛山就很难有立足之地。吴勤很矛盾，他没有马上答应下来，只说，"考虑考虑，明日再作答复"。吴勤的母亲是个明事理的人，钱维方、梁桂华走后，她劝吴勤说："阿勤，我们本是穷苦人家，不能因为现在生活好了，就忘了自己是谁。工人很可怜，他们罢工只是为了增加工资，我们理应站在他们这一边，不能站在老板那一边，不能助纣为虐啊。"吴勤为难地说："可是，

023

一片丹心照汗青——记革命先烈吴勤

我已经收了人家的定金!"她说:"阿勤,人不能忘本啊。你这就把定金退回去。"吴勤是个孝子,既然母亲都这么说了,他就只好照办。吴勤的这一举动,对陶园饼店的老板打击很大,眼看着中秋节一天天临近,他再无他法,不得不作出让步,答应给工人增加工资。其他饼店见陶园饼店的老板松了口,也只好跟工人妥协。

1924年,国共第一次合作,建立了反帝反封建的统一战线,工农运动的热情进一步高涨。彼时的吴勤,经过历练,已渐渐成熟。他积极参加国民革命运动,在此过程中,他深刻认识到没有革命武装便没有革命的胜利,他经常对身边的人说:"如果农民没有自己的武装,只靠一张嘴巴,就不能保障自己的生存利益,更不能推翻凶狠的封建势力。"

当时,佛山最有势力的人是陈恭受,他外号"阴公受",是个大地主,为人圆滑,见风使舵。辛亥革命后,他曾任广东省警察厅司法科科长,1918年投靠桂系军阀,任广东警务厅厅长,1920年任南洋兄弟烟草公司顾问,并组织莲华四十六乡联团,1923年成立佛山忠义乡团,加入联防,任总理,并兼任佛山商会会长、商团团长。当时,佛山商团已拥有一支庞大的武装力量,拥有12个分团,1 600多名团员。陈恭受与英国汇丰银行广州分行买办、广州商团团长陈廉伯四处搜罗人员,妄图伺机推翻孙中山领导的革命政府。当时吴勤的名气很大,有"武胆"之称,陈恭受很想拥有这名悍将,便千方百计去拉拢他,企图将他开的武馆纳入第四十八乡民团。梁桂华得知后,立刻找到吴勤,和他促膝长谈。当时的吴勤内心十分矛盾,他深知陈恭受神通广大,在佛山手可遮天,如果公开与他叫板,就等于鸡蛋碰石头,但是,与他同流合污,吴勤又不甘心。见吴勤如此犹豫,梁桂华语重心长地说:"阿勤,难道你好了伤疤忘了痛,要投靠地主阶级?这个陈恭受可是无恶不作的恶霸,你难道要当他的走狗不成?"梁桂华的一席话触及了吴勤的痛处,想到受封建势力压榨的悲惨家史,他猛然醒悟,毅然与陈恭受决裂,准备成立一支农民革命武装。

陈恭受获悉此事，十分恼火，试图利用自己的人脉出面阻挠，给南海县县长李宝祥施加压力。李宝祥也是个很圆滑的人，他采用折中的方法处理，准许南浦村成立乡团，但隶属陈恭受的莲华联团局，实际上仍由陈恭受把控。中共佛山小组认为此举与成立农团的宗旨不符，后经梁复燃、梁敬熙、钱维方等人的努力周旋，遂由谭平山将此情况转告广东省省长廖仲恺先生。廖仲恺此时已察觉商团、乡团、侍卫团之类都不是真正的民众武装。他要以创造正规军的方式来创造一支人民的自卫武装，便把南浦村成立农团的报告提交国民党中央党部讨论，讨论通过后饬令南海县迅速准予该村的农团备案。于是，南浦农团军取得了合法地位。

　　1924年5月29日，南浦农团军在佛山李家祠举行成立大会，盛况空前，赴会者除佛山各工会代表外，还有四十七乡农民代表、邻近镇四约、仁和各乡、顺德石阁、水边十乡联防团代表等3 000多人，商团各界亦纷纷前来祝贺。吴勤任农团军团长，李江任副团长，张启明任教导员，成员有300余人，以南浦鸿胜分社成员为骨干，皆有枪械。这是大革命时期国共合作在南海县建立的第一支农民革命武装，也成为日后自卫军的范本。

　　南浦农团军成立后，随即发表宣言，言明由于军阀肆虐，外患逼侵，"我辈贫农，更多几重迫压，非觉悟团结，实无以生存"。所以必须"集中于民治旗帜之下"，发扬"民治精神"，"决以实力捍卫里间"。并申明农团军的宗旨是："纯系保卫农民自身利益，及维持地方安宁。"

　　南浦农团军的成立有力地支援了南海的工人运动，促进了南海县四区各乡农民运动的兴起，在维护地方治安、保护农民利益、促进工农运动开展方面发挥了积极的作用，并且为日后组建农民自卫军提供了宝贵的经验。

　　1924年9月中旬，组织委派吴勤与其胞弟吴俭本等赴广州农民运动讲习所学习。其间，吴勤聆听了周恩来、彭湃、谭平山等领导人的演讲，从而对中国共产党的性质、纲领和现阶段

的任务有了进一步的认识。

10月，大买办陈廉伯、陈恭受组织的商团军在英帝国主义的支持下，公开在广州叛乱，妄图篡夺政权，广东革命政府岌岌可危。在这千钧一发之际，梁桂华和吴勤率领南海县第一农团军来到广州，同黄埔军校学生军一起参加了平定商团叛乱的战斗，促使革命政府转危为安。陈恭受见大势已去，便逃往香港，后在普陀山印光和尚处受居士戒，法号慧诚。

吴勤在广州农民运动讲习所毕业前，经谭平山、罗绮园介绍加入了中国共产党。从此，吴勤立下了跟定共产党、解放全民族的革命志向。从讲习所毕业后，吴勤便以农运特派员的身份回到佛山开展农民运动。他和其他同志一道日夜奔走于佛山附近各村庄，宣讲革命道理，组织和发动农民运动。不久，便在南海县30多个乡建立了农会。

孙中山在北京病逝后，国民党内各派系的斗争日益激烈。廖仲恺作为最重要的"左"派领导人，在广州坚持实行联俄、联共、扶助农工的政策，这引起以胡汉民为首的右派和以蒋介石为首的中派的不满。1925年8月20日早上，国民党"左"派领袖廖仲恺驱车前往国民党中央党部开会，在门前登至第三级石阶时，突然跳出两个暴徒向他开枪射击，大门铁栅内也有暴徒同时向他开枪，共射20余发。廖仲恺身中四弹，俱中要害，在送往医院的途中去世。

暗杀廖仲恺事件让国共合作蒙上了阴云，到了12月，国民党第二次全国代表大会在广州召开前夕，国民党右派扬言要暗杀出席大会的共产党代表和国民党"左"派人士。为了确保他们的安全，共产党组织派杨殷组织特别保卫大队。杨殷与梁桂华、梁复燃去佛山挑选了吴勤等40名身强力壮、精通武术、受过军训的党团员骨干，对其进行集中训练。杨殷自任大队长，委任梁桂华、梁复燃、钱维方和周侠生为小队长，于1926年1月上岗巡逻，确保了出席国民党二大的"左"派人士和共产党代表的安全，使右派的阴谋不能得逞。

1925年10月19日，吴勤和工代会领导人陈应刚率领农团和工人纠察队，拘捕了一批劣绅，押到佛山市政厅要求代管。但市政厅厅长竟串通右派势力偷偷把这批劣绅放走了。消息传开，3 000多名工农群众怒火难遏，集会抗议，市政厅厅长受到通电弹劾，被迫下台。当地的大小豪绅也被工农群众的气势压倒。1926年7月，吴勤又率领四区农团驰援九区农会，打垮了当地反动地主武装的反扑。

1927年4月15日，正值佛山的回南天，阴冷、潮湿，每天下一场雨，从早上下到晚上，天地之间，永远是灰蒙蒙的，这种气候就像当时的政治气氛，人们被憋闷得透不过气来。这一天，广东国民党反动派发动了反革命政变。4月16日，正在祖庙大魁堂开会的佛山工代会代表遭到反动派的围捕。吴勤闻讯，毅然和农会负责人吴锦洪、吴俭本等30多人奔赴现场进行援救。队伍行至莺岗街时，遭到国民党保安队的截击，为首的队长认出了吴勤，穷凶极恶地说："杀了吴勤，重重有赏。"一时间，子弹齐发，尘土飞扬。吴勤手疾眼快，一闪就躲进了旁边的窄巷，钻进了一间铁匠铺，保安队尾随其后，该店的工人见状，立即掩护吴勤，最后他攀木梯从天窗越屋而出。佛山地少人多，商铺密集，屋顶几乎连成一片，吴勤武艺高强，行走在高低起伏的屋顶上，如履平地，一眨眼的工夫，他就像一滴水汇入大海，再无影踪。眼看到手的猎物在眼皮底下跑了，保安队队长气得直摔帽子，直骂手下是饭桶。吴勤虽然顺利逃走，但在浴血奋战中，他的胞弟吴俭本与雷岗农会会长劳元铿负伤后被敌人杀害。后来，反动派又封了他家的房屋，致使家人无家可归。其间，他的儿子也因病夭折。短短几个月，吴勤就失去了两位亲人，心灵遭受了巨大的打击。但他并没有被反动派穷凶极恶的气焰所吓倒，而是化悲痛为力量，到处寻找党组织，并在平洲、山紫等地秘密组织起一支几十人的武装，随时准备与反动派作斗争。

在广州起义进行得如火如荼时，佛山也响起了枪声。当时的吴勤任南海县农民赤卫军第二团团长，负责在佛山配合广州起义。吴勤的第二团赤卫队驻扎在离佛山仅几公里的雷岗。他

们分析了敌情，认为普君圩只有三四十个地痞流氓驻守，比较容易对付，决定先打普君圩，占领它后再与其他支援队伍会合，一起攻占佛山城区。于是，吴勤和梁复燃等带领赤卫队连夜从雷岗出发。他们首先是接近敌人扼守佛山外围的一个碉楼。据守这个碉楼的敌人一听到枪声，只还了两枪，就丢枪弃楼逃跑了。赤卫队在攻占了敌人这个外围据点后，继续向普君圩前进。在接近普君圩敌人据守的五街公所时，看见楼上灯火通明，人声嘈杂，原来驻扎在那里的敌军守卫正在打牌九赌钱。吴勤命令队伍在外围掩护，只身先行接近公所。埋伏在外面的赤卫队一听到吴勤的行动讯号，立即开火接应，随即迅速冲进公所，很快便消灭了这股敌对势力，占领了普君圩。可是，吴勤带领的赤卫队攻占普君圩后，仍见不到山紫、敦厚、水步和大沥等地的赤卫队有前来支持配合攻打佛山的迹象。后派人去打听联系，才得知原来山紫等地已在 10 日晚被敌人袭击了。广州起义遭到敌人反扑，周侠生带领的农民赤卫军第一团占领大沥圩后，一直被反动民团牵制而不能分兵。而当时佛山城内反动武装力量比较强，没有相当的军事力量无法攻进去，经吴勤和梁复燃等研究后，当晚就把队伍撤离普君圩。

神出鬼没杀日寇

广州起义失败后，吴勤流亡香港，继续坚持开展革命工作。后来，中共广东省委机关遭到破坏，反动派勾结港英当局搜捕革命人士，白色恐怖愈演愈烈，香港已非久留之地，吴勤准备远走南洋。

当时，吴勤已身无分文，他得知工代会成员、中共党员陈应刚的父亲陈景叔是海员，便去找陈应刚帮忙。吴勤说明来意之后，陈应刚爽快地答应了，便带着吴勤去找父亲。陈景叔听罢，却面有愠色。吴勤敏锐地觉察到这一点，忙说："陈叔，如果让你为难的话，就算了。"陈景叔叹了口气说："不是我不帮这个忙，我是怕先生受委屈。"吴勤不解地问："陈叔，此话怎讲?"陈景叔说:"现在香港到处都是特务,先生要顺利离开恐怕不是那么容易,最好的办法是将你当作货物藏在船舱内,神不知鬼不觉地离开香港。"站在一旁的陈应刚听了,也觉得委屈了吴勤,问道:"还有没有其他办法?"陈景叔摇了摇头。"我倒觉得这是很好的办法,"吴勤一脸不在乎地笑着说,"再说,我还从来没坐过货舱呢。"后来,在陈景叔的精心安排下,吴勤躲过了特务的跟踪,躲进了货舱。货船走得很慢,走走停停,好几天才到达新加坡。抵达后码头上吹拂着清新的海风,吴勤忍不住大口大口地呼吸起来。

到新加坡后,吴勤为了保护自己,寄住在何权家,改名为"何添",以种菜维持生活。这种闲云野鹤的生活,对别人来说是一种享受,但对于壮志未酬的吴勤来说却是一种折磨。他每天度日如年,索性参加当地的"菜会",宣传革命道理。还发动华侨筹办了一间名叫广建的学校,方便华侨子弟读书。此时,他虽然流落异国他乡,与中共组织也失去了联系,但他一直惦记着曾经舍生忘死为之奋斗过的革命事业,惦记着祖国和民族的安危。1931年"九一八事变"后,日军侵占我国东北三省,他义愤填膺,在新加坡与爱国华侨一起参加抵制日货的运动,并为支援第十九路军抗日举行义卖筹款活动。

1934年,吴勤再次回到香港,与著名共产党人叶挺和爱国人士何香凝、蔡廷锴等取得联系,投身于抗日救亡运动。1937年底,中共南方临时工作委员会考虑到吴勤的经历和影响,支持他回广州组织抗日武装,国民党广东当局也委任他为上校巡视员。吴勤利用合法身份,在鸿胜体育会(由原鸿胜武馆易名)进行抗日救亡工作,同时训练会员武术,组织大刀队并赴镇内学校传技。后因钱维方在山紫村组织人民抗日武装,为南海县府所忌,被迫离佛返港,钱维方去后,由吴勤独当一面,继续进行抗日活动。而在香港沦陷期间,钱维方不幸病逝。

1938年10月21日,广州沦陷,五天之后,佛山沦陷。日军所到之处,烧杀抢掠,奸淫妇女。佛山沦陷的当天,日军就在澜石杀害无辜百姓50多人,放火烧毁了澜石圩市,在九江,

一片丹心照汗青——记革命先烈吴勤

日军将柳木村的青壮年40多人押到北风滩塘边集体枪杀,他们还将和顺金溪的大片地方圈划为"无人地带"(军事禁区),强行赶走金溪、冯冲、石塘一带14条村的村民,并在那里拆民房、筑碉堡。大好的河山,被日军铁蹄践踏得疮痍满目。

日本侵略者的罪行,让鸿胜弟子义愤填膺,吴勤结束了鸿胜体育会的日常事务,带领他们在南海县组织了一支有50多人的抗日义勇队。

一天,吴勤收到情报,得知南海平洲夏窖附近的河面上,有两艘日军运输船装满了劫来的粮食、物品,正准备运回广州。当时,吴勤的队伍正好缺少枪支弹药,他便笑着说:"兄弟们,鬼子知道我们的枪不够用,给我们送补给来了。"说完,他立即率队前去狙击。他侦察完地形之后,确定了袭击地点,又将队伍分成三支:一支在河堤边,等日军的运输船一进入射击范围就立刻开枪,将船上的日军悉数引到甲板上;一支由他亲自率领,埋伏在桥上,从高处袭击,对甲板上的日军进行扫射;还有一支待命,随时准备泅渡登船。等了一个时辰之后,果然看到挂着太阳旗的日军运输船耀武扬威地开过来,因为载的东西很多,船开得慢吞吞的。两条船的甲板上只是各有两个日本兵,突然,枪声响了,舱内的日军果然跑上甲板,朝岸上射击,双方打得正酣,吴勤见船已进入了射程,立刻开始进攻。日军还没回过神来,子弹从天而降,将甲板上的日军一扫而光。待命的那一支队伍,迅速泅渡上船,轻而易举地消灭了剩余的日军,最后共缴获一批枪支弹药、400包面粉。这些枪支用以武装自己,面粉则用来赈济附近的难民。这也是广州南郊武装抗日的第一枪。

日军占领广州后,沿广三铁路推进,先后占领了三水、河口等地并开始高筑炮台。吴勤认为,要想延缓日军西进,最好的办法是破坏铁路。广三铁路有石围塘、小塘、佛山、三水河口四个主要站点,其中,石围塘、佛山有重兵把守,不容易下手,于是吴勤将攻击点定在小塘,那里相对偏僻,日军的哨所也只有几个兵把守。一个月黑风高的晚上,吴勤带领的队伍袭击了广三铁路小塘车站的日军防哨，伤毙日军两名，破坏了路轨，阻止了日军运送兵力。

西海大捷留青史

抗日义勇队水陆两次战斗的胜利，打破了"皇军不可战胜"的神话，从此威名大振，深得人民拥护。但吴勤清醒地意识到，靠这种小规模的战斗，并不能给日军带来致命性的破坏，要真正与日军抗衡，必须有足够的给养，而要想有足够的给养，又必须取得合法地位。好在他的朋友多，与国民党军政界的人也很熟，于是，其朋友便同国民党广州当局联系，希望能取得番号。当时的广州市市长兼西江八属总指挥曾养甫为了扩充实力，便给予吴勤领导的抗日义勇队以广州市区游击第二支队番号（简称"广游二支队"），并委任吴勤为广游二支队司令。值得一提的是，广游二支队，是后来的"珠江纵队"的前身。在抗日民族统一战线形成的大好形势下，南、番、顺一带的绿林队伍和一些地方实力派纷纷投靠到广游二支队来，队伍很快发展到拥有10多个大队、几千名官兵的规模，敌人闻风丧胆。

《西海大捷》（油画，陈长生作品）

广游二支队成立后迎来的第一场硬仗，发生在顺德陈村。当时，日军分水陆两路到顺德县（今顺德区）陈村大扫荡，而吴勤指挥广游二支队与日军浴血奋战，给日军以沉重打击，然后安全转移到番禺南部。陈村之战使广游二支队威名远扬，附近的武装势力纷纷前来投靠，吴勤的部队迅速扩大，但人员复杂，难以带领。吴勤充分认识到必须依靠共产党的领导才能将队伍带好，于是他只身到香港请求党组织派干部到该队工作。当时八路军驻香港办事处主任廖承志接受了吴勤的请求，先后派出四批干部到广游二支队开展工作。

当时，中共广东省委在给中央的报告中提出：对广游二支队"加强党的领导，将来发展到 1 000 人是可能的"，要"注意训练，培养干部，建立民主政权，主要是打击日伪军，准备基础，在将来战争扩大的时候，能跳出南、顺的范围来发展"。而中共中央对广东抗战工作很重视，在指示中提道：对"顺德、南海吴勤部等游击队加强领导，动员地方及同情群众对他们给予精神上、物质上的援助，使他们尽可能扩大，同时，严防汉奸顽固派的袭击和瓦解阴谋"。

1939 年 1 月，中共广东省委及东南特委派刘向东等人来队，吴勤任刘向东为广游二支队政训室主任。嗣后省委连续派了几批干部来队，在广游二支队的直属队建立党支部，然后对直属队进行整训，清除一些不良分子，又动员一批群众加入广游二支队。广游二支队有了中共的领导，迅速发展壮大，因此引起国民党的不安，他们针锋相对，委派曾参加过反共的史文坚（惯匪）为广游二支队副司令，密切监视吴勤的一举一动。

1939 年春，党组织决定由吴勤出面组织半武装性质的群众团体——抗日俊杰同志社，吴勤任社长，总部设在番禺大石乡留春园，下设分社 50 多处，社员有两三千人，其中农民基干武装有三四百人。抗日俊杰同志社先后袭击南海盐步、东塱和番禺员岗，消灭伪地税征收队，缴获敌人汽艇，毙敌数十名，俘日军山本正男少尉，惩治大小汉奸 30 余人。该社在团结和发动广大群众抗日、开展锄奸活动、支持人民抗日武装、打击敌伪军中发挥了重要作用。1939 年底，广游二支队进驻顺德县城大良，维持社会治安，构筑工事，积极布防。1940 年 1 月，日军向大良发动攻击，先用迫击炮狂轰滥炸，随后发动攻击。面对强敌，吴勤沉着应战，派出一个班的兵力绕到日军侧翼，出其不意地袭击敌人，使日军狼狈撤退。大良保卫战取得的胜利使吴勤的队伍名声更大，不但一些国民党军队士兵前来加入，连驻扎在中山县（今中山市）的伪军护沙大队也来投诚。1940 年 6 月，中共南番中顺中心县委成立后，为尽快改造广游二支队，决定以林锵云带领的南顺游击队为基础，加上从番禺、中山抽调来的党员骨干编为广游二支队独立第一中队。当中共南番中顺中心县委向吴勤提出建议时，他表示赞同，并调拨好的轻重武器给这支独立中队使用。1940 年 9 月的一个晚上，1 000 多名伪军突然袭击广游二支队和抗日俊杰同志社，抗日武装固守的一些据点失守。主力大队的大队长刘登与国民党顽固派暗中勾结，企图将大队拉出去。在这紧急关头，吴勤遵照中共南番中顺中心县委的指示，撤去刘登的职务，将主力大队调到顺德西海与广游二支队独立第一中队合编整顿。这样不但稳定了部队的情绪，还使队伍直接置于共产党的领导下。

广游二支队独立第一中队队部旧址——西海横岸村袁氏宗祠

当时，在番禺市桥有一个恶霸叫"李朗鸡"，是个大汉奸。他的原名叫李辅群，原本只是个地痞，以替市桥土匪、恶霸黎潮看鸭为生，后加入"沙匪"，短短几年时间，因为心狠手辣，成了匪首。他鱼肉乡民，作恶多端，恶迹累累。"朗鸡"这个绰号，很生动，很形象。珠三角一些近水的地方有一种外表似青竹的"朗"，有一种小鸟喜欢潜伏在"朗内"伺机捕食鱼虾，这种小鸟，大家叫它为"朗鸡"。1939 年，市桥沦陷后，国民党的部队撤走了，这里先后成立了所谓的"市桥自卫办事处""市桥自卫大队"，李朗鸡摇身一变，从一个恶霸变成了市桥自卫大队队长。这些名为"自卫大队"，实为土匪，当日军侵入市桥时，便闻风先逃，渡河到市桥对面南便基，欺凌老百姓；日军撤退后，他们又回到市桥，横行霸道。市桥自卫大队队部成立不久，新造日军警备队队长佐佐田便对李朗鸡进行利诱，促其投日。他便在"保存实力""维护地方"的幌子下，公开附敌，当了汉奸。后又参加汉奸汪精卫的"契仔团"，拜其为契爷。1938 年，汪精卫发表"艳电"，李朗鸡即通电拥护。南京汪伪政府成立后，李朗鸡被任命为第四路军少将司令。1941 年编为伪二十师，李朗鸡任少将副司令兼四十旅旅长。

广游二支队驻扎的顺德西海乡三面有水，是通往珠江口的交通要道之一。1941 年夏季开始，李朗鸡部有 2 000 余人进驻西海外围的三善、古坝、碧江等地，对西海形成包围之势。游击队四面受敌，没有补给，生活异常艰苦。战士们没饭吃，没衣穿，吴勤就带领部队一边打仗一边开荒种地，种一些番薯、南瓜之类的作物。那段时间，经常有小股的敌人来突袭根据地，战士会实行战略转移，藏到甘蔗林中。正值台风的季节，台风一来，就是一场横风横雨，战士们被淋成了落汤鸡，感冒发烧是常有的事。由于生活条件太差，有些战士身上长虱子，身上布满了红色的斑点，奇痒难忍。稍有闲暇，他们就在树荫下，翻开衣服找虱子，看谁身上的虱子多。见到吴勤，他们就向他大倒苦水说："司令员，这虱子比日本鬼子还讨厌，搞得我们整晚睡不好觉。"吴勤笑了笑，把手伸进衣服里，不一会儿，也从身上摸出几只虱子。他说："这可是'英雄虱'，身上有虱子，才算是真正的人民游击队。"大家被他的乐观精神逗乐了，哈哈大笑起来。封锁的时间越长，部队存储的粮食就越来越少，没有饭吃，只能喝粥，因此大家都营养不良，脸色蜡黄，像老丝瓜一样。这粥吃的时候，很容易饱，可是，撒了泡尿，肚子就空了，咕咕直响。有一些人发起了牢骚："走路都没力气，怎么打小鬼子？"一天，吴勤去打粥时，煮饭的师傅把勺子往锅底一沉，捞了很多"干货"给他。吴勤没有说话，把粥倒回锅里，给自己盛了一碗粥水，把"干货"留给其他同志吃，那碗粥水，几乎一粒米都没有。这件事传出去后，大家都很感动，再也没有人发牢骚了。后来，连粥都没得吃了，大家就只能吃草根，由于严重的营养不良，上到司令员下至普通战士，许多人患上痢疾、夜盲症等疾病。

在如此严峻的形势下，当地妇女们开始组建妇女会，为战士们送军粮、筹军资，甚至冒死送情报，为抗战胜利提供了坚实的后勤支持。妇女们在家门口开垦农田，收获的农作物几乎全部送给了部队，每个人只留少量自用。空闲时帮战士们补衣服、煮饭菜。为了不让战士们饿肚子，当时的妇女会根据战时物资的实际情况，定下一套送餐标准：平时送红薯、菜豆等杂粮，打仗时送上少许的大米饭。当时妇女会在过节前会给每个女会员分配"任务"，规定每个人做多少个煎堆、蒸糕，材料都是从自家带来的。

就是在如此艰苦的条件下，英勇善战的广游二支队在吴勤的带领下，从1939年起，先后在西海、顺德、番禺、三水各县抗击日伪军，消灭地主武装，除奸杀霸，取得辉煌战果，使日伪军闻风丧胆，多次对吴勤施行威逼利诱，均遭吴勤的斥骂和拒绝，因此日伪军视他为心腹大患，欲除之而后快。

1941年秋，国民党顽固派又一次乘机在珠江敌后掀起反共逆流。国民党第七战区司令长官司令部根据长期的侦察研究和叛徒张戎生等提供的情报，制订了在珠江敌后"剿共"和消灭广游二支队的秘密计划。同年9月，国民政府军事委员会调查

统计局（军统特务机关）从重庆派来特务郑鹤映，与李朗鸡秘密接应，并派出一些代表长驻第四十旅旅部。接着，李朗鸡派遣亲信李森泉到重庆，接受军统特务头子戴笠、郑介民等布置的反共任务。

1941年10月17日，鸡鸣时分，天色晦暗。中秋节刚过，但是，在这片被战火一次次蹂躏过的土地，没有一丝节日的气氛，泥房子上到处坑坑洼洼，都是子弹留下的痕迹。就在前几天，伪军以一个营的兵力，对西海进行试探性进攻，均被击退。天气有些阴冷，风吹过茂密的甘蔗林，发出轻微的沙沙声。村庄里一盏灯也没有，大家还在沉睡中。突然，黑暗中传来了响亮的汽艇声，李朗鸡的队伍水陆齐发，全副武装，正朝着西海根据地挺进。

为了将吴勤的部队一举"围歼"，李朗鸡立下了军令状，伪军第四十旅第七十九团、第八十团、补充一团和伪护沙总队等共2 000余人，分三路向涌边、路尾围和碧江进行包围进攻。这次进攻西海"围剿"人民游击队的计划，非常周密，不但事先不露声色，而且连正式下达作战命令时，都没有指明出发的具体地点，以及作战的企图。他们以为这次重兵出击部署周详，必将大获全胜。

伪军第四十旅第七十九团和第八十团一部，由伪军第四十旅主任参谋朱全带领，乘4艘小火轮拖带的20艘木船，从市桥出发；原在碧江待命的补充一团，亦同时出发，开赴碧江接近桃村岗的一线。李朗鸡则跑到广州乞请日军派飞机助战，前线总指挥交由朱全代理。

广游二支队司令部早就获取了伪军将大规模进攻西海的情报，高层迅即召开由小队长以上干部参加的军事会议。会议对敌人进攻西海的部署作了初步判断，认为其可能分三路向西海发动进攻。会议决定将保卫西海的战斗分三步进行：第一步，当伪军发起进攻时，以伏击战、袭击战等打击敌人，挫其锐气；第二步，当伪军兵力消耗到一定程度后，即集中兵力歼其一路，伤其元气；第三步，在歼灭伪军一路之后，即对其实施全面反击，将其击溃。当时广游二支队驻西海及其附近的部队有独立第一中队、警卫小队和第二大队何保中队，加上中共南番中顺中心县委办的军政干部训练班，能直接参战的兵力约250人。

上午6时许，伪军沿着广游二支队司令部军事会议所判断的路线分三路向西海发起进攻。南路之伪军，在第七十九团副团长祁宝林带领下，从西海涌口大江边的和隆围登陆。埋伏在糖厂附近、由冯剑青带领的广游二支队前哨小分队对进犯敌军一阵猛烈射击，杀伤部分敌人后撤回蔗林。伪军攻占了糖厂，继而又在猛烈的炮火掩护下，向南炮楼右侧之广游二支队驻地发起进攻，受到由陈胜带领的广游二支队军政训练班一支7人小分队和部分民兵的阻击。9时许，伪军一度将要突破南炮楼涌尾阵地。广游二支队冯剑青、黄江平两个小分队立即进行反击，将突入阵地的几十名伪军大部歼灭，俘敌10余名，封闭了突破口。伪军暂时退缩至南炮楼对面的堤围。

东南路之伪护沙总队在河滘登陆，避开村庄，沿着路尾围北面堤围直上，企图占领横岸岗后向西海发起攻击，但途中被梁国僚带领的事先埋伏在番稔基的一支小分队重创。当伪军进至石尾岗时，霍文带领预先埋伏在那里的一支小队，突然以猛烈的火力向伪军射击，毙伤多人，余敌逃窜。

东北路从碧江、泮浦方向来犯之伪军第八十团和补充一团，在猛烈的火力的掩护下，向广游二支队防守桃村岗的部队进攻，被郭彪和陈绍文带领的队伍顽强阻击，一步不能前进。

这大大出乎伪军的意料，他们本以为兵多势众，武器优良，不用费多大力气就可以将守卫西海的抗日部队消灭，没料到西海军民群情激愤，齐心协力，早就做好了抗击的准备。这在一定程度上得益于西海地区独特的地形，吴勤当年选择这里作根据地时，看中的就是这里的有利地形。这里虽无大山作屏障，但蔗林、蕉林、稻田、鱼塘星罗棋布，加之时值10月，蔗林、蕉林长得高大茂密，到处是天然的"青纱帐"，宛如一片绿色的海洋。伪军闯进西海地区的边缘后，在复杂的地形中行动十分困难，大白天在"青纱帐"面前都成了"瞎子"，辨不清方向，

只能靠炮兵指示目标。伪军的进攻队伍在明处，游击队的阻击分队在暗处。伪军的进攻队伍越是集中，就越易被疏散、隐蔽起来的游击队狙击。广游二支队的指战员和民兵分散成若干小分队，宛如天兵天将，时而埋伏在堤围、鱼塘、稻田处，时而又钻进蔗林、蕉林里，到处是喊杀声、枪声和手榴弹的爆炸声，把伪军打得晕头转向，他们感到草木皆兵，见到一点儿风吹草动，就吓得双腿发软。

西海抗日据点的地下隐蔽堡垒

战斗开始不久，伪军总指挥朱全见各路受阻，日本战机又迟迟不来助战，便匆忙赶往广州，再度乞请日军派飞机助战。临走前，他指定第七十九团副团长祁宝林为前线代理总指挥。

11时，伪军增援部队两个营到达桃村岗、石尾岗。伪军得到增援后，兵力和武器得到加强。广游二支队阻击部队审时度势，在延缓伪军进攻后，边打边撤回到西海。双方处于对峙状态。

初战告捷后，吴勤又动员 100 多名抗日友军前来增援，将士们愈战愈勇。广游二支队司令部分析战斗的发展情况，认为经过五六个小时的激战，伪军已出现重大伤亡，并已十分疲惫，广游二支队反击的时机已经成熟。于是，决定集中预备队，配备近 10 挺轻重机枪及迫击炮，对南炮楼方向的伪军第七十九团实施包围聚歼。谢立全率领独立第一中队一部向糖厂一线伪军左后方迂回，夺回糖厂，断伪军退路，将其压缩在糖厂与南炮楼之间的堤围和蔗林里。与此同时，林锵云、刘向东率领独立第一中队一支小分队和部分民兵向南炮楼对面的伪军出击。

祁宝林见枪声渐消，以为人民游击队不堪一击，便率领第七十九团跟踪追击，进抵某一小村路尾围，举目四望，前面虽有若干户人家，但既无碉堡、炮楼，也无鸡犬、炊烟，因此祁宝林估计，不但当地居民早已逃匿，而且连驻守该地的人民游击队亦因无险可守，自行撤退，于是立即命令部队迅速前进。正行进间，埋伏在路旁两侧蔗林内的人民游击队，突以密集火力向伪军集中射击，伪军一时秩序大乱，四散溃逃。蔗林深处喊声震天，似有千军万马从四面八方杀奔前来，因此，伪军一窝蜂涌向海边，纷纷登舟或跳海逃命。人民游击队又从蔗林丛中抄小路赶至海旁，以河涌基围作掩体，猛力扫射。伪军顿时慌乱，纷纷涌向堤围，有的跳到河里逃命，有的在蔗林内乱窜。民兵和支前的妇女也纷纷拿着扁担赶来搜索蔗林。一些伪军吓得赶紧举枪投降。伪军前线代理总指挥、第七十九团副团长祁宝林发觉自己被包围后，便带了少数人突围，但被打伤，逃至林头河急流涌口边时毙命。

歼灭伪军第七十九团的战斗刚结束，广游二支队司令部就接到报告：从碧江、泮浦方向来犯的伪军第八十团和补充一团占领桃村岗和横岸岗后，已进至西海涌东北面，情况紧急。谢立全立即率领部队，携近 10 挺机枪前往反击。部队先将两座行人便桥拆毁，阻止伪军过涌，并在房顶上架起轻机枪扫射敌人；接着，向涌东北方向的伪军发起攻击，但该股敌人攻势并不猛烈，原来伪军第八十团的一个机动连在陈村旧墟马路上架枪休

息，准备开赴西海前线，支援第七十九团。忽有飞机一架由东而西，向陈村方向飞来，并在公路上空盘旋、侦察。伪军看到后，兴奋不已，喜滋滋地说："这是皇军的飞机，是来支援我们的，一定会把他们炸成肉酱。"大家都很兴奋。这时，广游二支队的战士早就藏到了甘蔗林里，日机旋即对伪军机动连俯冲投弹、扫射，炸弹一颗接着一颗落下，该连遭误袭伤亡枕藉！

进攻西海前线的主力第七十九团已被游击队彻底击溃，伤亡殆尽；而在陈村待命出发的第八十团一部又遭受日机的误袭，差不多全军覆灭，伤病伪军以及死里逃生的残兵便不断由西海、陈村涌逃回市桥。李朗鸡也由广州赶回市桥，贪夜由东涌抽调护沙总队辖下的李滔大队遄返市桥，加强守备，防范游击武装的乘虚进击。

此战歼灭伪军1个团，击溃2个团和1个护沙总队，击毙包括伪军前线代理总指挥、第七十九团副团长祁宝林在内的敌军200余人，俘敌110余人，其中有少校副营长至排长14人，还有百余人在逃命时溺毙江中，缴获步枪400余支、手枪50余支、轻机枪5挺、子弹1万余发。此战役又称"西海大捷"。西海大捷是华南敌后游击战中以少胜多的典型漂亮仗，给华南敌后的抗日军民增强了必胜的信心。

在战斗中，伪军前线代理总指挥、第七十九团副团长祁宝林被击毙，广游二支队的相关领导者深知他是李朗鸡的心腹，与李朗鸡交情很深，便让人将他的尸体包好，偷偷地用小船运到其他地方藏起来。果不其然，李朗鸡到处寻找祁副官的尸体。广游二支队的领导便放话说，让李朗鸡拿50担军粮交换祁宝林的尸体。李朗鸡无奈，打掉牙齿往肚里咽，果真用50担军粮换走了祁宝林的尸体。这些军粮，解了燃眉之急，让战士们终于能好好地吃几顿饱饭。

一腔热血洒珠洲

"皖南事变"后，形势愈加严峻，国民党广东当局也积极反共。1941年12月28日，国民党第七战区司令长官司令部发出督字第3375号密令（并附《进剿吴勤匪部办法》），对广游二支队强加所谓"非法活动，盘踞顺德县属西海乡，掳人勒赎，广收队伍，企图自树奸伪政权"等罪名，饬令由国民党第64军（挺进第三、第五纵队）指挥，南海、番禺、顺德县政府地方部队协助，并与史文坚、黎彪、张戎生等"秘密商承，严于缉剿"，捕杀中心县委和广游二支队的相关领导人。同时又计划利用叛徒、内奸，策反广游二支队部分人员，里应外合，进剿以至消灭广游二支队。

1942年3月，国民党顽固派挺进第三纵队副司令林小亚与汉奸李朗鸡奉邓龙光之命，在顺德陈村联合召开"花园会议"，邀请吴勤以"监会"的名义参加，企图收买他。吴勤愤怒地说："我与伪军只有刀枪相见！"会上，吴勤揭露了林小亚投敌叛国的丑恶行径。鉴于当时的形势，吴勤身边的人都劝他，出门时让防卫队跟随保护，他却一脸坦然地说："不用，不用，胆大不怕死，再说，我死了也无所谓。"

为了给部队争取给养，吴勤经常往返陈村，与当地知名人士、实力派乡绅见面。1942年5月7日，林小亚唆使梁雨泉、梁德明和陈村伪军头子欧钟荣等人，在渡口埋伏兵力袭击吴勤。当小艇行将泊近码头，吴勤等正起身准备登岸时，欧钟荣等便衣匪徒突然抽出驳壳枪，向小艇密集扫射，吴勤等猝不及防，艇小人多且又在水上，于是艇翻人沉，连艇户全家一起牺牲在水底。吴勤时年47岁。李朗鸡将吴勤的遗体从陈村运到市桥，曝晒于市桥大北路公共体育场数日，其状惨不忍睹。随后，又将吴勤的遗体送给日军以请赏。

广游二支队全体官兵和当地百姓为失去吴勤而无比悲痛，他的亲密战友刘向东怀着悲痛的心情写了一首七律来悼念他：

陈村江水起洪流，难洗吴勤受害仇。
百战山河谋解放，一腔热血洒珠洲。

吴勤牺牲后，广大军民化悲痛为力量，决心把他未完成的事业进行到底。1944年，中国共产党将由吴勤创立的广游二支队和中山五桂山抗日武装合并，组织成立珠江纵队。这支部队后来发展到近3 000人，活跃在珠江三角洲的中山、顺德、番禺、南海、三水等八个县，建立了拥有40万人口、近1 000平方公里的根据地及近100万人口、3 000平方公里的游击区，有力地牵制了日伪军数以万计的兵力，成为华南战场上一支坚不可摧的抗日力量。

中国工运先驱

——记三水籍烈士邓培

谭旭日

邓培，广东省佛山市三水区云东海街道石湖洲村人，中国共产党创建时期入党的工人党员，中国早期铁路工人运动的优秀活动家。他曾先后担任京奉铁路职工总会委员长、中华铁路总工会委员长、中华全国总工会执行委员会副委员长、中共唐山地方执行委员会委员长（后称书记）、中共北方区委会委员、中共第三届和第四届中央执行委员会候补委员等职。1927 年 4 月 22 日，在广州被国民党反动派杀害。他为中国人民的解放事业英勇奋斗一生。他那耿耿丹心，耀如赤日；铮铮铁骨，强似劲松。他是中国工人阶级的优秀代表，为我国工人运动，特别是早期的铁路工人运动作出了杰出贡献。

苦难家史和国运

史料记载，三水县（今三水区）石湖洲邓关村形成于明朝初期，邓氏、关氏两族从南海县迁移至此，因先人为邓、关两姓，村子合名为邓关村。邓培的祖父邓善书和祖母陈氏育有三男一女，长子早夭，次子邓文高，即邓培之父。邓培祖上以务农为生，生活清贫。邓善书曾在美国旧金山一家种植园里做苦工，最终失意返回故里，不久病逝。到邓培的父母这代，家族

已有近四百年的历史。

　　1883 年 4 月 8 日深夜，广东省三水县石湖洲邓关村（今佛山市三水区云东海街道石湖洲村）中，妇女黄带（邓培母亲，三水区宝月圩黄局村人）生下了一个男孩，几天后父辈给孩子取名邓配安，字少山。当时，邓文高到广州追随其三叔学做家私的雕花工作。1885 年，邓文高身染重病去世，此时邓培仅一岁有余。

邓培故居塑像

　　邓关村一直以来民风淳朴，民间教育兴盛，村里有两个书舍——南山书舍和关敏书舍。邓培自小在私塾耳濡目染，成了懵懂少年。在邓培的成长过程中，他的家风严谨。母亲黄氏节衣缩食，在他七岁那年将其送到屋后的南山书舍求学四年，但最终因缴不起学费而辍学。也正是这四年的私塾文化基础学习，给了邓培以理想和信念的启蒙。

　　1897 年，邓培 14 岁，为了谋生，他随舅舅北上天津，到德泰机器厂当学徒。邓培第一次长途跋涉，历时近半个月才到达天津。邓培初始不习惯北方干燥的气候，吃住都不适应。

当时，天津正笼罩在甲午中日战争失败和帝国主义者准备发动新的侵略战争之中。德泰机器厂是一家由广东人经营的仅次于天津机器局的工厂，进厂后，邓培发现德泰机器厂工作条件恶劣，没有安全设施，没有劳动保护，每天工作十个小时以上，工人们拼死拼活地干活，工资却非常低。邓培在这种恶劣的环境中做学徒，每天要早出晚归做各种工作，一不小心就会受骂挨打。他忍受着痛苦，格外小心地努力工作，想尽快出师以自食其力。在舅舅的教导下，邓培忍受着各种劳务上的不公，积极努力做好学徒工作，逐渐得到了工友和师父的认可。其间，他反帝国主义的思想开始萌发，随后，邓培思想上也有了进步，还给自己改了名，将邓配安改为邓培。

1901 年初，邓培考入京奉铁路唐山制造厂（今中车唐山机车车辆有限公司），当了旋床工。从天津到唐山，一路的所见所闻给邓培带来极大的震撼。此时的滦州、唐山到处是侵略者，他们沿着津榆铁路一路烧杀抢掠，罪恶滔天，邓培面对这些，加之在德泰机器厂深受帝国主义的压迫，他开始对未来有了新的思考。

《辛丑条约》签订以后，京奉铁路唐山制造厂成为英国侵略军控制、印度雇佣军警卫的工厂，殖民地色彩特别浓。邓培开始靠广东同乡的帮忙在业余时间补习英语，提高基本技能，渐渐地融入广东帮①，最终成为广东帮的领袖。在京奉铁路唐山制造厂一年不到的时光里，邓培很快成为一名技艺精湛并有一定技术理论的工人。

1906 年，印度爆发了民族解放运动，流亡在唐山的印度雇佣军中开始有人秘密展开活动，宣传民族独立和解放思想，反对英国殖民统治，还有一些人暗中动员印度士兵回国参加民族解放运动。邓培主动联系印度雇佣军中的革命者，共同反对英

---

① 广东帮是在唐山的广东人建立的具有同乡会性质的组织，人数很多，是一支不可忽视的力量。

国殖民统治。知识的增长和对社会现实的深刻感悟，使邓培心中萌生出一种向往光明、向往自由的愿望。

带领铁路工人追寻真理

笔者到佛山市三水区云东海街道石湖洲村委会走访时，通过邓氏家族的后人讲述得知，邓培的革命主义理想，缘于其从唐山回故乡后，对广东的革命斗争形势有了新的判断。

邓培在革命的路上追寻真理，也在此路上遇到了爱情。长大成人后，邓培娶三水西村（佛山市三水区云东海街道杨梅村）女子陈梦怡为妻。后育有四女两子，四个女儿分别是邓国珍、邓国英、邓国芬、邓国华；两个儿子分别是邓国强、邓国兴。

时光追溯到 1908 年，邓培回邓关村探亲。这次探亲让他对家乡有了新认识，也改变了对中国民主革命的看法。此时的广东，已成为中国民主新思想的先锋阵地。邓培认为，此时的家乡已不同往昔了。

广东革命斗争形势异常高涨，铁路事业发展热情也特别强烈。在返回唐山的途中，他又听到了许多革命故事。回到唐山后，他把家安置在印度坊头条胡同，以便有进一步接触印度士兵、了解印度人民争取民族解放斗争的机会。他对比中印两国情况，逐渐感知到殖民主义给一个国家和人民带来的苦难，反抗压迫、打倒帝国主义的意念也变得更加强烈。

在一次生产事故中，邓培的右手失去了双指，事后非但没有得到赔偿反而受到歧视，这使他对剥削者丑恶的嘴脸又多了一分了解。邓培在与工人们聊天，探讨社会不公、贫富不均根源时，感慨道："为什么咱们工人就该受压迫、吃不饱穿不暖？难道那些总管、监工就该享福？"自此之后，邓培开始用进步思想启发、动员工人共同反抗压迫者和剥削者。

1910 年，在京奉铁路唐山制造厂工作。此时的邓培已是 27 岁的青年，风华正茂。

这个工厂的 3 000 名工人中有四分之一是广东人，其中绝大多数是穷苦无产者，邓培同他们交朋友，互相帮助。广东同乡会曾多次提出让邓培入会，邓培觉得广东帮在唐山谋生不容易，需要广东同乡会的帮助，便答应在广东同乡会任职，以名正言顺地维护工人利益，保护工人不受欺辱。工人们认为邓培做得对，也拥戴他所做的一切。

邓培研究工人运动蜡像

慢慢地，向邓培靠拢的工人越来越多。邓培非常钦佩孙中山，当听说革命经费不足时，便主动联络广东同乡会为其筹款。1912 年 1 月 1 日，孙中山当上了临时大总统。邓培高兴地说："清朝已被打倒，今后要实行民主共和了，我们的日子要好过了。"他到处宣传孙中山的三民主义思想，响应孙中山号召组织工党运动，唐山工党成中国工党在北方的大党。

1912 年 5 月 3 日，《大公报》刊登了《唐山工党宣言书》，700 多名工人开始实践工团主义。9 月，孙中山到唐山考察并在交通部唐山铁路学校（现西南交通大学）宣讲了民生社会主义主张，希望广东同乡组织工人运动。邓培接受了孙中山、陈翼龙和李大钊的宣传，另组华民工党，担任了理事，团结贫苦工人，反抗侵略、反对压迫，多次揭露英国殖民者对中国、印度

的侵略，抨击工头欺压工人的行为。英国殖民者工头对华民工党恨之入骨，经常无故解雇工人。邓培临危不惧，动员工人们不要害怕，团结一致进行反停工斗争，维护自己的利益。反停工斗争成为华民工党的主要任务，并取得了胜利。

　　唐山华民工党影响越来越大，成为二次革命的重要力量。二次革命失败以后，当局取缔了唐山工党和华民工党，一大批党的负责人被逮捕，被迫转入秘密斗争。革命实践教育了邓培，他感到革命斗争缺乏先进思想，推翻专制政权需要强有力的组织，否则多么大规模的斗争都会失败。他认真总结唐山工党、华民工党斗争失败的经验教训，积极探索工人运动的正确道路。

真正成为共产主义战士

　　1919年五四运动爆发以后，唐山工业专门学校的学生，于6月12日筹集召开公民大会。事先，邓培积极发动京奉铁路唐山制造厂的工人参加，同时派人到开滦煤矿和启新洋灰公司联络工人参加。这是唐山工人参加的第一次政治罢工，工人和学生代表都接连上台演讲，愤怒揭露和声讨帝国主义的侵略行径和卖国贼的祸国罪行。下午4时工厂停工以后，两三千名工人在邓培等的带领下，不顾饥饿与疲劳，一起赶赴火车站旁边的旷地会场。这次政治罢工活动，成为唐山工人罢工运动的起始，极大地鼓舞了工人运动的发展。

　　巴黎和会上规定1919年6月28日为《凡尔赛和约》的签订日期。唐山各界人民于1919年6月24日召开第二次公民大会，要求北洋政府拒签和约。邓培组织带领京奉铁路唐山制造厂的3 000多名工人举行罢工。

谢成鑫作品《工运先驱·邓培》

作品尺寸：170cm×120cm×240cm

作品材料：树脂仿铜

　　邓培和参加大会的工人们头戴"酱篷斗"（用高粱皮编织的凉帽），上写"勿忘国耻"四个大字，手持白布旗帜，写着反帝口号。邓培作为工商界的代表与学、绅、教、农各界代表一起登台演讲，控诉帝国主义的侵略行径，要求当局拒签和约，言辞慷慨激昂，群众备受鼓舞。邓培带领到会的工人群众，不断振臂高呼"千钧一发，勿忘国耻，睡狮苏醒，力争国权！""打倒日本帝国主义！""打倒卖国贼！""废除二十一条！""誓死争回青岛！""拒绝和约签字！"等口号，声势雄壮，气冲云霄。这次大会参加的群众约有四万人，集会后，通过三份电文，一份致中国出席巴黎和会的代表陆征祥和王正廷，一份致北京政府，一份致全国人民。

　　邓培领导的这次唐山工人政治罢工，是唐山、上海、长辛店等地的工人参加的第一次政治罢工，他们以这种形式参加了全国人民反帝国主义的斗争，帮助斗争迅速取得胜利。在中国

新民主主义革命的伟大历史上，唐山工人写下了光辉的一页，这是唐山工人阶级的光荣。

1920 年 3 月，李大钊等人在北京组织成立了马克思主义学说研究会，邓培被吸收为会员。同年 12 月，天津共产党组织决定设立京奉铁路唐山站分部，邓培任负责人，成为唐山地区乃至河北省第一个加入中国共产党的工人。

36 岁这年，邓培也成为中国共产党早期的党员之一，真正成为一名共产主义战士。

1921 年 1 月，邓培组建了京奉路唐山工会，这是唐山工人阶级自己建立的第一个工会组织。同年 7 月，邓培领导建立唐山社会主义青年团组织。

1921 年上半年，列宁领导的共产国际为了对抗帝国主义对东方国家的侵略，组织国际统一战线，决定召开远东民族大会。1921 年 10 月，中共北京组织和李大钊同志决定派邓培和梁鹏万作为中国产业工人和中国社会主义青年团的代表，赴莫斯科参加远东各国共产党及民族革命团体第一次代表大会，并在会上报告了《中国工会、铁路和冶金工人罢工的情况》。

与会的中国代表团共 39 人，代表性相当广泛，包括中国共产党代表张国焘，国民党代表张秋白，以及高君宇、张太雷、王尽美、邓恩铭、瞿秋白、林育南、任弼时等共产党员和共青团员。

这次赴苏联，一共停留了 3 个多月，邓培的思想受到极大的鼓舞。

会议结束时，列宁以亲切的态度接见了邓培，紧紧握住他的手说："铁路工人的运动是相当重要的，在俄国的革命当中，铁路工人的运动起到相当重大的作用，在未来中国的革命当中，他们一样可以起到同样甚至更大的作用。"邓培听了翻译的话后点头不已，深表认同。

1922 年 7 月，邓培列席中国共产党第二次全国代表大会。8 月，经中共北京区委批准，成立中共唐山地方执行委员会，邓培任书记。

成为早期工运事业的青年领袖

在全国掀起第一次工运高潮时，邓培以京奉铁路唐山制造厂3 000名职工为后盾，召集开滦煤矿、启新洋灰公司、华新纱厂的工人，成立唐山劳动立法大同盟。在中共北京区委和中国劳动组合书记部的领导下，组织发动震惊中外的开滦五矿工人同盟罢工，在历时25天的罢工斗争中，邓培始终与煤矿工人并肩战斗，成为工人信赖的领导者和贴心人，这也显示了邓培杰出的组织才能和高超的领导艺术。

邓培发动工人运动情景塑像

1922年10月，邓培与京奉铁路局签订复工协议，自天津返回唐山，与前来的全体欢迎代表合影。当时，全体代表特别受鼓舞。

1922年11月至12月，邓培根据中国劳动组合书记部的要求，筹建京奉铁路总工会，并当选为委员长。1923年6月、1925年1月邓培分别参加了中国共产党第三、四次全国代表大会，并两次当选为中央执行委员会候补委员。随后，邓培担任中共中央驻唐山代表，兼任唐山地委书记。1924年2月7日，在全国铁路工人第一次代表大会上，邓培宣告中华全国铁路总

工会正式成立，选举产生执行委员会，邓培当选为委员长。1925 年 5 月 1 日，中华全国总工会成立，刘少奇、邓培等当选为副委员长。

邓培领导工人屡屡罢工闹革命，令厂方很恼火，他们软硬兼施，最后见收买不成，就打算逮捕邓培。唐山军警当局指使工厂警务段，密切监视邓培。邓培机智灵活，在群众的掩护下，安全地躲过许多危险。

有一天中午，邓培正准备去王麟书同志家，路上发现有人跟踪。他当机立断，走进王麟书家对门的一间棚铺里，脱下外衣，装作扎纸工人，蹲在墙角糊纸马。便衣侦探进门就问："刚才进来的人哪里去了？"邓培从容地说："从后门跑了。"那个便衣连忙从后门去追，当然没有追上。不一会儿又转回凉棚，问邓培叫什么名字，邓培糊弄他说："叫孙信。"那便衣叫邓培给他送情报，并"监视邓培和王麟书"，同时留下一张名片，上面写着"孙信有事随便出入"，邓培见此心中暗笑，将计就计，收下名片。不曾想，在军警搜查工会活动地点的时候，邓培就是利用这张名片脱身的。

1926 至 1927 年春天，邓培三次返回家乡，考察农民运动，帮助乡亲组织农协社并起草乡规十二条。在邓培的感召下，几个同乡追随邓培参加了革命队伍。

1927 年 4 月，蒋介石在上海发动了"四一二"反革命政变，疯狂搜捕共产党人和工会领导。

1927 年 4 月 15 日，广东新军阀叛变革命，同样是疯狂搜捕共产党人和工会领导人，当时邓培住在广州中华路小市街华光庙全国铁总广东办事处（今解放南路 22 号）。当天清晨他来到办公室，准备处理和烧毁文件，几个荷枪实弹的士兵闯进办公室，将他捆绑起来，押往南关戏院（今广州影星电影院）。

4 月 16 日，邓培被转往广州河南南石头监狱。反动派逼迫邓培供出全国铁路系统中暗藏的共产党员和工会干部人员名单。狡猾的敌人引诱不成，便恼羞成怒，吆喝着用皮鞭抽打邓培，接着又把他吊起来，用刺刀刺他全身，但是邓培宁死不屈，坚决保守党的机密。4 月 22 日夜间，邓培被反动派秘密杀害，时年 44 岁。

邓培牺牲后，1927 年 6 月 27 日中共中央在致第四次全国劳动大会的信中指出："邓培、李森、刘尔崧等同志在广州之死难……其惨烈当为中国工人阶级及本党永远不忘之事。"

邓培精神永流传

邓培的故居位于佛山市三水区云东海街道石湖洲村，是一栋仿古青砖砌就的高墙大院，里面有一株约十米高的木棉树。火红而炽烈的花朵挂满枝头，即便夏天过去，也是郁郁葱葱一片。今天，邓培故居成为三水红色革命教育基地。

邓培故居

在 44 年的生涯间，他从爱打抱不平的少年，成长为意志坚定、具有号召力的革命家、工人运动领袖，最后为革命事业献出生命。从 20 世纪 90 年代起，三水区政府先后四次对邓培故居进行了修葺与扩建，如今已成为纪念邓培的红色地标，成为三水红色精神的起点和映照家乡人民不忘初心、砥砺前行的精神火炬。

邓培，这位伟大的工人阶级革命先驱，他用自身的实际行动、不屈的抗争，展现了一名共产党员坚定的理想信念和高尚的情怀。

愿红色精神的火炬照亮中国，愿邓培精神世代相传。

（本文部分文字摘录于王士立：《邓培传》，中国文史出版社，2014年。在此谨谢）

1928 年·春风里最美影像

——记革命烈士陈铁军

赵芳芳

陈铁军（1904—1928），原名陈
燮君，籍贯为广东台山，出生于广东
省佛山市一个富商家庭，1925 年考
进了广东大学（后改名中山大学）
文学院。她在求学期间追求进步，改
名为铁军。1926 年加入中国共产党。
1927 年 10 月，受中共党组织派遣，
装扮成周文雍的妻子，并参加了广州
起义。1928 年 2 月 2 日被叛徒出卖，
与周文雍同时被捕，在狱中备受酷刑，
坚贞不屈。敌人无计可施，最终判处
他们死刑。在生命的最后时刻，他们

陈铁军

将埋藏心底的爱情公布于众，在广州红花岗刑场（现广州起义烈
士陵园内）举行了革命者婚礼，表现出大无畏的英雄气概。

党　醒

佛山的夏天不是从一草一花开始的，而是从佛山人的短袖、
短裙开始的。春节过后，还没到谷雨，天就热得不行了，人们

早早地摇起葵扇。见了面，三婆说"好热好热"；长婶紧接着附和"系啊系啊"。你言我语间，没留意到一个女孩子走过，白色小褂，黑色短裙，齐肩的头发在晨风中轻轻飘起。"谁呀？谁家的女仔这么穿？裙子又短，还露出膝盖……"两位老人指指点点，絮絮叨叨。女孩子回头，稚气的脸颊露出笑意："三婆长婶，我是善庆坊陈家的，这是我们学校的制服，好看吗？"她双膝微微一曲，似是敬礼，然后在一串调皮的笑声中走远了，留下两个目瞪口呆的街坊婶婆。

走进佛山市福贤路善庆坊六号，站在那棵古虬的紫薇树下，眼前便出现这一幕。这一幕，已过去整整一百年。距今，一百零一年。

陈铁军故居

这位青春少女便是陈铁军，在 1920 年，她还叫陈燮君。

陈燮君住在善庆坊六号。这座清代建筑，有着典型的岭南民居风格，青砖墙，红介砖地，五彩玻璃窗，开放式敞厅。1904 年农历二月二十三日，陈燮君在这里出生。她出生时，其父有三间店铺、五间大屋、十二亩桑基鱼塘，还合股经营糖铺、百货商店，是佛山数一数二的富庶人家。按世俗思维及父母的想法，富家女孩子必然循着"小时深闺女红，大时嫁人少奶奶"的路子走，可家人没想到，他们家的女孩子，不一样。

生性活泼的陈燮君很不喜欢幽居生活。她的房间挨着大院围墙，围墙外有两棵高大苍郁的大树，一棵是大叶紫薇，另一棵是小榕树，常常有鸟儿栖息。一天早晨，陈燮君倚在窗前看书，突然听到叽叽喳喳的叫声，她一转身，两只鸟儿刷地从树上飞起，直冲天空。追随着鸟儿的踪影，陈燮君羡慕极了。她想，什么时候自己也能像鸟儿一样，想飞去哪儿就飞去哪儿。就在这时候，受广州的影响，佛山开风气之先，办起了女私塾，陈燮君得知后很兴奋，非常希望走出家门，到课堂上去学习。从国外做生意起家的父亲，有别于封建家族的家长，思想比较开明，深知不管男女，有文化才不会受欺负，才有更好的前途。于是，父亲一口答应了陈燮君要读书的请求。

走出深闺的陈燮君，大口呼吸着自由的空气。随着知识的长进，越来越不满足，她善于学习，也善于思考，对普通女子的归宿很迷惑，尤其对旧礼教很反感。她想，女子为什么要从父从夫从子而不从己？什么德言容功，最后还不是回到闺房当附属品？读书究竟为了什么？

下课了，闷闷不乐的陈燮君和妹妹陈燮元走出书馆。她喜欢自己走路回家，而不像别的女同学需要佣人和轿子接送。穿过紫荆花树浓浓的树影，转过佛山祖庙就到福贤路的家。突然，祖庙大门前聚集的一群人吸引了她俩，他们有的大声说话，有的向行人递发东西，看上去他们的年龄都跟她俩差不多。陈燮君挤上去，刚想开口问，一个短发女孩塞给她一叠纸，说，"请帮忙散发一下"。姐妹俩接过来，上面写着"唤醒诸君力图自强""妇女解放，男女平等""政府无能，科学救国"……一连串的字眼振聋发聩，陈燮君犹如春雷炸顶，激动得满脸通红，拉着妹妹陈燮元说，"快快，我们把这些都发给人们看"。短发女孩看着她大声说，"你做得对"。这个女生叫郭鉴冰，也是佛山人，是这支队伍的领头人。她们来自广州女子师范学校，把五四运动反帝反封建的呼声传到了佛山。

虽只是匆匆一见，但郭鉴冰身上的活泼、大方、勇敢深深地吸引了陈燮君。看着比自己大不了多少的郭鉴冰，十四岁的陈燮君对她一见如故，从她身上，似乎看到了光明，也看到了

一个女子的希望。陈燮君想，对，就像她一样，知晓国家大事，懂得革命道理，走自己的路，做有意义的事。

从这天开始，从接过传单开始，从认识郭鉴冰开始，陈燮君心里蓦然点亮了一个火苗，一条广阔的道路缓缓铺开。

反　抗

就像破土而出的幼芽，尽管弱小，但有着生长的动力和勇气。当时的佛山，得益于天时地利，有钱家庭的女子可外出读书甚至留洋；没钱的要进工厂或下南洋当女佣，男女平等初见端倪，社会变革及发展冲击着每个人。冰雪聪明的陈燮君，在这段时间做了两件大事，让所有人都惊讶不已。

第一件事是转学。虽然在五四运动以及进步学生的宣传影响下佛山出现了不少新言论、新行为，但毕竟古镇旧势力盘根错节，当陈燮君提出转学到郭鉴冰开办的季华两等女子学校（简称"季华女子学校"，现禅城区沙塘社区田心里 17 号）时，社会舆论哗然。因为这所学校不仅摈弃旧学制，采取新式教学，女学生一律穿校服，白衣黑裙，学新科学新文化，而且上体育课。因此有人摇着头、咬着牙指责学校的规定伤风败俗，有的人坚决不让孩子上这样的学校，更有人上书当时的政府意图取缔办学。但种种阻力都改变不了陈燮君的决心。"爸爸，您说过读书的事情听我的"，"哥哥，你们都学过英文，知道西方人怎样学习，你们应该支持我"，她耐心地跟爸爸和哥哥们谈，年龄不大可说话有理有据，父兄都没理由反驳，最后，陈燮君、陈燮元姐妹俩转到季华女子学校，开始新的学习。

于是，当同龄女子穿着长衫旗袍时，她们的白衣黑裙学生制服清新脱俗，展示了年轻人的活泼自由，在同龄人中别具一格，但也常常遭到旧思想人士的非议，尤其他们家族在佛山有头有脸，一举一动都受人关注。可陈燮君完全不放心上，每天穿着制服上学放学，在种种怪异的眼光中来去自如。

一波未平，一波又起。有一天，几个学生家长到学校，吵吵嚷嚷，说要见校长。他们听说学校要上体育课，这个说，"这不行，大热天时，会把女仔晒出病的"；那个说，"也不是不行，但要搭凉棚遮太阳"，"别把我女儿晒黑了以后嫁不到好人家"。奇谈怪论，让学校领导左右为难。这一幕正好让陈燮君看到，她看着这些父母辈的大人，很不理解，晒太阳有那么可怕吗？哪有锻炼身体还搭凉棚的道理？晒黑了更健康。她想：学校肯定很为难，我要带头，带头积极参加体育课，带动其他同学。于是，她和陈燮元主动找老师，提出要上体育课，课堂上，她俩大方活泼、朝气蓬勃、倔强、勇敢，完全摒弃富家小姐做派，完全不同于养在深闺的纤弱小姐。锻炼后的姐妹俩，身体更健康，同学们见了很羡慕，纷纷效仿，慢慢地，体育课成为年轻人追求的课程，学校的难题迎刃而解。老师们高兴地说，"你们姐妹俩不是男孩子却胜似男孩子，坚强、要强，将来肯定大有作为"。

在学校里，陈燮君第一次接触进步刊物——《新潮》。它向她展示了一个不同于现实的世界、一个自由理想的世界。也让善于思考的她第一次把自己和国家命运联系起来，把女性和人类解放联系起来。这所季华女子学校，不仅给了陈燮君健康的身体，还给了她先进的思想和反抗封建制度的勇气，成为陈燮君走上革命道路的始发站。

第二件事是拒嫁。与所有富家女子一样，陈燮君还未成年家里就为她定了亲，父母之命、媒妁之言是她们的必然命运。陈燮君偏不信，尽管当她意识到必须反抗时，她与佛山合记盲公饼店何老板孙子的婚姻已在双方家长的谋划操办中了。而此时的陈燮君，已是读着《新潮》写出《争取妇女解放的重要性》的新青年，怎么会"人为刀俎，我为鱼肉"呢？可以一己之弱，反抗强大的世俗礼教，又是何等困难啊。坚强而聪明的陈燮君在学校进步老师的启发下，灵机一动，想出了缓兵之计。

1920年秋，两家人见面商量嫁娶之事。双方家长正在陈家正厅斟酌中，这样的场合，陈燮君是不能出现的。可关系到自己的前途命运，她岂能听之任之？在要好的小婢女阿美的帮助下，她躲在厅角，把两家人的商议细节全听到了，当听到为了

"过门冲喜"要马上举行婚礼时，她忍无可忍，冲了出来，严肃地向何家提出两条上轿理由：第一，父母刚刚过世，自己重孝在身，只能拜堂，不能同房。第二，拜堂后回娘家继续读书，以后还要读中学、大学。倘若两条都同意，就上轿拜堂，否则……人小话重的陈燮君把两家人都镇住了，在场的各位面面相觑，不知如何是好。陈燮君的两位哥哥觉得很尴尬，以为何家人会拂袖而去，可他们并没有，虽对陈燮君毫无办法，但实在喜欢这个聪明伶俐的女孩子。矢在弦上，不得不发，最后只好同意了她的"上轿两条"。

知识给了她力量，思想也给了她勇气。拜堂当晚，她大方而恳诚地跟新郎谈心，希望同是年轻人的他，能理解并支持自己，没想到，对方并非她的良人。三天后，她果断回到娘家，继续学业。

"休言女子非英物"，刚满十六岁的陈燮君，就这样把命运牢牢掌握在自己的手中。此举在佛山引起了极大轰动，不仅嫁娶双方都是有名富商，而且因出嫁当天，两家极尽钱财操办婚礼，几条街搭建彩棚，八音锣鼓喧闹演奏，各方名流纷纷上门庆贺。而陈燮君的"上轿两条"，可谓前无古人，匪夷所思，冲击极大，很长时间里很多人议论纷纷。陈燮君才不管这些，如常上学，如饥似渴地吸收新思想、新文化。她的行为，也影响了身边的闺蜜与朋友。她的妹妹陈燮元、好朋友李淑媛，后来也走上了革命道路。

有思想，有胆识，有智慧，这就是少年时期的陈燮君，跨过福贤路善庆坊六号的木门槛，踏过善庆坊的青砖小路，在"自由、平等、独立"的道路上，她逐渐向共产党靠拢。可以说，没有少年时期的人生经历，就没有后来的革命烈士陈铁军。

改　名

一个女子从远处走来，身披霞光，衣袂飘飘，木屐敲打着石板路，"啪嗒啪嗒"，清脆悦耳。我凝神观望，想辨出她的模样，而眼前如雾如霞，不得不眯着眼……这是一个梦，长久做着，从青年开始，到中年，断断续续。这个女子，有时是外婆，我那个娇小清秀的外婆，路过我的童年、少年的外婆；有时，她却是另一个女人，叫陈燮君。

记得，曾专门查过"燮"的读法和解释，觉得，拥有这个名字的女子，该是秀雅端好的淑女，倘生在宋朝，她是"和羞走，倚门回首，却把青梅嗅"的小小李清照，若长在当今，或许与我相似，谋生之余，写自己欢喜的文，赏四野恬静的花。然而她不是，她出生时，这个国家已灾难深重，她注定不能学易安居士婉约或如我般与世无争。

于是，她把名字改了，改为陈铁军。

上文之所以提到"外婆"，是因为外婆和陈铁军同为台山人，性情相近。在本篇中，我将着墨于女性的刚强。我曾在网上看过一句话，大意是，每当危难时刻，女子的刚强和坚韧比男人强，如张志新、林昭。此话的作者是男性，须眉之褒扬巾帼，应为由衷之言。确实，细数那些留有馨香的名字，譬如柳如是，殉名节而投荷花池，风骨铮铮，可对此钱谦益却说"水太冷，不能下"；再如李香君、秋瑾……当陈铁军还是陈燮君时，柳如是、李香君已香消玉殒，秋瑾女扮男装东渡日本。这些美丽女子，是否留驻她心里，我不得而知。然而少年、青年时候接触的那些进步人士、共产党人，成为她心里的火，她曾经慷慨激昂地说："一个革命者应该学习古今中外伟大人物的高尚品质、英雄气概。"这些伟大人物和共产党人引领着她，一步一步走出黑暗，走出个人的狭隘天地，走出佛山，走进革命队伍，把青春和生命献给党，献给人民。

1925年，已是广东大学二年级学生的陈燮君，积极参加校园的政治活动，在妇女是否解放、中国是否走俄国十月革命道路等问题上，提出新颖且有说服力的主张，成为同学中颇有影响力的人。同年5月30日，上海发生震惊中外的"五卅惨案"，死伤数十名人，逮捕一百多人。消息传到广州、香港，激起了

省港两地群众和学生的义愤。广东大学的学生积极配合工人，走上街头游行声援。6月23日，陈燮君再一次参加了中共广东区委组织的声势浩大的游行。这次游行，共产党区委主要领导人陈延年、周恩来也参加了。浩浩荡荡的游行队伍抵达沙基，又转入菜栏街，井然有序，许多人手举小红旗，高喊"打倒帝国主义""为五卅牺牲的烈士报仇"。正当陈燮君和区梦觉他们行进到沙基时，沙面西桥突然枪声大作，英法军队用机枪向沙基方向疯狂扫射，武力镇压游行队伍，很多同学走避不及，当场死亡。陈燮君目睹暴行，亲眼看见同学受难，心感万分悲伤、愤怒。

若说沙基暴行点燃了陈燮君心中的怒火，那么广东大学校园里的抗争，则最后激起了她的勇气和决心。在选举广州学联代表时，反动势力在校园的爪牙"士的党"肆意破坏，大喊"打遍广州，打遍中国，打败共产党"，陈燮君勇敢地站出来，与他们论理，在冲突中被打，脸部受伤。得知消息的当晚，共产党人谭天度前来探望她。谭天度的公开身份是大学教师，也是陈燮君的国文老师，在教书的同时，逐渐引导学生们阅读《新青年》《劳动与妇女》《向导》《广东妇女解放协会宣言》等进步书刊。平日里，陈燮君主动积极，经常找谭老师请教，提出许多想不通的问题。在谭天度的引导下，她慢慢开阔了心胸，擦亮了眼睛，不断向共产党靠拢。这次见面后，谭天度见她眉头紧锁，寡言少语，怕她受不了打击，影响情绪，于是带她外出散步。走在校园的小路上，谭天度知道陈燮君国文水平很好，经常写词作诗，为了开解这个年轻人，他指着天空说："你看，今晚月色多好呀，古人云，花好月圆人寿……"陈燮君毫不客气，一口抢过老师的话，说："什么花好月圆人寿，分明是花残月缺人亡，就是今天的写照。"她仰头望着朗朗月色，大声说："老师，不用担心，我想好了，我要改名，改为陈铁军。"谭老师问："为啥改名？你想好了吗？燮君很好啊。""是很好，可是，面对恶势力反动派，不坚强不行，不强硬不行，他们以为打我就会让我害怕。不，我不但不害怕，我还要用'铁军'两字告诉他们，一定要反抗，要斗争。共产党是为人民谋幸福的，他要打败共产党，我偏要跟着共产党走！"

她一字一句、斩钉截铁地说着。看着这个勇敢坚强的学生，谭天度打定主意，一定要发展她加入中国共产党。

"铁军"这个名字，意味着陈燮君完全把自己豁出去，她还专门托人转告何家，请对方另娶他人。从此，摆脱一切羁绊，坚持自己的信仰，开始了一段短暂而壮美的人生。

砥　砺

1926 年 4 月，广州城的木棉花开了，殷红如火。在一个特别的日子里，陈燮君在党员登记表上，庄严地写下"陈铁军"三个字，心里升起了神圣的情感。面对党旗，面对窗外红彤彤的英雄花，她举拳头宣誓，"……对党忠诚，积极工作，为共产主义奋斗终身，随时准备为党和人民牺牲一切，永不叛党"。中共广东大学文理院总支书记非常欣赏陈铁军，说她"工作活跃，斗争坚决，和（国民党）右派打架出了名"，勇敢得很。

成为中国共产党党员的陈铁军，全身心地投入革命工作，为了从装束上接近工农群众，方便交流，她换下白衫黑裙的学生装，穿上大襟衫、阔脚裤，大热天时留长发，梳着农村妇女一样的发髻。到群众家，她抢着干家务、带小孩、做农活，深入了解妇女们的需求，倾听她们的控诉。她还把自己的工作经验与其他同志分享，细心地说，要关心农村妇女的疾苦，放下架子跟她们做朋友，这样大家才能团结起来一起革命。

大襟衫、阔脚裤、发髻，这个样子的陈铁军，与我心底的烈士形象很难联系起来，可明明又是她。佛山市福贤路善庆坊六号，现在成为陈铁军故居，屋里有一座陈铁军雕像，青春短发，眼望前方，朝气勃勃。学生陈燮君与革命者陈铁军，前者经过怎样的洗礼与蜕变，才成为彻底的革命者？她做到了，为了旧中国由疲弱颓丧变为旭日东升，为了民族生存大义，为了世界的光明，为了信仰，为了真理，她舍弃了一切。

　　1927 年 4 月，蒋介石在上海发动政变，到处捕杀共产党人和进步群众，随后，又在广东发动反革命政变，反动军警包围了广东大学宿舍，意图捕捉进步学生，一时间风声鹤唳。而此时，陈铁军正在学校宿舍内，危急关头，幸亏她平时与工人群众联系密切，一位女工听闻，火速赶在军警达到前通知了她。陈铁军只身脱险，转移途中突然想起邓颖超同志因为分娩，此时还在西关的一家医院。她意识到邓颖超同志的安危事关重大，"一定要帮助她转移"。她完全忘记了自己常常出头露面，很多人都认识她，有容易暴露的危险，转身就向西关跑去。"化装，化装。"同行的女工提醒她。对，气质是现成的，装扮成贵妇人应该不容易被认出。一路上，她不停地催促黄包车夫快跑，到了医院，直奔邓颖超床前，环顾左右无人留意，低声喊句"大姐"。邓颖超支撑着虚弱的身体，疑惑地望着眼前这位陌生的少妇，发髻端正，耳环闪亮，"是我，铁军"，邓颖超这才认出她来。在陈铁军等人的帮助下，邓颖超顺利登船，脱险来到香港。

　　类似的危急事件，对陈铁军来说是家常便饭。很多次她都差点被认出、被逮捕，但最后关头都侥幸脱险，这其中，她曾帮助过的工人、佣人、农村妇女等工农朋友给予了很大帮助。有一次，陈铁军被搜捕，在广州藏不住，便跑回佛山家里，她三哥担心她的安全，劝她说："你这样东跑西藏哪儿是办法？这样吧，我出钱你留洋读书，怎么样？"面对三哥的好意，陈铁军很感激，毕竟骨肉情深，她知道家人担心她，这些年因为自己，家里一直担惊受怕。想到这儿，她有些难过，眼睛也湿了。她拉着三哥的手撒娇说："三哥，对不起，让你们受惊了，你和三嫂要注意安全，不用担心我，我没事的。"她转身，擦去眼角的泪。革命的心已定，不可能动摇。同样躲藏回家的妹妹陈燮元（此时已改名为陈铁儿）也坚定地说："我就要跟着姐姐，革命到底。"

　　广州的反革命政变致使一批共产党人和革命群众被捕，仅陈铁军所在的广东大学就有四十多位进步学生被抓。为了保存革命力量，党组织决定转入地下工作。此时，社会上出现很多流言蜚语，革命队伍中也出现一些灰心丧气的人。陈铁军、陈铁儿姐妹俩回到广州后，马上深入群众中去，宣讲革命道理，揭穿敌人散布的谣言，白天穿街过户作宣传，晚上印制革命传单《告工人书》《告农民书》。为了工作方便，党组织指示她和周文雍组成假夫妻，寻找失散的同志，建立组织开展活动。于是，陈铁军装扮成各种身份的人，有时是去买菜的佣人，蓝头巾竹篮子，出入在街市和横街窄巷中；有时是小学老师，竹纱长衫旧布鞋，与小学生在一起；有时是出门打牌的少奶奶，来往于学校、工厂、商肆之间，为党组织和工人群众"搭桥"，布置任务，传送情报，迅速凝聚力量，建立革命队伍。

有一天，陈铁军为了传达一个紧急的消息，简单装扮后就去了珠江边一个工人棚区。谁料身后有两个人尾随，她发现后，故意站在江边，眺望对岸，脑子里快速地思索着该如何脱身。就在此时，一位老工人突然出现，把陈铁军拉进旁边一间小草屋，草屋里的人马上带她从后门出去，左转右拐，迅速离开江边。工人们对她说："铁军同志，你一定要注意安全。"可陈铁军毫不惧怕，她说："革命受到挫折，我们尤其要保持沉着冷静，要勇敢，要有跟敌人斗争到底的决心。相信胜利的那一天一定会到来。"

就　义

要斗争，就会有牺牲。在多次侥幸脱险后，陈铁军被叛徒出卖，在广州，她与周文雍一起被捕。

1928 年临近春节时，因为要为党组织活动筹措经费，她于年廿八回到佛山，找家人商量。陈铁军的哥哥们因为受姐妹俩的影响，生意做不下去，日子也过得越来越艰难。但三哥三嫂与陈铁军来往多，情感上倾向于共产党，虽然生活拮据，但为了这个经费也想办法东筹西借，最后筹到两百大洋交给陈铁军。

正月初二（1928 年 1 月 24 日），陈铁军回到广州的秘密机关，这是她和周文雍、妹妹陈铁儿共同居住和工作的地方。2 月

2 日早上，陈铁军想着大过年的自己却东奔西跑，也没好好跟两位亲人同志吃顿饭，于是，陈铁军走进厨房，把从佛山带回来的萝卜糕切好，刚放进锅里准备点火，突然，急促的脚步声传来，陈铁军马上凝神倾听，片刻后传来"咚咚咚"的撞门声夹杂吆喝声。敌人，是敌人，陈铁军马上意识到。此时，陈铁儿也跑到她身边，陈铁军镇定地拉开抽屉，拿出怀表塞给铁儿，指着厨房窗外邻居家的瓦面说："快，从天棚翻过去。"机警的陈铁儿边跑边回头问："姐，你怎么办？""别管我。"

周文雍前一天出去，此时还没回来，陈铁军立即冲到阳台，拿起地上的白色搪瓷盆，刚想放到阳台栏上，这是他们平时商定的危险信号。谁知"砰"的一声，大门就在这一瞬间被撞开，一群面目狰狞的人端着枪冲了进来。危险信号发不出，陈铁军快速思索着怎样才能通知周文雍，没想到周文雍一步踏进家门。敌我对峙，逃脱是不可能了，陈铁军机警地想，要想办法保证机关里资料的安全，不能落在敌人手中。于是，她慢悠悠地说，"有点儿冷，我要换件衣服拿条围巾"。她边说边向周文雍使眼色，让他拖着敌人，然后镇定地走进房里，快速处理资料，确认不会被暴露。

在邻居的帮助下，陈铁儿得以逃脱，而陈铁军、周文雍被捕。

陈铁军与周文雍

当时，社会各界群众对他们的被捕非常关注，地下党组织更是想尽办法，力图营救他们。对于狱中情形，中立媒体给予了详细报道，譬如香港《申报》、天津《益世报》以及《广州民国日报》等，持续向社会传达他们的凛然不屈。严刑拷打，不怕；封官许愿，唾弃。敌人束手无策。这张被亲人们一直保存的照片，也是这些报刊首先刊登出来的，一时间，国内各大报刊竞相转载。两人站着，神态从容，虽历经严刑拷打，但陈铁军身姿依然挺立，素帽黑裙，挨着周文雍，他们的安详，更衬出身后铁窗的狰狞。这张照片，是两人给同志、给亲人的最后告别，也是他们给党组织留下的明证，为革命，为人民，他们献出了自己的一切。

1928年2月6日，元宵节，广州街头没有一丝过节的气氛，寒风萧萧，阴雨如晦，行人寥寥。这天，陈铁军和周文雍被押赴广州红花岗。

临刑前，周文雍用鲜血在牢房的墙上写下"头可断，肢可折，革命精神不可灭。壮士头颅为党落，好汉身躯为群裂"。铮铮铁骨，字字千钧。他深情地将脖子上的围巾转绕在陈铁军颈上，紧紧地握着她的手，陈铁军的另一只手使劲插到绑周文雍的绳子里，共同承受着绳子的紧缚。两人毫无惧色，昂首挺胸，面对枪口，面对那些悲愤无奈的人，迎着1928年的春风，陈铁军庄严宣布："当我们把自己的青春生命献给了党的时候，我们就要举行婚礼了。让反动派的枪声，作为我们结婚的礼炮吧。同胞们，同志们，永别了！望你们勇敢地战斗，共产主义一定会胜利。未来是属于我们的！"革命者的爱情如此浪漫而震撼人心。

这一荡气回肠的历史镜头，永远定格在广州红花岗的松柏前。

牺牲时，陈铁军只有24岁。

传　承

2021年4月的一天，几十年没见的老同学突然打来电话，说周末要陪同台山市三合镇领导来佛山参观陈铁军故居，与佛山文化界人士座谈，商量如何宣传铁军精神。

陈铁军是台山市三合镇人。老同学强调。

陈铁军祖籍台山，祖父那辈还是辛辛苦苦耕田的农民。她的父亲小小年纪便跟人下南洋，最后到了澳大利亚，靠着台山

人勤劳吃苦的品质和自己的聪慧，从点滴的财富开始积攒，建立了自己的生意圈。陈铁军出生时，他们全家已定居佛山。我想，从大家闺秀到反封建的新女性，从女学生到共产党人，从邻家女孩到革命烈士，陈铁军短暂而英雄的一生，有多少品德和精神值得后人了解和学习。不了解过去的人，命定要重蹈覆辙，要承受更多的苦难。前辈们留存世间的精诚傲岸，是后人的福祉，我们应该或者必须接受这种福佑，并以之庇护今后。如今，家乡人以陈铁军为傲，以学习铁军精神为荣，这足以令人欣慰。

　　而在佛山这座城市，有一个以"铁军"命名的公园——佛山铁军公园，公园里矗立着陈铁军的雕像。曾经有段时间，我家就在公园边，家里的孩子会问："这个姐姐为什么站在上面?"我便把陈铁军的故事说给她听，告诉她，这个姐姐是英雄，我们要记住她。等下一次经过，孩子会有同样的疑问，我便再把故事讲一遍……这样一次又一次，后来，她也会讲，还给幼儿园的小朋友们讲陈铁军的故事。公园附近有佛山市铁军小学，孩子的爷爷——一个粤赣湘边纵队小鬼班班长的老人，悄悄把自己的工资拿出来，捐给学校乐队，他希望，孩子们向铁军烈士学习，发扬铁军精神。

陈铁军雕像

068

在这块红色土地上，还有铁军少先队、铁军志愿者服务队、铁军社区……铁军，已成为一种精神象征。

又一年清明来临，铁军公园的《陈铁军雕像》周围放满鲜花，很多年轻人选择在这里宣誓，读党章，学党史。公园里，小朋友们追逐玩耍，市民们打拳跳舞。时光流逝，精神永存。陈铁军、周文雍，以及许许多多像他们那样的人，在历史的某个时刻点燃自己，照亮一段崎岖的路。他们如幽草潜光，在寂寥的夜空，在蕴藉的远山，在僻静的汀州，兀自发出迷人的光彩，照耀着城市的步伐。他们是时代之丰碑、先驱者之楷模、后来者之航标，璀璨的生命，我们会永远铭记。

红棉映佛镇，铁血照丹心

——陈铁军背后的陈铁儿

朱郁文

一个周末的清晨，我信步来到汾江西路江湾立交桥畔的铁军公园。仲春之际的南国，阳光明媚，百花初绽，正应了那句"二月艳阳千树花"。

公园的中央，就是30年前雕塑家张满汉和鄢云夫妻二人设计创作的陈铁军汉白玉雕像。几株高大的木棉环绕在雕像的四周，木棉花开得正艳，一些挂在枝头，一些散落在翠绿的草坪上。一棵枝叶茂盛的老榕树卧在雕像的左侧，似要为雕像遮风挡雨，枝叶间还时不时传来几声鸟鸣。加上地台和底座一共四米多高的陈铁军雕塑，立在那里，整个公园安静、肃穆。

几位穿着素净的女子，从草坪上拾起几朵刚刚落下的木棉花，轻轻地放在雕像正面的地台上，然后抬头默默地望着陈铁军的面孔。我在阳光和微风中看着这一切，心底生出一股莫名的感动。

我站在雕塑的正前方，久久凝视着陈铁军的面容。渐渐地，我仿佛看到一个身影在陈铁军的雕像旁边时隐时现，我想看清她的模样，可那个身影始终是模糊的。

是的，此行我并不是为陈铁军而来，而是为了这个模糊的身影而来。这个身影，就是陈铁军的妹妹——陈铁儿。

电影中的"荔儿"

很多人知道有一部电影叫《刑场上的婚礼》，却不知道这部电影的女主人公陈铁军是佛山人，更不知道她有一个妹妹，叫陈铁儿。在电影中，她叫"荔儿"。电影中的"荔儿"，有这样几个镜头——

第一个镜头，姐姐陈铁军正坐在院子里绣手绢上的木棉花，妹妹荔儿看到了，一把夺了过去，夸姐姐绣得真好看，还问是不是给"何家的那个"（指家里为陈铁军指定的婚配对象），姐姐说"他不配！我要送给配得上它的人"。然后，就看到杨文带着《新青年》杂志走进院子，杂志上刊登有一篇文章，文章控诉封建礼教，主张妇女婚姻自由、经济独立，姐妹二人看罢露出欣喜的神情，决心要去广州读书。这一处反映出陈氏姐妹对女性自由、独立生活的向往和追求。

电影中的陈氏姐妹

第二个镜头，周文雍第一次被捕之后，杨文很害怕，他找到荔儿，对她说："荔儿，你没看到处在抓人吗？周文雍也被捕了，荔儿，咱们俩离开广州去躲躲风吧！"荔儿却坚决地说：

"同志们被捕了，你不帮助想想办法，反而要躲躲风，怕死你自己走吧！"这一处表现出陈铁儿不是贪生怕死之辈，她对革命忠诚，对同志不离不弃。

第三个镜头，广州起义的消息泄露之后，荔儿按照上级指示，通知周文雍马上开紧急会议，准备将武装暴动的时间提前。从这个细节可以看出，陈铁儿在陈铁军和周文雍从事地下革命活动的过程中，充当着交通员和联络员的重要角色。

第四个镜头，荔儿得知杨文叛变，跑去姐姐陈铁军住处报信，让姐姐和周文雍先走，自己愿意留下来。这一处跟第二个镜头类似，反映出陈铁儿在关键时刻不怕牺牲、敢于为战友和亲人舍生取义的品质。

第五个镜头，陈铁军和周文雍被捕之后，荔儿把叛徒杨文引到郊外，面对杨文的狡辩，荔儿怒目圆睁，掏出手枪，将对方打死。这一处显示了她勇敢、果断、疾恶如仇的性格。

这五个镜头将那个模糊身影的轮廓大致勾勒出来，但似乎还不够清晰和丰满。

富商家的"燮元"

禅城区的东华里，在过去数百年间，可以说是佛山的经济、政治、文化中心和民间信仰中心，是名门望族、达官显贵、富商巨贾的聚居地。近十年来，东华里被改造成了"岭南天地"，依然是佛山五区最繁华的地段之一，是富有时尚潮流气息的"网红打卡地"。

东华里南面是佛山初地——塔坡岗①，北面有仁寿寺，西边就是有着"东方民间艺术之宫"美誉的祖庙。沿着祖庙左侧的东瑞路往东走，步行五百多米，走到紧邻岭南天地的高档住宅区东华轩内里，在路的右侧，有一栋与周边楼房截然不同的低

---

① 据传唐贞观二年乡民在此地挖出三尊铜佛，搬开佛像，有清泉涌出。乡人于是掘井取水，在岗上建塔坡庙供奉铜佛，并将季华乡改名为"佛山"。

矮灰砖墙建筑，三间二进院落式平面布局，硬山顶，人字山墙，砖木结构。这栋房子入口处立了一块一人多高的牌子，上书"陈铁军故居"。这里就是陈铁儿和姐姐陈铁军出生和幼时生活的地方。

　　这栋建筑始建于清代，坐标为佛山镇善庆坊 6 号，如今看起来不显眼，在当时可是有钱人家才能建得起、住得上的房子。房子的主人是富商陈贤超，此人祖籍广东省台山县三合黎汇洞里，原本家贫，年轻时（1860 年前后）因土客械斗从台山逃亡至佛山，初以经营豆腐店为生，后因生活所迫，旅居海外（据说是澳大利亚）经商，先后在佛山买下房屋、店铺若干及桑基鱼塘十余亩，俨然已是归侨富商。后娶南海邵氏为妻，生儿育女，家业日兴。其子陈邦楠继承父业，或出洋打拼，或在佛经营，家业得到巩固。陈邦楠娶妻李氏，育有子女八人，生于 1904 年的四女燮君和生于 1908 年的七女燮元，就是后来的陈铁军和陈铁儿。

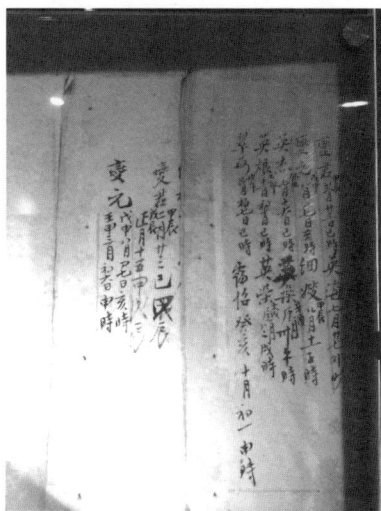

陈氏姐妹在家谱中的名字与出生日期

这栋房屋在20世纪90年代被佛山市政府确定为文物保护单位，并树牌"陈铁军故居"，将相关文献资料及物什陈列其中，供后人瞻仰。就是在这里，我第一次见到了陈氏姐妹的合影，这也是我在目前所搜集到的文献资料中所能看到的唯一一张姐妹合影。照片中姐妹俩一坐一立，神情自然，妹妹铁儿看上去比姐姐更为秀气。

陈氏姐妹（左为陈铁儿）

祖父辈打拼下的殷实家底，使陈氏姐妹从小过着衣食无忧的生活。按照常人的逻辑，她们应该过着"四书五经、深闺女红、夫唱妇随、相夫教子"这样可以预见的生活，走完自己的一生。然而，此时的中国风雨飘摇，时代的洪流悄然逼近，她们的命运也因此而彻底改变。

姐姐的"跟班"

也许是因为祖辈父辈在海外打拼、经商的缘故，视野自然开阔一些，家里的氛围相应也没那么传统和保守。小时候的燮元和姐姐燮君，在温和的外表下，已露出些许叛逆。她们不想遵从"女子无才便是德"的旧俗，强烈要求家里送自己去上学。1918年，燮元10岁，燮君14岁，她们争取到父亲的支持，进入佛山坤贤私塾读书，开始识字启蒙。

1919年，五四运动席卷全国。时南海县佛山镇华英中学、三水县河口镇三水中学等校学生，纷纷举行演讲会、游行示威，成立联合会、救亡社等，声援北京学生的反帝爱国运动。广州女子师范学校学生组成的宣传队，前往佛山的一些学校和街道演讲。燮元经常跟着姐姐到附近祖庙一带听这些青年学生的演讲，还时不时接到她们散发的传单。很快，她们就跟广州女子师范学校的一位女学生有了交集，这位女学生叫郭鉴冰，也是佛山人。

在"五四"新青年的激情感召下，在新文化、新思想的洗礼下，姐妹两人的心理也在悄悄发生着变化，她们对一个崭新的世界充满了向往。

1920年，佛山镇第一所新学制小学——季华两等女子学校成立并对外招生，看到学校贴出来的招生简章之后，陈氏姐妹非常兴奋，随即向家人提出转学的要求。于是，12岁的燮元与16岁的燮君一起进入该校，成为这所学校的第一届学生。

季华两等女子学校的创办人之一就是郭鉴冰，毕业于广州女子师范学校的她，受过新式教育和五四精神的洗礼。五四运动的洪流兴起时，就是她带着一批同学到佛山街头演讲，宣传民主与科学，提倡男女平等、妇女解放。换句话说，在陈氏姐妹入读季华两等女子学校之前，郭鉴冰就对她们的思想产生了影响。

毕业之后，郭鉴冰立志要在自己的家乡创办一所正规的女子学校，尽管遭遇了一些阻力，但还是同几位志同道合的人士一起于1920年春创办了季华两等女子学校，并任校长。佛山镇原来叫季华乡，为学校冠名"季华"也体现了郭鉴冰造福桑梓的情怀。季华两等女子学校设于城区石路头大街（现纪纲街）的一所民房内，照旧制（初小四年，高小三年）招了七个班，初小四个班110人，高小三个班63人，共173人，皆为女生。

陈氏姐妹就在这第一批女生之中，当她们知道她们的校长就是此前在祖庙门前演讲的众多学生中的一位女大学生时，更是激动不已。

季华两等女子学校旧址

1926 年，季华两等女子学校求学者日众，校舍不够用，于是在田心里建了新校，扩充班额，并兼收男生，师生将近五百人。新中国成立后该校改为佛山市第二小学，后改为铁军小学，现为幼儿园。这是后话。

由于机会来之不易，燮君、燮元姐妹在季华两等女子学校学习非常努力，各方面都相互促进，成绩自然也很优秀。而且，在新式教育理念的熏染下，她们带头穿白衣黑裙的校服、上体育课，这些"有失体统"的行为尽管引来了守旧市民的侧目，但也获得了身心的解放。在学校，郭鉴冰特意订了一份《新潮》杂志，供师生开阔眼界。姐妹俩从中汲取精神养分的同时，还经常把自己理解的反帝反封建和争取妇女解放的想法写到作文里，进步思想初见端倪。

不幸的是，小学还未毕业，她们就遭遇了家庭变故。先是父亲因病去世，不久母亲亦病亡。父母生前已将燮君许配给了佛山合记盲公饼店的何老板做孙媳妇，此时，何家因老爷子生病，想娶燮君过门"冲喜"。燮君的哥嫂秉承父母心意，应允了何家的要求。面对封建礼教和双方家庭的压力，燮君只能求助于校长郭鉴冰。郭鉴冰了解情况后，建议燮君不妨先答应婚事，然后慢慢说服何家公子同自己一起求取新知。燮君觉得也只能这样了，于是答应了婚事，但向何家提出了两个条件：第一，自己重孝在身，只拜堂不同房；第二，拜堂后要继续回到学校读书。作为权宜之计，何家也答应了燮君的条件。于是，燮君与何家少爷拜堂成亲。然而，完婚之后的何家少爷并不为燮君的言行所动，一心想过传宗接代、荣华富贵的生活。燮君小学毕业后，何家再三催促她回去当少奶奶，哥嫂也申明按照习规，不再供给她继续升学的费用，而燮君并没有屈从外界的压力。

作为一个切近的旁观者，在姐姐的婚事上，十几岁的妹妹燮元看到了女性想要主宰自己的命运是非常难的，但也是非常可贵的，她因此更加佩服姐姐的选择。在这个家里，最同情、理解燮君的就是妹妹燮元。

在燮元的支持下，燮君设法变卖了首饰衣物，来到广州，顺利通过了插班考试，进入位于广州西关的坤维女子中学。不久，燮元也来到这里就读，时间来到了1923年。

思想蜕变成"铁儿"

在坤维女子中学，燮君的语文老师就是后来被称为"革命三谭"之一的早期共产党人谭天度。燮君经常从谭天度那里借来各种进步刊物和书籍，如《新潮》《新青年》《向导》《共产主义ABC》等，燮元亦接受了新的思想观念。其时，社会和学校中流行着各种政治主张和思潮，面对各种主义和立场，很多学生往往不知所措，不知道该何去何从。这些进步书籍对燮元接受革命思潮和共产主义思想熏陶、提升政治觉悟起了很大的作用。

除了书本的学习，燮元也经常参加进步社团和活动，比如加入时事研究社，与同学讨论时事政治和中国道路等问题，参加政治示威游行等。1925年6月23日，广州各高校和中学的学生，参加了旨在声援上海罢工工人、声讨五卅惨案的游行示威，燮元和姐姐燮君亦在其中。这次游行，中共广东区委主要领导人陈延年、周恩来均有参加。当游行队伍行进到沙基一带时，处在戒备状态的英法水兵竟用机枪向游行队伍扫射，造成五十余人当场死亡，一百多人受重伤，这就是震惊中外的"沙基惨案"。在这次惨案中，燮元和燮君进一步看清了旨在侵略中国的帝国主义犯下的罪行，也认识到中国共产党领导人民翻身解放的紧迫性，从此更加积极地参加革命活动。

1925年秋，从坤维女子中学毕业后，燮元考入广东大学（1926年定名为"国立中山大学"）理学院预科，姐姐燮君已于1924年秋考入该校文学院预科。当时，广东大学各种思潮互相激荡，新旧思想斗争非常激烈。社会上的政治派别和斗争也直接反映到校内。在学生中，各种代表不同立场的社团和组织应运而生，并经常相互辩论，言语冲突也时有发生。

在这种情况下，燮元主动要求姐姐帮助自己对各种派别的政治态度和性质进行分析，并不时向谭天度、区梦觉等共产党员请教。同时，燮元认真阅读进步刊物，学习马列主义理论，参加各种读书会、辩论会、讨论会，一边学习一边传播马列主义和进步思想。燮元像姐姐一样，满腔热血，疾恶如仇，常常跟持反动思想和错误言论的人争论得面红耳赤，将对方驳得理屈词穷、狼狈不堪。

经过这一阶段的学习和历练，燮元的思想逐渐成熟，立场也日益坚定下来。为了表明自己的高远志向和矢志不渝的决心，燮元像姐姐一样把自己的名字改了，姐姐改名叫"铁军"，燮元改名叫"铁儿"。陈氏姐妹誓将一切献给党的革命事业，做党的优秀儿女，为共产主义理想不懈奋斗。

1926年9月，经铁军介绍，铁儿在姐姐加入中国共产党五个月后，亦加入了中国共产党。入党后，组织派她协助姐姐做学生运动和妇女解放运动工作。在这段时间，除了在学校努力学习和参加活动，铁儿经常跟着铁军深入工厂和穷苦的劳动人民家中，一方面了解工人和妇女的生存状况，另一方面宣传革命思想。姐妹俩把工人当亲人，还经常接济他们，帮工人做家务、搞文化娱乐活动等。许多工人在她们认真细致的讲解和教导下，思想觉悟慢慢得到提高，有的还学会了唱革命歌曲，跟着她们一起从事思想宣传工作，参加反帝反封建示威游行等活动。

1927 年 4 月 15 日，继在上海发动"四一二"反革命政变之后，国民党反动派又联合广东军阀，在广州发动了"四一五"反革命政变。是日凌晨，反动军阀包围了中山大学学生宿舍，逮捕进步学生。正在宿舍就寝的陈铁儿和陈铁军，得到广东妇女解放协会驻会干部、中共党员、中山大学女工沈卓清的通知，才及时逃离宿舍，幸免被捕。

姐妹前仆后继

陈铁儿在中山大学虽然学的是理工科，但她酷爱文学，喜欢写小说、诗歌、话剧等，据说还多次聆听鲁迅先生的演讲。大革命失败后，她写过一个话剧——《不灭之火》，描写几个青年学生在大革命中经受了种种考验，锻炼成为坚强的革命战士，即使面临失败，依然坚持与敌人作斗争。剧本写好以后，她先给姐姐铁军看，后又拿给当时的中共两广区委妇女主任邓颖超看，得到她们的赞许。1979 年，长春电影制片厂《刑场上的婚礼》的编导人员去拜访邓颖超时，她还提到陈铁儿写的那个剧本的故事，对陈氏姐妹仍念念不忘。

反革命政变之后，整个广州城笼罩在白色恐怖之中。中共组织遭受重创，党员或伤亡，或被捕，或撤退，许多中共党员不得已转入地下工作。在这种情况下，党组织安排陈铁军和周文雍假扮夫妻，在广州西关租了一所房子，建立秘密机关，继续从事革命活动。

此时的陈铁儿，则以周陈夫妻保姆的身份出入，为他们的革命活动做了很好的掩护。在这段时间，铁儿充当了交通员和联络员的重要角色，大大便利了周陈二人革命工作的开展。除了秘密接头、送情报、传达组织决议等工作外，铁儿还同姐姐一起经常秘密联络工人印发传单、公告，发动和号召工人，同时组织妇女缝制红布带、红袖章和旗子，运送枪支弹药等，为广州起义做准备。

1927年12月11日，广州起义打响。铁儿奉命坚守秘密机关，坐在电话机旁，及时传达起义指挥部的通知和指示。遗憾的是，由于敌我力量悬殊，广州起义失败了。铁儿在秘密机关及时转移、烧毁与起义有关的文件物品，直到上级命令撤退，她才跟着姐姐离开。随后，陈氏姐妹隐蔽到香港，铁儿担任广东省委机关机要通信员。

为了恢复地下党的地下工作，部署新的战斗，1928年初，按照中共广东省委的指示，陈铁军与周文雍返回广州，重建党的秘密机关。陈铁儿仍然做他们的助手，同驻秘密机关。他们相互掩护，紧密配合，很快就恢复了广州市委秘密机关，与许多失散了的共产党员和革命同志建立了联系，并开始酝酿在春节期间发动工人进行"春季骚动"。

为了做好这次政治攻势，铁儿与铁军积极联络同志、筹集款项。春节前，她们冒着生命危险，扮成贵妇人回到佛山家中。此时，她们已经家道中落，经济上并不宽裕。但其哥嫂在她们的影响下，同情革命，临时筹措了大约二百大洋支援妹妹们的革命活动。姐妹俩在佛山秘密活动了几天后，于大年初二返回广州。

不幸的是，1928年2月2日这一天，由于叛徒告密，陈铁军和周文雍同时被捕。铁儿在姐姐的掩护下通过阳台躲到邻居家，在邻居的帮助下脱险，旋即逃到香港。

正月十五元宵节（2月6日）这一天，陈铁军和周文雍被国民党反动派枪杀于广州红花岗刑场，时年陈铁军24岁，周文雍23岁。

得知二人牺牲的消息，陈铁儿悲痛无限，亲手写下祭文，发表在 1928 年的《红旗》周刊，表示对亲人的悼念和对烈士的崇敬。

亲人与战友的离去，让铁儿的身心受到沉重打击，原本有肺病的她病情加重，加之党组织被破坏和同志们的失散，她暂避佛山家中休养。在如此糟糕的境况下，铁儿并没有灰心丧气、意志消沉，她常给家人讲述与姐姐一起从事革命活动的经历和感受，以此激励侄儿长大后要像四姑（即陈铁军）那样勤奋、好学、坚强、勇敢，并充满爱心。

不久，铁儿就接到中共广东省委的通知，派她到香港，一方面躲避敌人追捕，另一方面继续担任广东省委机关机要通信员。在香港，她遇到了自己的爱人——中共党员、海员工运领导人林素一（一说是林诗依）。二人在革命中互生爱慕，于 1929 年结为夫妇，次年得一子。由于革命工作的原因，二人无法亲自抚养男婴，不得已将孩子送回佛山，一年后又送到林素一的家乡梅州由亲人抚养，孩子得以幸存。

做地下工作，风险毕竟极高。夫妻和睦、家庭幸福的日子没过多久，不幸再次降临。1931 年底，铁儿与丈夫林素一双双被港英当局逮捕，随后移送到广州交给国民党，被关押在警察局里。

被捕之时，铁儿已经怀孕。敌人对她严刑审讯，她始终坚贞不屈、大义凛然。不久，她在狱中产下一个女婴。就在这个时候，她的丈夫林素一因拒不招供而被反动派杀害。爱人的罹难、产后的虚弱、肺病的复发、患了麻疹且嗷嗷待哺的孩子……面对这一切，陈铁儿身心俱痛，如坠地狱。

试问，此时的陈铁儿，可以动摇、妥协、求饶吗？可以，但是她没有。她心里想的是：如果我此时放弃抵抗、跪地投降，怎么对得起牺牲的姐姐、丈夫和无数罹难的战友？我的孩子长大后又如何看待她母亲的所作所为？想到这里，陈铁儿感觉身心没

那么痛苦了，在监狱的日子仿佛也没那么难熬了。她化悲痛为力量，一边爱抚照顾着刚出生的孩子，一边继续坚持狱中斗争。

在用尽各种手段威逼利诱不见效果之后，面对赤胆忠心、不吐一字的陈铁儿，反动派丧心病狂，竟然将给陈铁儿治病的药喂给尚在襁褓中的婴儿吃。可怜这个孩子，刚来到这个世界没有几天，最后竟被活活害死。那一刻的陈铁儿，肝肠寸断。她的眼中已经没有了泪水，她的心碎了，在流血。

1932 年 4 月 11 日，无计可施的敌人将陈铁儿押赴刑场杀害。跟姐姐一样，铁儿洒热血于红花岗，牺牲时亦是 24 岁。

朋友们，当我们缅怀、纪念陈铁军这位革命先烈时，不要忘记，她的背后还有一位同样有血有肉、有胆有识、可敬可叹的女子，将生命定格在火红的青春。

百年沉思

行文至此，"荔儿"的形象慢慢清晰起来，不再是几个简单的电影镜头，也不再是文字里的一笔带过。

朋友，在你为陈铁儿的事迹所触动的时候，你可曾想过：是什么，让陈铁儿和她的姐姐从富商千金，一变而为追求进步的学生，二变而为关心国家民族前途命运的进步者，三变而为坚贞不屈、舍生取义的革命者？是什么，让她们不守父母之命，不安于衣食无忧的生活？

我想，是社会，是时代。身处斯时的中国人，但凡不是耳闭目盲，都不能无视水深火热的现实，不能无视民众的呼声和时代的召唤。

陈铁儿以及无数像陈铁儿一样的女性，她们选择醒来，选择一条前人不曾走过的路。这条路，让她们献出了年轻的生命，也让她们名垂青史、万古流芳。

人的价值，并不在于生命的长短，而在于生命的质量。正如臧克家的诗所言："有的人活着，他已经死了；有的人死了，他还活着。"

我的心头突然生出一个疑问。无论是在文学影视作品中，还是在可见的史料中，我们看到的陈铁儿都是一个刚强、决绝、勇敢、无畏的女性革命者形象。这样一个女子，她是否有过花前月下与爱人的卿卿我我？是否有过前路的迷茫、人生的困惑和内心的脆弱？我想一定是有的。

让我们再回到前面所说电影《刑场上的婚礼》关于"荔儿"的第一个镜头。在我看来，这是电影中唯一一个使少女对浪漫爱情的憧憬和幸福生活的向往之情得以呈现的镜头。后面，陈铁军对周文雍所说的话再次表现了青年女子的这种浪漫情怀。她说："我把美好的幻想化着这对红棉，作为我的嫁妆，一针一线地绣在手绢上。"

对她们而言，这确乎是"幻想"了。因为，对大众的博爱精神，对远大理想的坚定信念，使她们放弃了个人的幸福，把"小我"毫无保留地献给了"大我"。毫无疑问，她们也在"大我"中成就了另一个"小我"。

此刻，我站在铁军公园一棵高大挺拔的木棉树下。看着一朵朵鲜红似血、灿烂如火的木棉花，我仿佛看到陈铁儿们火一般燃烧的生命。即使被风吹雨打，零落成泥，依然佑护大地，馨香如故。

距离陈氏姐妹故居东北向一公里处的沙塘社区田心里17号，有一所幼儿园，叫莲花幼儿园，其前身就是季华两等女子学校。当年，就是在这里，陈氏姐妹通过新式教育，实现了新文化、新思想的启蒙，为后来选择的道路打下了根基。

那日，我站在幼儿园门口，看到里面有两个老师正带领一群孩子，在两棵粗壮茂密的大叶榕树下嬉戏玩耍。

莲花幼儿园里玩耍的孩子们

　　我突然想起，一百年前的今天，正是陈氏姐妹在此读书的时刻吗？不正是她们当时决绝而又无悔的选择，才给我们，给我们的孩子，带来了和平安乐、无忧无虑的今天吗？

　　穿越百年时空，孩子们欢呼雀跃的身姿，与陈氏姐妹的一生，奇妙地连接在一起。

从文静闺秀到红色花木兰

——区夏民烈士的一生

李伯瑞

　　1928 年 5 月的一天，汕尾市郊的一座山突然冒起滚滚浓烟。顺着烟柱往下，可以看到一队国民党士兵在一个人的带领下正在放火烧山。不久后，他们集中到了一个山洞口。几个士兵举枪往洞口胡乱开了几枪。然后，一个小头目示意一个士兵进洞。突然，洞里传来"叭"的一声枪响，一颗子弹打进那个士兵头顶的土里。这个士兵吓得滚到了旁边。由于这个洞口很小，洞里有人用枪守着，再也没有士兵敢往里面走。小头目躲在一棵树后朝洞里喊话："快点出来，再不出来我们就要放火啦!"

　　但是任凭小头目喊破了喉咙，洞里一点儿声息也没有。小头目下令："给我放火，柴里加上硫黄，我要'熏老鼠'，看他们出不出来。"几个士兵马上在洞口架起柴堆，点着后，柴堆冒出浓浓的黑烟，并散发出刺鼻的硫黄味。他们用树枝把浓烟扇进洞口。小头目脸上露出了狰狞的笑。

　　山洞里有七八个人。守着洞口的三个男子很快被熏得剧烈咳嗽，泪水直流，即使用袖子捂着口鼻也无济于事。再往里面一点，几个人围在一个简陋的担架旁，焦急地看着担架上的人。那人的脸上裹满了绷带，已经看不见原来的模样，但还能看出是一个年轻的姑娘。

　　尽管她伤得很重，头都抬不起来，但是从众人的神情和外

面的动静中，她已经明白了目前的处境。此刻，她反而出奇的平静。她的身体虽然被困在这个狭窄的山洞里，但是她的灵魂穿越了时空，往事在脑海里一幕幕闪过……

逃婚追自由，应聘做"司机"

1906年，清王朝的统治已经风雨飘摇，各地的起义此起彼伏。迫于革命压力，清政府于这一年宣布预备立宪。也是在这一年，她出生于佛山的祖庙附近，父亲给她起名"区夏民"。

区夏民

区夏民的父亲是一个从安南（今越南）归国的华侨，回国后在祖庙大街开了一间装裱对联的店铺，一家人的生活称得上小康。区夏民排行老八，因为生母早亡，她是由继母带大的。

区夏民模样俊俏，从小聪明伶俐，读书几乎过目不忘，跟妈妈学刺绣，也学得比别人快。父母对她很宠爱。那时，由于新思想的涌入，佛山已有女子读书的风气。区夏民的父亲就把她送到了女塾馆读书。

1919年，区夏民说服父母，转到佛山较早的两所新型女子学校之一秀德小学读书。当时秀德小学也招收男女幼童，但是师资比较薄弱。校长获悉区夏民已经读过几年女塾馆后，就让她兼任幼童班的老师。于是，13岁的区夏民既是学生，也是当时佛山较年轻的老师之一。

在秀德小学的这几年，正是五四运动后，中国新文化运动方兴未艾的时期。"德先生"和"赛先生"同样走进了秀德小学的课堂。区夏民在学校里受到民主和科学观念的影响，逐渐产生了独立、自由的思想。

她们家虽然是归国华侨，但是她父亲的思想还是老一套，仍认为女人最重要的是嫁到一户好人家。继母是普通的家庭妇女，全听丈夫的。于是在1922年，父母为16岁的区夏民物色了一户有钱人家，打算把她嫁过去做少奶奶。

如果区夏民没有接受过新式的教育，她可能就顺从地嫁过去了，从此相夫教子，默默地过完这一生。如果真那样，佛山就多了一个包办婚姻的牺牲品，但少了一个巾帼英雄。

区夏民当然没有向命运屈服。她宁愿放弃安稳富足的生活，也不接受这桩婚事。于是，在父母为她订婚的前夜，区夏民带着几年来做老师和做女红攒下的少量积蓄，毅然离家，独自到了广州，暂时寄住在一个堂哥的家里。

不久后，区夏民考上了广州女子职业学校，过着半工半读的生活。那时候，适合女子的工作很少。区夏民只得一边读书，一边接些刺绣之类的活儿，很快，她的积蓄就用完了。家里派人来广州劝她回去嫁人，回去就不用过这种苦日子了。她只对来人回了一句："我宁愿饿死，也不回去嫁人。"

有一天，区夏民下课后一边往宿舍走，一边想着怎样才能找到一份稳定的工作，既能实现经济独立，又能继续学业。这时她看到宿舍楼下的公告栏前围着很多人。一个同学看到区夏民，马上跑过来，高兴地说："夏民，好消息！电话局正在招女'司机'（即话务接线生）。这份工作又稳定，收入又高，咱们一起去报名吧。"

区夏民听了，觉得有些意外，之前听说电话"司机"都是男的，怎么现在开始招女的了？她凑近公告栏，果然看到广州

市电话局招话务接线生的公告。

回到宿舍后，她和几个同学商量，大家都觉得这确实是个好机会，就相约一起去报名。于是，在1922年9月，区夏民经过选拔，成了广州市电话局的一名话务接线生。在那里，她认识了谭竹山、马少芳等人。

多年以后，谭竹山回忆起初见区夏民时的感觉："1922年，我们在电话局初次见面。那时她还是一个十六七岁的小姑娘，长得非常好看，很结实，穿起一套制服，黑颜色，挂着一条金链，谁见了都喜欢。她说话的声音不大，但很诚恳友善，这使我们更加喜爱她。"

刚进电话局时，电话局管理层对她们的确不错，为她们提供了不少方便。区夏民心中暗自庆幸来对地方了。这时她只是想不再依靠父母，其他的事她并不是很关心。经过一段时间的苦练后，她的接线技术成了电话局里数一数二的。同时，她的文化课程也没有落下，见识日渐增长。

区夏民当上话务接线生

一段时间后，她发现电话局的高层对她们不再那么客气了。局里定下了严苛的规定，比如迟到扣工钱，迟到超过多少次就要被辞退。有的姐妹不小心犯了错，就受到主管的严厉责骂：

"想干就好好干，干不了就滚！"

她从工友们的议论中得知，原来她们都是被骗来的。电话局之所以招收女"司机"，是因为男"司机"罢工，要求增加工资。电话局局长黄恒就与广州市立女子职业学校（市女职）校长黄植之及女子职业学校（旧女职）校长勾结，招收女学生作为廉价劳动力，以此来破坏罢工。之前高层对她们好，是为了收买人心，让她们愿意留在电话局工作。现在因为有部分男"司机"复工，加上招来的女工，人员已经过剩，他们就没那么客气了。

区夏民还发现，她们的工资和男"司机"的相差很远。男"司机"的工资是每月四五十元，而她们只有十一二元，四名女"司机"的工资才及得上一名男"司机"的工资。她觉得这是不公平的，但当时她并不知道应该怎么办，也没想过依靠组织的力量去争取平等。

觉醒组工会，游行睹惨案

1924 年，第一次国共合作的实现，极大地推动了革命形势的蓬勃发展。区夏民觉得谭竹山、马少芳等人对电话局管理层的态度发生了变化。

一天下班后，谭竹山对区夏民说："夏民，想不想到新学生社去看看？"区夏民早就听说过新学生社，知道那里有很多进步的学生，于是马上就答应了。就这样，区夏民开始跟着谭竹山到司后街的新学生社参加活动。不久，她正式加入了新学生社。

新学生社成立于 1923 年 6 月，是中国共产党领导学生运动的外围组织，借这种组织推动学生走向革命的道路，反对腐化的教育。负责社团活动的同志有周文雍、刘尔崧、蓝裕业、张善铭、阮啸仙、冯菊坡等。

在新学生社，区夏民关注时事，与其他社员交流学习心得，参加政治活动，思想觉悟迅速提高，后来还成为新学生社市职分社的负责人之一。

同年夏，广州工人运动进入新的阶段，石井兵工厂、油业、铁路、土木建筑等行业纷纷成立工会。区夏民、谭竹山等通过学习，深刻认识到她们当时是被当作廉价劳动力骗来的，而且受着不平等的苛刻待遇。

为了保障女工的权益，谭竹山、马少芳和区夏民这些骨干分子在新学生社的支持下，在电话局提出要成立女"司机"工会。仅仅两天，就有六十多名女工报名参加。

此事很快传到了当时的电话局局长陆志云那里，他立刻把谭竹山叫到办公室质问："你们为什么要搞工会？是不是要煽动罢工？受了谁的指使？"谭竹山反驳道："工人组织自己的工会是合法的，我们组织工会的目的并不是罢工，而是要维护工人生活和工作的权利，如果当局对工人不苛刻，我们工人为什么要罢工？"陆志云竟无言以对。

第二天早上，机房的公告栏贴出一张开除谭竹山和马少芳的公告。

这样，领导女工继续斗争的责任就落到了区夏民的肩上。她不动声色地承担了这个任务，一边鼓励女工不要害怕，团结起来继续斗争，一边向新学生社和工代会反映情况。

因为这是女工第一次站出来争取权益，党组织非常重视。工代会的领导人刘尔崧、张善铭、冯菊坡和孙律西等，马上派人找陆志云谈，给他摆明是非，指出利弊，提出女"司机"组织工会是符合孙中山扶助农工政策的。陆志云怕消息传到国民党高层那里对自己不利，只得答应了女工提出的条件，同意成立工会，并让谭竹山和马少芳复工。可以说，斗争取得了胜利。

这次胜利极大地鼓励了全局职工。一些过去胆小怕事的女工也毫无顾虑地要求加入工会。区夏民等人在党组织派来的工作人员的指导下，加紧工会筹备工作进程。一个多月后，电话局（包括总局和东、西、南区分局）一百多名女"司机"几乎全部报名参加了工会。

1924年10月，广州市电话女司机联合会（简称"女司联"）成立。成立典礼在九曜坊广东教育会举行。许多工会及工代会、新学生社的领导人都来参加。谭竹山被选为主任，马少芳、区夏民、骆正卿、冯焕钦被选为副主任。1925年，女司联正式加入广州工人代表会，是其委员工会之一。

女司联是广东女工运动的第一面红旗，推动着女工运动向前发展。

区夏民全程参与了女司联的组织筹备工作。在这个过程中，她不但认识到了组织的力量，还锻炼了能力。平素沉默寡言、文质彬彬的区夏民在斗争中汲取了力量，成为工、青、妇运动里的活跃分子。

女司联成立不久后，谭竹山和马少芳等人被调到妇运战线工作，区夏民便负起主要责任。她积极动员女司机加入新学生社和社会主义青年团。她既是新学生社广州女子职业学校分社的领导人，又是她们学校和电话局社会主义青年团联合支部书记。她把工人运动和学生运动两副担子都挑了起来。

1925年3月8日，广州九曜坊广东教育会的礼堂里，几百名观众正在聚精会神地观看舞台上的话剧表演。这个话剧的主题是反对封建婚姻。女主角容颜秀美，声调激昂。她生动的表演感动了台下的众多观众，博得了阵阵热烈的掌声。

这个话剧是广东各界妇女联合庆祝国际劳动妇女节大会的活动之一。女主角的饰演者是区夏民。

演出结束后，伙伴们围上来激动地说："夏民，你演得太好了！怎么做到的？"区夏民只是淡淡地说："没什么，我只是把亲身经历表现出来而已。"这时的她，肯定想起了自己差点被迫嫁人的往事吧。

这段时间，区夏民成了新学生社话剧团的"台柱"，在多部话剧中担任女主角，塑造了不少受压迫少女或少妇形象。

1925年5月10日，由新学生社女社员发起的广东妇女解放协会在广州正式成立。区夏民任宣传委员会委员。她除了在街头向广大群众宣传讲演外，还主演了《孔雀东南飞》和《五十元》等剧，鼓舞群众起来参加反帝反封建运动。

1925年5月30日，帝国主义在上海制造了五卅惨案。反帝烈焰迅速燃遍全国。6月19日，震撼世界的省港大罢工爆发。6

月 23 日，广州群众举行了示威大游行。区夏民率领女司联和佛山市女职的队伍，加入了游行队伍。

当游行队伍接近沙面的时候，区夏民突然听到前面枪声大作，接着听到队伍里有人大喊："番鬼佬开枪啦！"游行队伍猝不及防，四散躲避。惨叫声、惊叫声不绝于耳。

原来，驻守沙面的英、法海军陆战队竟然向游行队伍机枪扫射，当场打死 59 人，重伤 172 人，轻伤者无数。这就是有名的"沙基惨案"。

当时，区夏民躲在骑楼的一根柱子后面，听着远处的枪炮声，看着四散奔逃的人群，心中既惊恐又愤怒。这次惨案让区夏民更加看清了帝国主义的本质，坚定了她反帝反封建的决心。

从那以后，区夏民更加积极地投身到支援省港罢工的工作中去。她在妇协的帮助下，组织同学和女"司机"们上街演讲、演出，开展募捐活动，到罢工工人和家属中去慰问，办夜校和识字班，帮助罢工女工、家属和孩子学文化。

为了从法律上保护女工的正当权益，中共广东区委会决定召开省港女工代表大会。1926 年 3 月 18 日成立了筹备委员会。筹委会选出了蔡畅、区梦觉、区夏民等十二位委员，分六个部门来开展工作。区夏民是游艺部的负责人之一。

1926 年 3 月 30 日，省港女工代表大会在国民党中央党部礼堂开幕，出席的女工代表有 1 500 多人，会上通过了《女工保护法提案》等。

这段时间里，区夏民的思想理论水平得到了迅速提高。她总结自己参加革命斗争的心得与感悟，将其写成《女学生应有之觉悟》。文中她提出要"谋全国妇女解放，进而谋全世界被压迫民众解放"的口号，这体现了一位革命者崇高的思想境界。这篇文章标志着她已经从一位文静的闺秀成长为能独当一面、不惧艰难险恶的革命者。

勇斗"士的党"，毅然上前线

在工作和斗争之余，区夏民从来没有放松过文化课的学习。1926年8月，她以同等学力的资格，凭优异的成绩考入中山大学中文系，和陈铁军、杜君慧等进步青年成了同学。她们一起一面学习，一面从事学生运动工作。

当时，国内的政治派别斗争也影响到了中山大学。在学生中，代表"左"派的有共青团的外围组织——新学生社；代表中间派的有民权社、民社、知用社等；代表右派的有国家主义派、孙文主义学会；代表进步妇女的组织有广东妇女解放协会中大分会；代表资产阶级妇女的组织有女权运动大同盟。

右派组织的学生虽然人数不多，但有后台，经常向进步学生挑衅，有时甚至会举起"士的"（文明棍）打人，因此被称为"士的党"。

有一次，进步学生在会上做演讲，"士的党"又过来捣乱。他们辩论输了，就恼羞成怒，大打出手，陈铁军被打伤了。这时，平素里文静娴雅的区夏民挺身而出，一把拉住一个暴徒，质问他们为什么打人。旁观的同学被感动了，纷纷围上来支持她。"士的党"见势不妙，无法反抗，只能灰头土脸地溜走了。从此，区夏民在中山大学算是出名了。

区夏民是一个非常漂亮的女子，文静娴雅，气质不凡。读大学时，她刚好20岁，正值妙龄。这样一个美丽聪慧、活力四射的少女自然是吸引了无数追求者的目光。出名后，追求她的男生更多了。一时之间，向她示爱的信像雪片一样飞来，有的男生甚至当面向她表白。

对于爱情，区夏民有自己的憧憬。但是她认为现在军阀当道，时局混乱，青年应该有更高的追求，不应该把宝贵的生命浪费在谈情说爱上。在看了瞿秋白的《将来的妇女》后，她向女同学们说："为了创造幸福的共产主义未来，我们每位女性都要把自己的青春献给伟大的革命事业，这样才不辜负我们宝贵的青春。"

对向她求爱的信，起初她根本不拆，后来，她想到可以利用复信的机会宣传革命的道理。于是有的男生收到她的回信后，兴冲冲地拆开，看到的却是："我们都是生长在帝国主义列强和封建军阀压迫下的，祖国不解放，我们青年人是没有幸福可言的。与其爱我，不如把用于恋爱的精力，放在我们共同努力的革命事业上去吧……"

那些男生逐渐意识到，除了革命的事业之外，没有什么能赢得这位美丽少女的英雄之心。

1927年3月，区夏民以出色的学运领导者身份当选为共青团广东区委委员，被选派参加共青团第四次全国代表大会。但是还没等到她启程，政治局势已发生变化。

1927年4月12日，蒋介石在上海发动反革命政变，大肆捕杀工人和共产党员。4月15日，蒋介石与广东军阀共谋，在广州也发动了反革命政变。是日凌晨，反动军阀包围了中山大学学生宿舍，捕捉进步学生。区夏民侥幸逃过一劫。

由于蒋介石背叛革命，共青团第四次全国代表大会被迫推迟到1927年5月10日在汉口举行。出席会议的有来自全国各地的代表以及旅日和旅欧的代表共二百多人，前来祝贺的革命团体和群众有3 000多人。会上选举出任弼时、区夏民、关向应等九位主席团成员，区夏民当选为共青团第四届中央委员。

会上，与会代表群情激愤，严厉斥责蒋介石反革命集团背叛革命的暴行。区夏民悲愤地控诉了国民党反动派屠杀共产党员刘尔崧、萧楚女、毕磊、欧阳继统及工农群众的滔天罪行，表达了对陈独秀投降主义的无比痛恨。她一再号召与会代表要为死难烈士报仇，响应任弼时同志代表共青团的号召：为打倒背叛革命的资产阶级、创造共产主义的革命前途而奋斗。

接着区夏民又到上海开会，其间通过化装掩护，躲过敌人无数次的缉查。

1927年6月，区夏民秘密经上海到达中共广东省委所在地香港。这时她得悉自己已被中山大学开除，并被反动派通缉。为了她的安全，党组织决定让她暂时留在香港。同年7月，共青团广东省委成立，区夏民被选为共青团广东省委委员，留在机关工作。也是在这个月，她加入了中国共产党。

1927年8月7日，中共在武汉召开了"八七"会议，纠正并结束了陈独秀的右倾投降主义路线，确定了开展土地革命和武装反抗国民党反动派屠杀政策的总方针。8月20日，张太雷抵达香港，向中共广东省委传达了会议精神。10月中旬，中共南方局和广东省委决定发动广州起义，并抽调大批干部到全省各地组织暴动，响应广州起义，夺取政权。

区夏民主动申请到当时的革命热土海陆丰去。但是，广东省委领导见她是一个瘦弱的女孩子，便对她说："武装斗争太危险，你没有过惯农村生活，不懂农村的方言，还是留在香港吧。"区夏民说："枪是要人拿的，党员是要到工作需要的地方去的。我老是不到农村，怎能熟悉农村工作，熟悉农村方言呢？我会好好学习的，请党考验我吧。"后来，区夏民找到彭湃，请求批准她到海陆丰去。彭湃被她坚强的革命意志感动了，终于答应了她的申请。

彭湃

亲切"区为民"，英勇"花木兰"

1927年10月下旬的海陆丰，天气依然炎热。阳光晒得树叶微微卷曲，知了在树上发出最后的嘶喊。一处平地上，随着阵阵整齐的脚步声，扬起的灰尘被海风吹向远方，消失在空气中。

这些脚步声是由300个姑娘踏出来的。她们都没有戴帽子，有的留着短发，有的扎着辫子，身穿短装，脚蹬六耳草鞋，肩扛梭镖、粉枪，手拿大刀，排着整齐的队伍正在操练。汗水把她们脸上的灰尘冲成一道道沟壑，把她们的衣服都浸透了，但没有一个人伸手去擦。

队伍前面，一个 20 岁左右的姑娘边做动作边用方言喊着口令"立正""向左转""向右转""卧倒"……

她的装束和其他姑娘并无二致，只是肤色稍白，衣服更整洁一些。她就是一个月前与共青团东江特别委员会书记王克欧一起来到海陆丰的区夏民。

区夏民是以共青团省委特派员和中共东江特别委员会委员的身份来到海陆丰的。在很短的时间内，她就学会了海陆丰方言，连装束也与农村妇女无异。她身着黑布唐装衫裤，头上扎一条大松辫子，脚蹬六耳草鞋，还故意天天不戴帽子，要把白嫩的脸庞晒黑，和当地的农民打成一片。

区夏民来到海陆丰不久，就参与了"海陆丰武装少年先锋队"的组建。这支少年先锋队是在彭湃的关怀下组建的，队员以共青团员为骨干，均为 15 岁到 18 岁的青年。在结构上，这支少年先锋队分为三个队："马克思"队、"列宁"队和"李卜克内西"队。每队 300 人，共 900 人。

区夏民是这支队伍的组建者和领导者之一，当她看到这些队员都是男青年，许多觉悟高、斗志坚决的女青年却没能吸收到这支队伍中时，她便向组织提出，再单独组建一支女子武装先锋队。

这个提议受到彭湃的重视，获得中共东江特委的批准。于是，区夏民与李美英、赖月婵、刘大妹等党、团员和妇女干部一同前往乡村挑选队员，很快便组建了一支 300 人的女子少年先锋队。彭湃为其取名为"卢森堡队"，隶属共青团东江武装少年先锋队，区夏民兼任队长。后因工作繁忙，区夏民和王克欧商量后决定改选纺织女工出身的李美英任队长。这支女子少年先锋队是中共领导的最早的妇女武装之一。

卢森堡队组建起来后，在区夏民、赖月婵和李美英等的领导下，进行了严格的军政训练。几百名姑娘拿着梭镖、大刀和粉枪，排着整齐的队形，喊着口号，真是英姿飒爽。

红棉永绽放
——佛山先烈故事选

海陆丰妇女粉枪队

区夏民遵照中共东江特别委员会的指示，带领这支妇女武装活跃在紫金的南岭、炮仔一带，协助工农革命军第二师（由南昌起义南下部队改编）开展宣传群众、组织群众的工作，帮助当地民众解决生活难题；转战于陆丰的河田、碣石等地，侦察敌情，传送情报，组织发动当地妇女参军和支持前线；配合工农革命军第二师和第四师（由广州起义失败后辗转到海陆丰的部队改编而成）以及海丰、陆丰工农革命军团队镇压、铲除反动势力，立下了不少战功。

作战、训练之余，区夏民和队员们一起深入群众，特别是解决妇女的切身困难。她挽起袖子，亲自为军烈属舂米、割草、送柴、挑水，群众和队员们都亲切地称她为"区为民"。

1927 年 10 月 30 日，海陆丰第三次武装起义打响，区夏民带领少年先锋队，配合红二师与农军联合攻打公平区等数十个村镇，对海丰城形成包围之势。接着，乘胜攻占了梅陇、汕尾等地。11 月 1 日，敌军陈学顺团败惠州，县保安队 400 多人逃向捷胜（现属汕尾市）及陆丰碣石、南塘。11 月 5 日，区夏民又率队配合红二师四团和农军攻占了陆丰县城。区夏民和她的队员们在战斗中得到很大的锻炼和鼓舞。

11 月 7 日，海丰县城举行庆祝俄国十月革命大会。在海丰

的红宫主席台上，区夏民用方言带领数万群众高呼："庆祝十月革命胜利十周年！""打倒地主恶霸！""土地归农民！""中国共产党万岁！"在这次会议上，彭湃送给区夏民一套军装和一支短枪。

工农革命军攻占陆丰县城后，国民党反革命武装逃匿到碣石城。碣石城位于陆丰县的南部，三面环海，城墙坚固，易守难攻。为消除敌人对陆丰县城的威胁，彭湃与红二师第四团团长董朗立即率领红二师前往陆丰，准备进攻碣石城。区夏民也率领卢森堡队参战。

11月11日，工农革命军第二师一个营及陆丰东南农军发动了攻打碣石城的战斗。但因城墙坚固，敌人防守严密，我军两次强攻都未成功。

看到我军战士伤亡惨重，区夏民向彭湃提出了一个"里应外合"的计策。彭湃认为可行，批准她依计行事。

龙母诞那天，碣石城门外人头攒动。人群中，有七八个打扮得花枝招展的女子，头戴花头巾，手挎盒篮，说说笑笑地走近城门。

"站住！去哪里？"两个国民党兵用枪指着她们，眯着眼睛在她们身上扫来扫去。

"兵哥哥，我家少奶奶前几天刚过门，我们是陪她来拜龙母的，好保佑她早生贵子啊，嘻嘻嘻……"一个女子指着中间的一个女子说。

两个士兵往那个"新娘"看去，杏眼朱唇，婀娜玲珑，果然楚楚动人。女子害羞地把头转到一边。

"里面装的是什么？打开看看！"士兵用枪戳了戳女子的篮子。

"都是拜龙母的东西。"她边说边掀起盖在篮子上面的布，里面果然是些香烛果品之类的东西。

士兵用手翻了翻篮子里的东西，没看到什么异常，就把她们放进去了。她们走过去很远，两个士兵才依依不舍地把目光收回来。

这些女子就是区夏民和她的卢森堡队的骨干。"新娘"就是区夏民扮的。这对经常演话剧的她来说，可谓驾轻就熟。她们的盒篮中，香烛果品下面其实暗藏着手枪、炸弹。守门的士兵只看到漂亮的姑娘，哪里注意到盒篮里另有乾坤？

当夜月明星稀，她们趁着月色摸近城门，用枪俘虏了守门的敌兵，打开了城门。早已埋伏在城门外的工农革命军一拥而进，打了个敌人措手不及，很快就攻克了碣石城。

"人人叫她铁姑娘，铁石身躯铁石肠……"攻下碣石城后，陆丰群众编了一首民谣，赞扬机智勇敢的区夏民。

区夏民巧用"新娘计"助攻碣石城

攻克碣石城的几天后，区夏民带领卢森堡队，配合董朗率领的红二师部分队伍攻打海丰县捷胜城。

捷胜城是前清举人何舜廷的封建堡垒。何舜廷恃着坚固的城墙和一支武器精良的反动武装，勾结反动军队，顽固地与苏维埃政府对抗。

董朗和区夏民率部包围了捷胜城。卢森堡队的参战大大鼓舞了工农革命军的士气，战士们用炸药炸开城墙的一角，冲上城楼砍杀敌人。捷胜城内的反动分子本就是乌合之众，听闻城门被攻破，便纷纷四处逃窜。

区夏民组织卢森堡队抢救伤员，还亲自带领卢森堡队的粉枪团、大刀队追杀敌人，直捣何舜廷的黑窝。她们救出关押在水牢中的贫苦农民，没收地主田契、高利贷契证，解救了一大批农民，然后浩浩荡荡地返回海丰城。

攻克捷胜城的捷报传来，海丰工农兵代表和全城群众都欢呼雀跃，彭湃亲自出城迎接凯旋的战士，和他们握手祝贺。卢森堡队走在队伍后面。当彭湃见到一脸硝烟、身穿军装、手持短枪押着俘虏的区夏民时，上前一步与她握手，并哈哈大笑地对群众说："你们看，我们的红色花木兰区夏民回来了！"

从此，"红色花木兰区夏民"的美称传遍了东江革命根据地。

红色花木兰区夏民

1927 年 11 月 18 日至 21 日，海丰全县第一次工农兵代表大会召开。陆丰、紫金、惠来、惠阳等县代表和红二师官兵代表共 311 人参加。大会选举产生了海丰县苏维埃政府。区夏民以共青团中央特派员和广东省委特派员身份出席大会。她用刚学会的海陆丰方言高呼革命口号，领导群众高唱《国际歌》和由彭湃创作的《分田歌》。谁能看出，几个月前，她还是中山大学里一名秀气文静的女大学生呢？

在海陆丰苏维埃政权建立的四个月中，共青团东江武装少年先锋队及其所属的卢森堡队，在扩充当地主力部队的兵源、开展群众工作、配合工农革命军打击反动武装和土豪劣绅等方面发挥了积极作用。1928 年二三月间，中共广东省委代理书记邓中夏亲笔写信给中共东江特别委员会，赞扬了共青团东江武装少年先锋队，还特别表扬了区夏民等优秀干部。共青团中央还派了陆定一来广东，以共青团广东省委书记的身份指导工作。当陆定一了解武装少年先锋队的贡献后，盛赞这是创造性的成绩。

邓中夏（左）、黄锦辉（中）、区夏民（右）三烈士
（翻拍于南京雨花台烈士纪念馆）

重伤落敌手，不屈勇就义

    1928 年 2 月中下旬，广东军阀混战稍息，国民党政府开始部署对海陆丰革命根据地的"围剿"。同年 4 月，以国民党第四、五军为主力的数万反动军队，形成从东、南、西、北对海陆丰地区的军事包围，形势十分严峻。这时，中共东江党组织领导的武装主力已到各县开展武装斗争，并开辟新的革命根据地。大敌当前，区夏民率领卢森堡队配合农军参加了保卫海陆丰的战斗。

    在一次战斗中，敌人的子弹射入区夏民的右腭下部，弹头擦过食道从左腭穿出。区夏民顿时脸部鲜血直流，重伤倒地。

王克欧见状立刻把她背起来设法突出重围，送到设在海丰县捷胜城的临时后方医院医治。后方医院设在一间破庙里，医院的设备也很差，在地上垫上一些稻草，铺上油布便是病床。不仅如此，还缺医少药，连消炎的红药水也没有。

群众得知区夏民负重伤的消息后，纷纷冒着生命危险送来草药和稀饭，含泪喂她吃。这时区夏民已不能动弹，不能讲话，只有用坚定的目光感谢来看望她的群众，这鼓舞了他们争取胜利的信心。

一个月过去了，区夏民的伤势还没好转，伤口化脓，情况危急。群众更焦急了，便筹资买了两条小木船，准备送区夏民和一批伤员前往香港治疗。七区区长杨铁如接受了群众的盛意，送区夏民和一批伤员在汕尾海滩上船，护送他们赴港医治。可惜小船经不起海浪的袭击，有一艘被打沉了，区夏民又被转回医院。这时，敌军卷土重来，杨铁如便把她托付给一位党员何老伯。为了逃避敌人的搜捕，何老伯又把她藏在附近的一个山洞里。但是，叛徒向敌人泄了密，敌人竟采取放火烧山和用硫黄烟熏山洞的毒辣手段进行搜捕。区夏民在重伤不能行动的情况下，与一些伤员不幸被俘。

他们被敌人关押在驻汕尾的一个营部。在敌人的严刑拷问下，一个崔姓伤员叛变了。她供出了区夏民的身份，同时供出党组织埋藏武器弹药的地方。

敌人知道区夏民的身份后，如获至宝，立即给她治疗，且把她秘密转移到海丰城内的陆满团部监禁，妄想从她口中得到更多的秘密。

经过一个月的治疗，区夏民恢复了行动能力，敌人便迫不及待地审讯她。他们把各种刑具摆在区夏民面前，俨然要大刑伺候。敌人以为，这位秀美而孱弱的姑娘，经过这一个月的痛苦折磨，一定会妥协。

但是，区夏民轻蔑地笑了笑。从她决心加入谋求人类解放事业的那一刻起，就将生死置之度外了，区区刑具，何足惧哉？

面对敌人的审讯，她从容自如地说："我是佛山区夏民，共青团员、共产党员。我反对国民党军阀背叛孙中山的三大政策。我要推翻反动政权，建立苏维埃政权，实现革命，实现共产主义!"

区夏民被严刑拷打

敌人凶狠地问："你本是大家闺秀，又是大学生，生活安定，为什么要造反?"

她义正词严地说："我们不是造反! 广东的军人是革命的，只有蒋介石和他的走狗才是反革命。你们如果有良心，为什么不想一想，为什么在国共合作之后，革命才有顺利的发展，北伐才能得到胜利呢? 你们反共简直就是自杀! 不打倒军阀，解放全国，哪儿来生活安定?"

恼羞成怒的敌人对区夏民动了重刑，她尚未完全康复的身体又被打得遍体鳞伤。但敌人惊讶地发现，整个过程这个貌似柔弱的少女竟然一声不吭。

凶狠的敌人见刑讯不能使区夏民就范，心犹不甘，便改用富贵荣华来引诱她。敌人许诺，只要区夏民供出党组织的秘密，

就立即把她释放，并送到香港，但区夏民宁死不从。

1928 年底，区夏民被敌人押至惠州的第五军司令部，被第十六师师长邓彦华下令秘密杀害。烈士忠骸由医务人员和受过她教育的官兵埋葬在惠州飞鹅岭下。

牺牲时，区夏民年仅 22 岁，比陈铁军、陈铁儿牺牲时的年龄还小两岁。

区夏民在牺牲前给党的一份报告中说道："只要我还有一线生机，就为党做一天工作，决不向反动派屈服，决不投降，誓为共产主义奋斗到底！"

区夏民壮烈牺牲的消息传到海陆丰，革命群众悲痛不已。中共东江特别委员会为她召开了追悼会，号召党员、团员和青年们学习区夏民把生命贡献给党的革命事业的大无畏精神。在香港的中共广东省委和团省委相关人员也对这位牺牲时只有 22 岁的"红色花木兰"表示了深切的哀悼。

携女就义为革命
——先烈陈若克抗日故事
邹婧婧

山东孟良崮战役烈士陵园，松柏林立，山风萧萧，这里沉睡着无数为革命抛头颅洒热血、奉献宝贵生命的英雄烈士。在烈士墓群中，有这样一座坟墓格外引人注目：青黑色的墓碑正面，遒劲的字体镌刻着"陈若克烈士之墓"几个字，在墓碑背后，是一方小小的坟茔。这里埋葬着被日军抓捕后宁死不屈、英勇就义的巾帼英雄——陈若克和

陈若克

她还在襁褓中未来得及好好看看这个世界就被日军残忍杀害的未满月的婴孩。陈若克虽然已经牺牲八十多年，但她的名字仍然被后世铭记，她的英勇事迹仍然让我们潸然泪下。

少年家变当童工，刻苦自学加入党

1919 年是中国历史上重要的一年，巴黎和会上中国外交的失败，面对被列强逐渐蚕食而风雨飘摇的祖国，国内爱国人士充满了忧患意识，纷纷站出来开展爱国救亡运动，这直接导致

了五四运动的全面爆发。而陈若克就在这一年呱呱坠地。她的原名是陈玉兰，又名陈雪明，祖籍广东顺德。虽然陈若克出生于繁华的上海，但是她的家境并不富裕。陈若克的父亲是报馆的小职员，母亲是婢女出身的家庭主妇。虽然不是大富大贵之家，但是她的童年有着父母的疼爱和陪伴，过得十分幸福。

8岁时，父亲送她去学校开蒙读书，希望她可以读书识字。但是好景不长，她的校园生活只持续了一年半就被迫中断。因为父亲突发疾病，切断了家中经济来源，后来父亲医治无效撒手人寰，留下了幼小的若克和毫无赚钱能力的母亲。父亲病重时花光了家中的积蓄，家里负债累累，为了生存，陈若克担起了生活的重担，11岁便随着母亲进厂做童工，年幼的弟弟则在街头卖报。橡胶厂、纱厂、毛巾厂、机器打袜厂这些工厂她都去做过工，哪里招童工且工钱高她就去哪里。刚开始在工厂做工时，由于她年龄太小，个子比较矮，根本够不到机器。于是她就在脚下垫几层砖头，这样才能和成人一样在机器旁工作。就这样，她在工厂一待就是七年。

七年的工厂做工生涯对于一个青壮年来说都异常艰辛，更何况是幼小的陈若克。工厂每天工作强度大，工作时间长达14个小时，而且工作环境异常艰苦，整日待在机器轰鸣的工厂里，晒不到一点儿阳光，夏天，工厂里潮湿阴暗，工作一天下来全身都湿漉漉的，汗水浸湿了衣衫，又臭又黏。可是小小的陈若克强忍着辛苦，把所有的委屈和心酸咽到肚子里，只为挣到可以果腹的工钱。长期劳累，营养不良，睡眠不足，导致陈若克严重贫血，同时她还患有胃病、膈肌痉挛，健康受到严重损害。长期在嘈杂的环境中工作，作息不规律，导致她经常头痛、失眠，从而有一些神经衰弱，更糟糕的是还有肺气肿，有时候并发咯血等症状。面对这样的困境，陈若克并没有自怨自艾，而是不断地追求进步。她不甘心就这样在工厂里浑浑噩噩地过完一生，消耗掉自己年轻的生命。她一边做工一边接受外界的新知识，阅读进步书刊以扩大自己的视野。

15岁时，她决定一边做工，一边利用晚上时间去工人夜校读书。她如饥似渴地学习知识，疯狂地接受先进文化，丰富了自己的理论知识。第二年，上海的工人运动进行得如火如荼，陈若克毅然决定加入工人运动，与资本家进行斗争。在工厂中她凭借刻苦学习积累的理论知识，和资本家据理力争，维护工人群众的利益，想让大家少受资本家的压榨和盘剥。在工人运动中她经验丰富、态度明晰又坚毅，面对资本家时有勇有谋、毫无畏惧，机智而又果敢。她那坚定、灵活而又执着的斗争精神给工友们留下了深刻的印象，她斗争时无所畏惧，简直可以用"泼辣""决绝"来形容，工厂里的一些不良分子谈到陈若克时面有惧色，当时在工厂流传着一句关于陈若克的话："小广东，凶哩。"

陈若克之墓

在工人斗争中陈若克接受了一次次的洗礼，也对无产阶级理论有了进一步的认识，她越来越认同中国共产党的理论和主张，积极主动地向党组织靠拢，渴望成为其中的一员。在她的不懈追求和努力下，1936 年 8 月 23 日，在上海的一间普通民房里，陈若克在红旗下，在入党介绍人的见证下庄严宣誓，志愿加入中国共产党，愿意为中国共产主义事业奋斗终身。这时她

刚满十七岁。从此，她白天在工厂做工，空闲时间就协助地下党的工厂支部展开工作。

陈若克虽然只学习了一年半，但她抓住一切可以学习的机会，刻苦自学，已具备了初中文化水平。困苦的工厂生活磨炼了陈若克坚强的意志，她有着明确的阶级斗争意识和得体的谈吐，更难能可贵的是她对于新知识保持着热忱，如饥似渴地阅读进步书籍，吸纳政治、哲学、文学等方面的知识。她在上海工人运动中频繁撰写通讯稿，还创作一些鼓舞同志的歌词，这些都有赖于她有一定的学识修养和理论积淀。再加上她入党后在历次工人运动中积累了丰富的斗争经验，粉碎了资本家一次又一次的阴谋，又可以机警地对付工厂方对她的非难和压迫，在工厂工作之余出色地完成了支部工作，她被任命为支部的负责人之一，领导着支部多次开展与资本家的斗争。

1937年卢沟桥事变后日军开始全面侵华，中华大地在日军的践踏下生灵涂炭、民不聊生，具有强烈爱国主义精神的陈若克深感悲痛，积极组织所在支部宣传抗日救亡运动，借机呼唤民众的崛起和自救意识。紧接着上海战起，陈若克所在的工厂为了避免战乱，紧急迁往战火还未燃的武汉，陈若克以熟练工人的身份一同前往。但是由于事出突然、时间紧迫，陈若克所在的党支部与地下党组织对接时出现错误，这一支部便与上级党组织失去联系，也失去了上级党组织的指导。为了寻找党组织，陈若克打算只身前往延安，她借道山西，这也是她第一次只身在外。她到达山西后，由于交通阻断，未能到达陕西延安。于是，她从山西折返回到武汉。陈若克屡次的斗争早就被工厂资方视为眼中钉、肉中刺，这次寻找党组织的举动正好被工厂资方抓到了一个很好的口实，于是她因所谓的"共产党嫌疑"和"违反厂命，参加抗战活动"而被工厂开除。

失业后，陈若克准备再去延安，再次途经山西，辗转到达山西晋城，当时国内战事频发，出行不便，她便暂时逗留在华北军政干部学校。因为她上进好学，对这个学校产生了浓厚的兴趣，于是在此学习了两个月。虽然她在这里学习的时间很短暂，但是成绩最优秀。每天她总是第一个来到课室，最后一个离开，遇到不懂的问题她会反复钻研，有问题就虚心向老师和其他同学请教。不管是哪门课程，她都很认真地听课、记笔记。她专心阅读，毫无懈怠，读到精彩之处会在书本上勾画出来，并标注上详细的文字，如果是借来的书籍就将对自己有用的语句和段落工工整整、认认真真地摘抄在笔记本上。这时她已经和党组织失去联络长达三个月之久，按照当时党组织的惯例，除非找到当时的入党介绍人才能证实入党的真实性和有效性，在那个战火纷飞、信息闭塞的年代，很多人都四处漂泊，要找到当时的见证人谈何容易。陈若克因无法证明只能重新入党。入党后她负责支部的青年工作委员会和民族解放先锋队工作。这段时间对陈若克来说也是短暂人生中最为幸福的一段时光，她不仅重新加入了党组织，也收获了甜蜜的爱情。她遇到了志同道合的革命同志朱瑞，两人在日常工作中从熟稔到坠入爱河，从同事变成了爱人。陈若克和朱瑞两人特意选在了七月一日这个日子互表爱意，希望结成终身伴侣。确定了彼此的心意以后，两个人迅速决定在七月七日这个日子订婚，并郑重地选定于八月一日这个具有纪念意义的日子——中国工农红军（中国人民解放军前身）成立日结婚，向革命致敬，向中国工农红军致敬。

由于革命的需要，陈若克同志随陈沂去陵川办八路军晋南干校，其后担任晋冀豫区党委办的党校组织科副科长、山东纵队直属科科长等职务。1939 年，疯狂的日军囤积重兵围堵山东的革命根据地，屠杀当地手无寸铁的百姓，对粮食房舍进行抢劫、焚烧、破坏，实施"烧光、杀光、抢光"的"三光"政策和囚笼政策，妄图摧毁抗日革命根据地的人力、物力、财力，摧毁抗日军民的抵抗意志，从而达到消灭八路军，迫使中华民族屈服的险恶目的。革命根据地上英勇的老百姓和八路军齐心协力与日军斗智斗勇，艰苦抗争。在艰难时刻，陈若克奉命调往山东沂蒙山区，自 1939 年 6 月起，任山东分局妇女委员、山东省妇女救国联合会常委、山东分局组织部科长等职。陈若克不惧困难，敢作敢为，在工作中不仅尽职尽责，完成任务，而

且面对错综复杂的战斗局势能临危不乱、有勇有谋，带领部队与日军战斗。

兢兢业业为革命，坚强意志抚伤痛

1940年，陈若克的第一个孩子顺利出生。陈若克初为人母，喜不自禁，但是她在工作上仍然兢兢业业，丝毫不耽误革命工作。同年山东联合大会开幕，组织决定推荐她在会上做关于妇女工作的总结报告，虽然她熟悉根据地的情况，但是对妇女工作确实不了解。接到这个任务时，她丝毫没有为难的情绪，立刻马不停蹄地搜集材料，走访根据地了解情况，遇到不懂的问题就虚心向有经验的同志请教，不顾自己产后还未恢复的身体，夜以继日地工作。最终，她圆满地完成了这项工作，向组织交出了一份满意的答卷。也就是在这次大会上，由于她精彩的演讲和认真负责的工作态度，得到了同志们的信任和认可。会上，陈若克被选为临时参议会的驻会议员。在此期间，她在根据地团结一切可以团结的力量，发动青年女性成立青妇队、识字班和姐妹剧团，带领女性开蒙识字，用知识武装头脑，并将其中的积极分子组织起来演出街头剧、小话剧、歌舞等，丰富青年女性的精神生活，达到用艺术的形式宣传革命的目的。陈若克关注根据地女性问题，努力改变女性常常处于被压迫、被操控，无法掌控自己的婚姻和命运的现状。她组织根据地女性进行自救和她救的活动，深入根据地进行反对买卖婚姻、反对虐待妇女的宣传活动；与此同时，编写《山东妇女》《妇女手册》等刊物和识字课本，让根据地女性有书可读、有理可明。陈若克对山东根据地的妇女工作持有极大的热忱，经过一系列的举措，山东根据地的妇女工作取得了可喜的成绩。

就在革命根据地如火如荼地发展壮大之时，它们也又一次迎来了艰难时刻。日军为了加速侵略中国的步伐，加大了对革命根据地的进攻，对革命根据地进行疯狂扫荡。革命根据地条件异常艰苦，粮食短缺，物资不够。日军进行军事封锁，切断了外界对革命根据地的支援，想彻底孤立革命根据地，使其弹尽粮绝，从而一网打尽。在这种艰难的时刻，陈若克并没有沮丧气馁，反而苦中作乐，保持着革命乐观主义精神，不仅想方设法解决自己革命工作中遇到的困难，还不忘鼓舞其他同志和革命群众。但不幸的是，她那弱小的孩子突然生病，身为母亲的陈若克心急如焚。虽然她面对革命工作游刃有余，但是作为一个妈妈，她还是一个新手，完全没有经验。未满周岁的孩子生病，她更是无计可施。她整夜未眠，一边要照顾病中的孩子，一边工作，这对一个身体健康的母亲来说都很耗费精力，更何况是被疾病缠身的陈若克。但是她为了革命、为了孩子，从不抱怨，悉心照顾生病的孩子，做好组织安排的各项工作。但由于日军的封锁，革命根据地的医疗条件和医疗设备不足，幼小的孩子又无法送出得到及时的医治，最终孩子夭折了。陈若克看着尚在襁褓中的孩子带着病痛永远离开了自己，痛心不已。看着自己亲手给孩子做的还未来得及穿上的新衣服，她郁郁寡欢。但是一想到中华大地还在饱受日军的践踏，千千万万的中国同胞还在战火中颠沛流离，革命还未成功，她的梦想还没有实现，怎么能就这样沉沦下去？她无数次告诉自己不能就这样倒下去，不能被命运打倒，一定要重新振作起来。为了将日军赶出中国，她强忍心中的悲痛，强打起精神，再次全身心地投入革命事业，继续带领同志们战斗。激烈的战事几乎耗去了她全部的精力，让她暂时忘却了失子之痛，靠着自己的坚强意志慢慢走出了伤痛。

　　1941年初，陈若克惊喜地发现自己又有了身孕。由于第一个孩子夭折，她对于这个正在孕育的小生命表现出格外的开心和小心。她身体本身就弱，加之第一个孩子的离去对其身心打击太大，身体一直未曾恢复。当得知自己怀孕时，她又惊喜又担心，惊喜于上天对于她这个做母亲的眷顾，担心自己体质太差留不住这个小生命，最后又空欢喜一场。出于谨慎，她并没有第一时间将这个消息告诉丈夫朱瑞，而是独自去找医生询问。当医生仔细地帮她检查后，告诉她胎儿和自身的身体状况比她

想象的要乐观很多，只要平时注意休息，不要过度操劳，就可以平安顺利地诞下孩子。听到这个结果，陈若克心中的阴霾顿时消散了。她轻轻地抚摸着自己的肚子，仿佛感受到了肚子里小生命的呼吸和跳动。她告诉自己一定要守护好这个孩子，让其平平安安地出生、成长。回到家中，她把自己怀孕的消息告诉了丈夫朱瑞。朱瑞听闻妻子怀孕瞬间就乐开了花，一时激动得不知该怎么办才好。朱瑞向妻子保证，自己一定会扮演好一个好丈夫和好父亲的角色。在尽忠于党、尽职于革命事业后也能尽守于家庭，陪伴孕期妻子，做好妻子的勤务兵。夫妻俩在屋里甜蜜相拥，畅想着未来幸福一家的美好生活。为此，他们誓要全力为中国共产党的革命事业而奋斗。

陈若克虽然怀有身孕，但对革命工作仍充满了无限的动力和勇气。她在确保胎儿无恙的情况下坚持工作，毫无一丝懈怠，认真完成每项工作，从未缺席党会。每次开党会，她一定会迅速地处理完手上的工作，提前来到会场，带着笔和小本子规规矩矩地坐在会议桌前等待开会。有时候因为孕期身体不适，她需要在家静养，但是待了几天，她又放心不下工作，担心其他同志在处理工作时因不了解情况而出现纰漏。同事们来探望她，总是聊着聊着就从家常聊成了工作。总是惦记着党组织会不会召开会议却忘了通知她，从而错过了一次学习的机会。她每次都是早早地就交党费，而且总是要多缴一些。在革命根据地她每个月拿三块钱的津贴，但是她将三分之一的钱作为党费。面对同志们的不解和好意，陈若克总是很坚决地说："现在我们党正处于幼年时期，力量还不算强大，需要开支的地方很多，作为一名共产党员，我能为党所做的事情不多，只能尽一份自己的绵薄之力。有党才有国，有国才有家。请党组织收下我的党费，这样我才能安心。"对于党组织交代的工作，她总是一丝不苟，即使孕期身体有所不适，她也能及时调整好状态，认真负责地完成各项任务。无论是工作上还是生活上，只要并肩作战的同志遇到难题，她总是耐心询问，热心帮助，指出问题所在，帮助他们解决问题。

陈若克与朱瑞

敌人拷打不畏惧，携女牺牲传后世

在战火纷飞的年代，哪有什么岁月静好，平静的日子很快就结束了。1941年下半年，日军集结5万重兵对沂蒙山区进行了超大规模的大扫荡，我军遭遇了最艰难的时刻。一时间我军的粮草和武器均已告急。与此同时，日军又派兵突袭了我军军政机关以及中国人民抗日军政大学分校。日军利用自身先进的武器，以飞机和坦克开路，用重型大炮对革命根据地进行轮番轰炸，一时间就掌握了战争的先机。我军浴血奋战、坚决抵抗，虽然部队顺利突围，但是在粮草和弹药缺乏的状态下，加上实力悬殊、伤亡惨重，革命形势愈加危急。为了减少风险、缩小目标，组织上决定将大家分为几路进行撤退。当时陈若克已经怀有八个多月的身孕，行动已然不是很灵活了。但作为根据地的一分子，她与同志们共进退，撤离已经暴露的革命根据地指挥部。大家根据革命根据地的山区优势，暂时隐藏在大崮山的一个隐秘的山洞里。每天日军的飞机在大崮山的上方一轮一轮地盘旋，发现可疑目标就投掷炮弹进行一波又一波的狂轰滥炸，日军又抽调军力组成上山搜索队，对根据地范围内的群山进行

一遍又一遍的地毯式搜索。日军每次进行轰炸时，由于强烈的震感，山洞中的床板都会被震得晃动起来，山洞顶的石头和灰土也呼啦啦地往下掉。面对这种情况，陈若克的第一反应就是一定要保护好肚子里的孩子，避免其受到伤害。她缓慢而艰难地躬起腰，肚子朝下趴在床上，这样即使洞顶的小石头落下也砸不到她的腹部。一些涉世未深、缺乏战斗经验的年轻同志从来没经历过这种情况，这时候在山洞中显得有些局促不安。虽然陈若克临盆在即，但是她镇静沉着一如平日，耐心地给同志们分析革命形势，鼓舞士气。这个山洞中因为有了这个耐心的"老大姐"，沮丧情绪一扫而光，大家革命热情高涨，斗志昂扬。1941年11月7日，日军发现了八路军隐蔽地，开始对隐蔽地进行猛烈攻击，八路军独立团和一个加强排对日军的进攻进行了阻击，战斗打了整整一天，子弹都打光了，日军却越来越多，战士们只能通过掌握战斗的制高点，利用地理优势，用石头砸，用火把烧，与日军进行白刃战，经过一整天的浴血奋战，我军终于打退了日军。原本以为部队可以趁此机会修整一下，不料夜里狡诈的日军绕到山后，趁着夜色驾着云梯爬上山，企图围剿我军。面对敌众我寡、弹尽粮绝的战斗劣势，我军部队决定派出一部分人手突袭大崗山附近日军兵力薄弱的仓库，吸引部分日军回防，其他人员随主力部队分两路突围撤离。陈若克临盆在即行动不便，便由警卫员搀扶着，艰难地向北突围，突围途中她忽然感觉胎动频繁，她努力安抚着肚子里的胎儿，可是无济于事。她的肚子一阵阵地痛起来，她知道产前阵痛开始了，她肚子里的孩子快要出生了。她忍着疼痛在警卫员的帮助下一步一步地向前挪，渐渐与突围的队伍拉开了距离，失去联系。她知道如果这样下去很可能会被日军发现，她不想拖累身边的同志。于是，她劝照顾她的警卫员赶紧离开，但是警卫员并未听从，坚持留下来照顾她。

　　两人艰难地走了几个小时的山路之后，她感到疼痛难忍，知道自己马上就要生产了，便让警卫员赶紧到附近村里找有经验的村民帮忙。可还没等到警卫员回来，陈若克就已经生下了一个可爱的女婴。她虚弱地脱下身上一件较为整洁的大褂子，把这个刚刚来到世上的小婴孩包起来。而在这个时候日军已经快速追赶上来了，脚步声越来越近。陈若克在撤离之前就已经做好了随时牺牲的准备，她伸着手习惯性地去摸一摸腰间佩戴了三年的手枪，摸到的却是一个空口袋，她这才想起来在撤退时，主动将手枪留给了需要战斗的同志。看着刚出生不久的孩子，陈若克不忍心就这样离开人世，为了这个孩子她想做最后一搏。她略微将自己收拾了一下，装扮成一个普通农妇想躲避起来。可是她刚生产不久，身体还很虚弱，又加上孩子在她怀里哇哇大哭，孩子的哭声让日军很快找到了她们。她虽然极力伪装，但是她内穿的毛衣引起了日军的怀疑。因为一般在北方土生土长的人冬季穿的都是棉袄，很少有穿毛衣的习惯。于是日军将她和孩子抓了起来。

日本士兵不知陈若克的身份和来历，只觉得这个女人很不简单，便把她和怀中的孩子押回了营地，打算仔细盘问。但是无论怎么盘问，她都沉默以对，给她吃的她也不要。他们看到这个女人如此泰然自若，觉得这个女人肯定大有来头。于是，为了防止她逃跑，就把她的手脚用手铐、脚镣锁住，单独关押。一天一夜，刚生完孩子身体还很虚弱的陈若克竟然滴水未沾。而她刚出生的孩子更可怜，饿得哇哇大哭。看着饥饿的孩子，陈若克心疼不已。这时，驻扎在沂水城的日军打来电话，让小队长把陈若克母女俩押往宪兵司令部。日军为了赶路，不顾虚弱的陈若克和刚出生的孩子，竟把陈若克横放在马背上，用绳把她的手脚绑在马鞍上，刚出生的婴儿则装进一个盛放马料的袋子里，出生不久的孩子被马草扎得拼命哭喊，喊得嗓子都哑了。就这样，母女俩在马背上颠簸了一百多里地。一路上陈若克听着孩子的哭声，心都碎了，那是她的孩子啊。她多想把孩子搂在怀里，轻轻安抚，告诉她"有妈妈在这里，不要害怕"，但是陈若克强忍着自己的情绪，不在日本人面前掉一滴眼泪。

一到沂水城，陈若克就径直被押到日本宪兵司令部，送到了刑堂。日军立刻对陈若克进行了审讯，宪兵队队长亲自提审

陈若克。面对日军的盘问,陈若克不卑不亢、大义凛然。

宪兵队队长:"你是哪里人?"

陈若克:"听我是哪里人,我就是哪里人。"

宪兵队队长:"你丈夫是谁?"

陈若克:"我丈夫是抗日的。"

宪兵队队长:"那你呢?"

陈若克:"我也是抗日的。"

看到日军被她怼得说不出话,陈若克催促道:"还问什么?快点枪毙好了。"

"枪毙?"宪兵队长冷笑道:"还得赔上一颗子弹。"

陈若克:"那就刀杀!"

宪兵不队长:"刀杀还要用力气。"

陈若克:"随你的便!"

之后,陈若克再也不屑理日本人,再问什么她都不回应。日军恼羞成怒,他们把陈若克按在地上,用烧红的烙铁直接压在她的背上、胳膊上、腿上、脸上,她一声不吭,咬牙忍痛,但是她虚弱的身体哪里经得住这种酷刑,最后陈若克被敌人虐待得昏死过去。

经过敌人的严刑拷打,陈若克已经奄奄一息,但是毫不妥协,日军无可奈何,只能将她暂时关进牢房。当她满身伤痕地被抬进牢房时,因为失血过多紧闭着双眼,头上缠满了纱布,厚厚的纱布早已被鲜血浸透。又加上她曾患有膈肌痉挛,会导致胃部产生气呃,因为敌人的拷打旧病复发,在深夜中声音格外清晰,惊动了狱友杨以淑。杨以淑一年前曾经看护过陈若克,深知陈若克的身体状况,看到此种惨状,她忍不住趴在陈若克身边哭了起来。陈若克缓慢地睁开眼睛,艰难地吐出一句话:"杨同志,不要哭!我们是共产党人,有共产党人的责任和使命,为了我们的同胞不再受到敌人的侵害,早些过上安居乐业的生活,这点痛苦是值得的。哭是没有用的!在日本人面前我们决不能软弱和怯懦!中华儿女是不可战胜的。"

陈若克怀抱婴儿

在狱中，陈若克刺激日军以求速死不成，又采取了绝食的办法。日军送来的食物她一口都不吃，即使早已饥肠辘辘，仍然不吃敌军送来的一口饭菜。这样奄奄一息的陈若克根本没有一滴奶水。牢房里，陈若克刚出生的女儿哭得死去活来，嗷嗷待哺。作为母亲，她怎能不心疼？想到自己的孩子刚来到世上就跟着她受苦受难，她的心早已在滴血。可是她现在的身体根本就没有奶水。看看孩子，想到自己没有奶水喂她，陈若克陷入了深深的懊恼和痛苦。这个时候一直在牢房外暗中观察的日军看到了陈若克作为一个母亲的软肋，便立即送来了牛奶，试图说服陈若克屈服，只要她投降日军，孩子便能立刻喝上热气腾腾的牛奶，不再挨饿。陈若克没有回答。日军看陈若克没有回应，以为转机到了，继续说道："我们知道你是八路军，很坚强。可是你也是孩子的母亲，难道一点儿都不疼爱自己的孩子吗？她还这么小，你就忍心她刚出生就跟着你挨饿吗？你看看你抱在胸前的孩子，她已经饿得几乎哭不出声了，干瘪的小嘴一张一合的，绝望地望着你，你就这么狠心吗？"看着已经饿得奄奄一息的孩子，陈若克的心都碎了，她心想：我要怎么办才

能拯救我的孩子啊？牛奶就在面前，如果孩子能喝上牛奶就能得救了。我之前说好要平平安安地抚养她长大成人的。我该怎么办？可是，她转念一想，现在不是考虑个人生死的时候。如果我妥协了，日军肯定会进一步拿孩子来要挟我，让我供出革命根据地同志的撤退方向和他们想要的军事机密。那样的话，有很多同志会牺牲，我们的革命会受到重创。我不能为了自己的骨肉而置整个革命于不顾，为了中华大地早日解放，我只能牺牲自己和孩子的性命。孩子啊，你不要怪妈妈，妈妈相信你会理解和支持我的。沉思片刻之后，她猛地站起来将日军送来的牛奶狠狠地砸在地上，说："要杀就杀，要砍就砍，少来这一套。"她忍痛做了一个决定：带着刚出生的孩子一起绝食，共同赴死。而作出这个决定的原因只有一个，那就是要让日军明白中华儿女不可战胜。敌人的奸计没有得逞，悻悻而去，决定当月枪杀陈若克。

蚁潮作品《血奶母亲·陈若克》
作品尺寸：160cm×80cm×195cm
作品材料：树脂仿铜

陈若克意识到自己的时间不多了，她把自己裹伤的纱布拆下来做了一顶小帽子，又从自己破烂不堪的衣服上撕下一条红布，叠了一个小五星缝在帽子上，然后戴在女儿头上。她艰难地揽过孩子，咬破自己的手指，把流着血的手喂到女儿的小嘴里，说："孩子，你来到世上，没有吃妈妈一口奶，就要和妈妈一起离开这个世界，你就吸一口妈妈的血解解饿吧。"一想到刚来到世上的小生命马上又要离去，甚至，朱瑞还没有来得及看看这个孩子，陈若克有伤心、有不甘、有悲愤，一时间泪眼婆娑。她下意识地搂紧孩子想给她最后的温暖和母爱。

　　1941 年 11 月 26 日，陈若克紧抱孩子赴刑场，她一边轻拍着怀中的婴儿，一边高呼口号："中国共产党必胜！中华民族必胜！打倒帝国主义！打倒日本侵略者!"陈若克和怀中的孩子被敌人用刺刀残忍地杀害了，牺牲时年仅 22 岁。

　　时光流逝，岁月如梭，转眼八十多年过去了，虽然佛山大地已发生翻天覆地的变化，但是陈若克依然是我们佛山人的骄傲，她的故事值得我们佛山人传唱。她像一颗红星在抗日战争史上熠熠生辉。

为有牺牲多壮志

——记革命先烈罗登贤

刘　东

残阳如血。熙熙攘攘的九龙码头，姐姐罗才一手挽着个小包袱，一手紧紧抓住弟弟罗登贤，生怕把他弄丢了。

他们刚刚在家乡——南海县南庄镇紫洞墟隔巷村——为父亲办完丧事。3 年前，母亲去世了；现在，父亲也走了。长姐如母，罗才要把 6 岁的弟弟接到自己在香港的家。

在香港讨生活也真不容易。罗才刚来的时候，就在街边做小贩，卖香烟、报纸和一些小玩意儿，还时不时被巡警驱赶。眼下生活终于稳定了些，入南洋烟厂当了工人，并且和冯伯朝结了婚，丈夫是个老实人，是英国皇家太古造船厂的钳工。

姐姐想心事的时候，小登贤瞪着一双乌黑的大眼睛，时而望着嘈杂的人群，时而望向奔流的江水，失去父亲的哀伤一点点远去了，即将开始的带有不确定性的新生活让他兴奋又有些忐忑。

"阿姐，船来了！"罗登贤扯着姐姐的衣角说。

求进步光荣入党，搞工运名扬省港

虽然生活艰辛，但是姐姐还是坚持让罗登贤上学读书。上了四年多，罗登贤不愿再读书了，因为他认为自己已经是大人了，不愿再成为家里的累赘，他要跟姐夫去船厂做工。

"你可要照顾好阿弟啊。"见劝阻不住，姐姐只好叮咛丈夫。"放心吧。"冯伯朝拍着胸脯说。

太古造船厂是一家英国的公司。当初来中国时，英国人就想起个符合中国传统的名号，其时正值春节，家家户户门上贴的对联，都有"大吉"二字，认为这二字最吉利。但英国人对中国字一知半解，误将"大吉"写成了"太古"。

"太古"果然不是"大吉"。在罗登贤的学徒生涯里，他看到了船厂的工人包括他自己，饱受着殖民主义者和资本家的欺凌与压迫，开始思考劳苦大众苦难的根源，对阶级兄弟的友爱与日俱增，他不屈的心灵深处埋下了抗争的火种。

一次，一个新徒工不小心做坏了活计，遭到工头的毒打，并要开除他。罗登贤知道，这个工友家里还有生病的老母亲需要照顾，失去了这份工生活将会雪上加霜。于是他挺身而出，跟工头理论："你不要打他，活儿做坏了是我的过失，是我给他讲错了，该打该罚由我承担！"

结果，他自然也挨了工头的打骂，姐夫也使劲埋怨他不该多事儿。但罗登贤心里并不在意，反而为能保护工友而暗暗高兴。

罗登贤的仗义行为赢得了工友们的敬佩，渐渐地，工友们以他为中心，团结起来同英国资本家的剥削行为展开斗争。而罗登贤也在斗争中得到了锻炼和教育，日渐成长，他认识到，工人阶级只有自己组织起来才能获得解放。

1922 年的时候，罗登贤 17 岁，少年老成的他已俨然成为船厂工人的领袖，连工头也都惧他三分。他面容庄重，双眼明亮，腰杆挺得极直，讲话态度和气，有理有节，谦逊而诚恳，让人乐于接受。

罗登贤像

这年春节刚过，由于长期遭受英帝国主义的殖民统治和资本家、包工头的残酷剥削及种族歧视，忍无可忍的香港海员在林伟民、苏兆征的领导下，举行了罢工，罢工浪潮席卷香港，罢工总人数达 10 万人，使五条太平洋航线和九条近海航线完全陷于瘫痪状态。

刚刚成立不久的中国共产党对香港海员罢工极为关注，在广州组织成立了香港罢工后援会，做返穗工人的后盾。中共广东支部和社会主义青年团广东区委组织全体党员、团员参加了各项工作，分发《敬告罢工海员》传单，及时对罢工运动予以支持和引导，号召海员团结一致，坚持到底。

与此同时，全港各行业工人纷纷支持海员罢工，罗登贤领导太古船厂工人响应罢工。

船厂的华人机器会企图破坏罢工的进行，他们秉承香港当局的旨意，在厂里成立了"工团调停罢工会"，企图对参加罢工的工友进行劝阻、离间。

工会头目假惺惺地说："海员罢工，我们自然应该援助。但是海员们现在最需要的是经济援助，我们可以捐款，不必急于罢工。如果罢工了，没经济收入，又怎么去支援海员们呢？"

厂里部分工人被这种欺骗性的宣传所迷惑，徘徊观望。罗登贤和工会的积极分子立即召开了职工大会，揭穿了香港当局和华人机器会的阴谋诡计。会上，罗登贤激奋地说道："海员们工作时间长，劳动强度大，工资微薄，与白人海员同工不同酬，工资待遇不及白人海员的五分之一！还经常遭受凌辱、打骂，被克扣工资，并且随时受到无故开除的威胁。如果这些问题不能解决，仅仅是给他们捐点钱有什么意义？！"罗登贤坚定地号召大家："我们船厂工人如果真的同情工人，就应加入罢工行列，不能搞什么调停。调停，就是妥协！"

最终，历时 56 天的香港海员大罢工宣告胜利结束，有力地打击了帝国主义者的嚣张气焰，推动了中国工人运动的发展。

通过这次斗争，罗登贤进一步认识到，要争取罢工的胜利，工人阶级必须团结，工会组织必须纯洁。罢工胜利后，他和工会积极分子李连等人改组了工会，成为领导工人运动的中坚力量。

由于罗登贤带领广大工人和资本家开展斗争，为此他遭到资本家的仇视。香港当局借口罗登贤煽动工人闹工潮而扰乱生产，将他逮捕入狱。香港当局每次提审他时，他总是理直气壮地控诉资本家和工头的剥削罪行，申诉工人的悲惨生活，斥责香港当局诬指他闹工潮的诽谤，使得审讯的法官尴尬不已，草草收场。

入狱非但没有动摇罗登贤的革命信念，反而更坚定了他坚持斗争的决心。

出狱后，他又立即投入到新的战斗中。他与工会积极分子郭登等人组织成立香港金属业工会，成为该会的创始人和领导人之一。

1924年底，中共广东区委派杨殷、罗珠、陈日祥等人到香港发展党组织。在与他们的交往过程中，共产党人的崇高理想极大地鼓舞了罗登贤，他多么渴望成为其中的一员啊。

而党组织也很看重罗登贤，在党的培养下，罗登贤积极学习马列主义思想，阶级觉悟日益提高。1925年春，经罗珠和陈日祥介绍，罗登贤光荣地加入了中国共产党，并与苏兆征、林伟民、陈日祥、罗珠等人一起，成为中共香港支部的成员。

崭新的生活，像磁石一样深深地吸引着年轻的罗登贤。在姐姐家那间又矮又黑的阁楼里，他每天晚上都点着小油灯，如饥似渴地阅读进步书刊，学习党的文件，深夜还不肯休息。就算是吃饭，他也是手不释卷，由于精神过于集中，不管桌上有多少盘菜，他总是只吃面前的那盘，所以姐姐总是把他面前的菜盘装得高高的。

理论学习与实践斗争的结合，令罗登贤的眼界越来越开阔，反帝斗争的意志也愈发坚定，求索劳苦大众彻底解放之路成为他毕生的奋斗目标。

罗登贤把革命视为生命，他斗争坚决，踏实能干，在工会中树立了很高的威信。工运领袖苏兆征非常赏识、信任这位二

十出头的年轻人，好多事情都安排他去处理，每次罗登贤都能出色地完成任务。

1925年5月，上海发生了英帝国主义者枪杀中国爱国群众的五卅惨案，全国掀起了轰轰烈烈的反帝浪潮。为了支援上海工人的反帝爱国运动，党领导的中华全国总工会在苏兆征、邓中夏、罗登贤、杨殷等同志的组织和领导下，举行了举世闻名的省港大罢工。此次罢工使英帝国主义统治的香港完全瘫痪，变成"臭港"，英国《邮报》曾哀叹："一九二五年英国尊严之堕落，实为中英通商二百年来所未有。"

这次大罢工坚持了十六个多月的时间，是世界工人运动史上时间最长的一次罢工。此次罢工的胜利，不仅在中国工人阶级和中华民族反帝斗争史上占有光荣的地位，而且在世界工人运动史上也留下了光辉的篇章。

罗登贤夜以继日地领导罢工工作，他生活朴素，不抽烟，不喝酒，随身只带着一张草席和一顶破蚊帐，在哪儿工作到深夜，累了，便就地打开草席睡一小会儿，天未明就又急忙工作去了。

他干起工作来，有策略，有预见，有规划，有条理。每次安排任务时，他不仅教同志们怎么去完成，还指出可能遇到的情况，并一一帮他们进行详尽的分析。他要求大家一定要镇静敏锐，一旦发生不测，还要做好应对预案。

每次示威游行，罗登贤都站在工人队伍的最前头，振臂高呼"打倒帝国主义""为上海死难同胞复仇"等口号，满身大汗也不退却，得到了领导和工人们的一致认可和信任。

1926年4月，香港金属业总工会成立大会在广州召开，罗登贤被任命为总工会党团书记，负责联系省港罢工委员会系统工会中的党员、建立联络接头机构、成立工人武装等工作。同年10月，中共香港支部改为香港市委，罗登贤担任香港市委常委工作，负责领导工人运动。

1927年4月、7月，国民党蒋介石集团和汪精卫集团相继叛变革命，他们宁可错杀一千，也不放过一个共产党员，大肆屠杀共产党人和革命群众，一时间，白色恐怖笼罩着中国。第一次国内革命战争失败，国共合作流产。

在关系党和革命事业前途和命运的关键时刻，中共中央政治局于 8 月 7 日召开紧急会议，确定了土地革命和武装斗争的总方针。毛泽东出席了这次会议，并提出了著名的"枪杆子里出政权"的论断。随后，南昌起义、湘赣边界秋收起义爆发，对国民党反动派进行英勇反击。

八七会议后，中共临时中央政治局决定成立广东省委，任命张太雷为省委书记。罗登贤任中共广东省委委员，往返于广州、香港之间，进行秘密工作。在革命与反革命激烈搏斗的血雨腥风中，罗登贤意志坚定，毫不畏惧，他积极协助周文雍等发动海员、人力车夫、印刷工人等举行罢工斗争，反抗国民党反动派的血腥屠杀。

一次，周文雍在登台演讲时被捕，罗登贤马上组织营救。他安排人探监时给周文雍带去一种致人高烧的药，周文雍服用后高烧不止，狱方无奈只好将他送医院治疗。在医院里，罗登贤安排人化装成医护人员，用棉被将周文雍包裹起来，隐藏在汽车里送出医院，周文雍又回到了革命队伍中。

1927 年 10 月，罗登贤出席中共南方局、广东省委联席会议，共同研究发动广州起义的事宜。

1927 年 12 月 11 日，由张太雷、叶挺、叶剑英、聂荣臻等领导的震惊中外的广州起义爆发。

起义的枪声打响，罗登贤率领 600 多名工人组成的赤卫队，负责攻打公安局。在罗登贤的指挥下，赤卫队队员奋不顾身地扑向敌人。队员爬上墙头，向公安局内投掷手榴弹，炸毁敌人的机枪和装甲车。叶剑英率部分教导团士兵赶来支援，随后，赤卫队队员和革命士兵一起攻克了这个顽固的反动堡垒。

起义胜利了！由周文雍主持，张太雷庄严宣布："广州苏维埃政府正式成立了！"罗登贤激动得热泪盈眶，他动情地对工人们说："这个政府维护我们工人阶级在政治、经济上的切身利益，我们一定要热爱它、维护它。"

为有牺牲多壮志——记革命先烈罗登贤

历经三天的浴血奋战，由于敌我力量悬殊，广州起义失败，起义军被迫撤离广州。罗登贤率领赤卫队在长堤一带，阻挡进犯珠江北岸的来敌，掩护主力撤退。

广州起义是中国共产党在革命的严重关头以其革命胆略，在半封建半殖民地社会里，建立城市苏维埃政权的伟大尝试，是中国工人伟大之英勇模范。起义中，国民党对共产党人和革命群众进行了疯狂的大屠杀，几天之内就杀害 5 700 多人。

罗登贤返回香港，坚持地下斗争，继续为中国革命事业顽强战斗。

当时香港的社会环境非常险恶，共产党人随时都有被捕的可能。罗登贤镇定自若，机智勇敢。为了保护同志们的安全，每当发生危急情况，他都不顾自己的安危，先掩护大家撤退，最后一个离开。

1928 年 2 月，他在香港和几个同志约好到党机关开会，但是过了约定时间半个多小时，人还未到齐。罗登贤敏锐地感到可能出了问题，他立即停止会议，让已到会的同志赶紧走。等他正准备离开时，敌人已将会议地点包围起来。机警的罗登贤把几张文件纸揉成团吞进肚子，当敌人冲进室内时，只看见罗登贤正悠闲地端着杯子喝茶。虽然什么证据也没搜查到，但敌人还是以"共产党嫌疑"的罪名将他逮捕。这是罗登贤革命生涯里的第二次被捕，当然，这不会是最后一次。

被捕后，罗登贤在狱中表现得非常勇敢，面对敌人的严刑拷打，他始终不屈，没有泄露党的任何机密。党组织也对其进行积极营救，通过他的姐姐罗才，想方设法把他保释出狱。

望着憔悴的弟弟，姐姐心疼地劝道："以后就别再闹革命了，回家跟你姐夫好好开工，安安稳稳过生活吧。"

罗登贤坚定地对姐姐说："只要劳苦大众还没有解放，这革命就得干下去。"

姐姐说："难道你不怕再坐牢吗？"

罗登贤斩钉截铁地回答："坐牢算什么？既然参加革命，就不怕上刀山下火海。我赴汤蹈火，万死不辞。"

姐姐望向弟弟，只见他双眼闪着坚定的光芒，腰杆儿挺得极直，一时觉得这个弟弟那样的陌生而高大。

"唉，我也知道劝不住你，那你以后可要小心点儿啊。"姐姐叹了口气无奈地说。

1928 年 6 月，中共第六次全国代表大会在苏联莫斯科召开，年仅 23 岁的罗登贤被选为中共中央委员和中央政治局候补委员，成为中国共产党高级领导人中工人出身的较为年轻的干部之一。

1929 年，苏兆征积劳成疾，不幸病逝。罗登贤担任中华全国总工会委员长，并递补为中央政治局委员，后任中共广东省委书记、中共南方局书记，与李富春、蔡畅、邓发、陈郁等一道，领导广东、广西、福建、云南、贵州五省的党组织开展革命斗争。

在如火如荼的大革命过程中，罗登贤遇到了他的真爱周秀珠，收获了幸福的爱情。

周秀珠比罗登贤小 5 岁，出生在一个贫困的海员家庭，少年辍学进纱厂当了童工。十几岁时就参加了支援上海人民反帝斗争而举行的大罢工，是罢工队伍中最年轻的积极分子。1926 年春，周秀珠加入了中国共产主义青年团，当选为省港劳动童子团联合会执行委员、女童部部长。不久，加入了中国共产党，被调到中华全国总工会从事女工运动。在莫斯科召开的中共第六次全国代表大会上，周秀珠被推选为大会主席团唯一的女委员，周恩来亲切地称她为"周小妹"。

在帮助周秀珠工作的过程中，罗登贤逐渐喜欢上了这个稳重成熟、热情能干的小妹妹，而周秀珠也被他那种不畏艰难、

罗登贤与周秀珠

雄气勃发、愈挫弥坚的精神所折服，最终，两人走在了一起。

两人并肩战斗，从相识、相知到相爱，在战斗的洗礼中，结下了深厚的革命爱情。

但是那个年代的爱情，注定不会是花前月下的卿卿我我。1931 年夏，罗登贤接到新的任务——以中共中央代表的身份到东北工作。

赴国难主持满洲，义勇军威震雪原

这时的东北可不太平，狼子野心的日本侵略者虎视眈眈，觊觎着我国的大好山河，不时挑起事端。面对日本关东军的挑衅，东北少帅张学良的态度是"力求稳慎，对于日本人无论其如何寻事，我方务须万方容忍，不可与之反抗，致酿事端"。

因为畏缩与忍让，对方骄气日盛。1931 年 9 月 18 日深夜，日本关东军按照精心策划的阴谋，自行炸毁沈阳北郊柳条湖附近的一段铁轨，反诬中国军队破坏铁路，以此为借口，悍然炮轰沈阳北大营，是为"九一八事变"。

张学良秉承国民政府对日消极的态度，竟然采取不抵抗政策，他给东北军下死命令："不准抵抗，不准动，把枪放到库房里。"至天明，日军不费吹灰之力占领沈阳，其后短短几个多月，侵占东北三省 128 万平方公里土地。日本在东北建立起伪满洲国傀儡政权，开始了对东北人民长达 14 年之久的奴役和殖民统治，使东北 3 000 多万同胞饱受亡国奴的痛苦滋味。

从此，中国人民也开始了长达 14 年之久的抗日战争！

面对日本的侵略行径，中国共产党积极维护民族利益，于 9 月 20 日发表《中国共产党为日本帝国主义强暴占领东三省事件宣言》，谴责日军侵略，号召全党依靠群众的力量和工农苏维埃政权，赶走日本侵略者。

虽然当时中国共产党的力量还比较弱小，只是"星星之火"，但共产党及其领导的红色政权发出的抗击日本侵略者的最强音，同国民党政府的不抵抗政策形成了鲜明对比，昭示着中国共产党在以后的抗日民族解放战争中，将成为全民族抗战胜利的中流砥柱！

目睹祖国的大好山河遭受日军铁蹄践踏，目睹国民政府退兵畏缩的不抵抗行为，罗登贤和中共满洲省委的领导一起在枪炮的隆隆声中，连夜分析事变的性质与形势，研究讨论日本侵占东北以后满洲省委的斗争策略和任务。

满洲省委张应龙发着牢骚："日本关东军不到两万人，他张学良的东北军就有 16.5 万人，在关内还摆着近十万军队，但就是不反抗，将大好河山拱手送给日军。真是千古罪人，千古罪人啊。"

罗登贤慷慨激昂地说道："他们国民党不反抗，我们共产党反抗！今天，东三省丢了，我们如果不起来反抗，不起来战斗，明天，我们的华北也会丢，华东和华南也会丢，整个中国都会丢。在这个时候，我们应该团结起来，拿起我们手中的武器，和日军血战到底，把他们赶出东北，赶出中国！"

同志们受到罗登贤的鼓舞，热血沸腾。大家一起研究拟定了《关于反对帝国主义军事侵略东北三省宣言》，号召东北人民团结起来，用革命的铁拳给日本帝国主义以沉重的打击，将日军驱逐出中国！

在中华民族面临生死存亡、东北人民流离失所的危难时刻，罗登贤一边等待中央的指示，一边将北满特委的同志召集起来，在联络员冯仲云家里召开紧急会议，讨论研究具体的斗争对策。

冯仲云的家位于哈尔滨江桥下一个叫牛甸子的小岛上，滚滚的松花江水将小岛和外面完全隔绝开来。会议从下午一直开到晚上，油灯跃动的火焰，映红了罗登贤坚毅的面庞，体现出一个革命者在斗争面前的坚定。

罗登贤给大家分析着当前的形势："目前，资本主义世界已经出现了经济危机，为了摆脱这场危机，为了缓和国内阶级矛盾，日本帝国主义计划逐步实现其蓄谋已久的独霸中国的政治野心，它的初步计划就是侵略我国东三省。"

"小鬼子想得美，决不能让其得逞！"冯仲云握紧拳头。

"对，"罗登贤坚定地说，"在这危急的关头，国民党以不抵抗政策出卖东北同胞。我们中国共产党人一定要与东北人民同患难、共生死。敌人在哪里蹂躏我们的同胞，我们共产党人就在哪里和广大人民一起与敌人进行抗争！"

参加这次会议的冯仲云、廖如愿、周保中等人都庄重地点了点头。

罗登贤看着大家凝神屏气的庄重神情，庄严地宣布："同志们，不驱逐日军，党内任何人不能提出离开东北的要求。谁如果提出这样的要求，那就是恐惧、动摇分子，就不是真正的中国共产党党员！"

罗志奇作品《抗联明灯·罗登贤》
作品尺寸：130cm×90cm×238cm
作品材料：树脂仿铜

"我们谁都不离开！"大家异口同声道。

油灯微弱的光线把罗登贤瘦高的身影映照在身后的土墙上，他有着明显南方人特征的清瘦的脸，此刻是那般地沉稳冷峻。

罗登贤这番刚毅有力的讲话，坚定了东北共产党人为祖国、为东北的解放奋斗到底的决心。

会议通过了《关于日本帝国主义武装占领满洲与目前党的紧急任务的决议》，号召广大人民群众迅速行动起来，投身到反抗日本帝国主义的斗争中来。同时还以通电的形式，揭露了日本帝国主义企图吞并中国的侵略野心，以及国民党反动派在民族大义面前消极抵抗的无耻行径。

在中共满洲省委和罗登贤的领导下，东北地区开展罢工、罢课和暴动等声势浩大的反日斗争。

与此同时，日本侵略者也加紧了对反日力量的搜捕和镇压。

1931年11月的一天，中共满洲省委军委书记廖如愿和宣传部秘书杨先泽、张应龙约好在自己家里碰头谈工作，不料廖如愿、杨先泽在街口突然遭遇日本特务搜捕。特务从杨先泽的衣袖里搜出了党的文件，两人遂被逮捕。廖如愿禁不起恐吓供出了自己的住址，于是特务紧急赶到廖如愿住处进行伏击，张应龙也随之被捕。

起初，面对凶残的敌人的皮鞭，张应龙的表现也算英勇，但后来在敌人摆上老虎凳和辣椒水时，张应龙便变了面色，叛变革命，并供出了中共满洲省委机关地址和人员，导致党组织遭受严重破坏。

危难之际，罗登贤主动请缨，向中央请求担任中共满洲省委书记。不久，中央回复，任命罗登贤担任中共满洲省委书记兼组织部部长，直接领导东北的抗日斗争。

由于沈阳的日军搜查太紧，活动困难，罗登贤请示中央将省委机关迁到敌人力量相对薄弱的哈尔滨。罗登贤的忧患意识、担当精神以及他的智慧与隐忍，在这里表现得淋漓尽致。

在东北茫茫雪原中，罗登贤奔走于沈阳、哈尔滨、大连、鞍山、抚顺等地，组织工人举行反日罢工，组织学生们进行反日罢课。他高瞻远瞩地将目光投向广袤的农村，派遣共产党员到各地，下乡发动抗日游击战争，组织农民举行反日武装暴动，成为日后东北抗日武装的坚强基础。

丈夫为东北的革命事业奔忙时，妻子周秀珠也没闲着。她

不仅对罗登贤给予支持与照顾，还负责中共满洲省委妇女工作兼做交通员。从温暖的南国到寒冷的北疆，她克服气候不适、水土不服等困难，在冰天雪地中，穿行于电车厂、烟厂等地，组织反日会，即使是怀孕的时候也不肯休息，腆着个大肚子继续工作。对此，冯仲云的妻子薛雯很心疼她。

"大着肚子工作起来更方便，会减少敌人的怀疑。"周秀珠笑着解释。

"对，我去送文件时抱着囡囡，就把文件裹在她的肚子上，敌人一点儿没怀疑呢。"同是交通员的薛雯深有感触。

囡囡是薛雯和冯仲云的小女儿，当时，冯仲云家是联络站，罗登贤便常在他家工作。罗登贤非常疼爱这个可爱的小姑娘，总是让她坐在自己大腿上，左手抱她在怀里，右手写文件。

一天深夜，为了秘密组织一支伪警备队的哗变，罗登贤和赵尚志等人在冯仲云的家里连夜印刷传单。夜深人静，为防止印刷机声被街上的巡警听到，罗登贤就用脚使劲踏地板。薛雯见状，灵机一动，她拿来一个藤箱，让囡囡睡在里面，时不时掐一下她的小腿，疼得囡囡哇哇大哭，哭声掩盖了印刷机发出的"嗒嗒"声。罗登贤见薛雯这样折磨孩子，心疼极了。工作结束后，他立即抱起囡囡，抚摸着她小腿上青一块紫一块的伤痕，轻吻着她带泪的小脸，疼惜地说："真是苦了我们囡囡了。为了安全完成任务，不得不让你也参加了我们的工作。"①

地下斗争是残酷且危机四伏的，随时会面临死亡。罗登贤和他的战友们同舟共济，怀着对共产主义信仰的无限忠诚，对中国共产党的无限忠诚，对国家和人民的无限忠诚，克服一个又一个的艰难险阻，在白山黑水间同敌人进行顽强斗争。他们之间结成了深厚的情谊，这是用生命和鲜血凝成的兄弟般的情谊！

1932 年初，党中央机关报《红旗》传到东北地区，其中有

---

① 得知罗登贤牺牲的消息，他亲密的革命战友冯仲云夫妇悲痛不已，冯仲云悲伤地对薛雯说："登贤同志最喜欢囡囡了，我们就把女儿的名字改成忆罗吧。"冯忆罗于 2019 年 8 月 29 日去世，而 8 月 29 日正是罗登贤慷慨就义之日。

一篇周恩来以伍豪为笔名发表的文章《日本帝国主义占领满洲与我党的当前任务》，文章指出："在东北必须发动民族革命战争来反对日寇，驱逐日寇出东北。"罗登贤看后非常激动，因为自己的想法与周恩来的观点不谋而合。他连读了三遍，拿起铅笔，将"民族革命战争"几个字郑重地圈了起来。

罗登贤立即组织中共满洲省委相关负责人认真学习、深刻领会此文章。之后，他与军委书记杨林、周保中等人，起草制定了《东北义勇军抗日救国游击运动提纲》《义勇组织法》两个文件，明确提出共产党要联合并支持一切抗日武装力量共同反抗日本侵略者的方针，只有在斗争中创建共产党人直接领导的人民武装，才能保证彻底抗日救国。应以这样的武装为核心力量，支持、援助和联合义勇军等一切抗日武装力量，共同反抗日本侵略者。

这是中共党组织最早提出的抗日民族统一战线的雏形。虽然它仅限于东北地区，还不够完备，但为后来全国抗日民族统一战线的形成提供了有益的借鉴，对凝聚全民族的力量、推动东北抗战的发展和夺取抗战的胜利起到了不可忽视的历史作用。

罗登贤清醒地看到，当民族矛盾上升为主要矛盾的时候，武装抗战、联合一切可以联合的爱国力量抗日，是关系到中华民族生死存亡的首要问题，是党组织压倒一切的中心工作。

在这一思想指导下，周保中、杨靖宇、赵尚志、杨林、冯仲云等先后被派到李杜、马占山、王德林等抗日部队，建立抗日统一战线。对抗日义勇军工作的开展，在很大程度上团结和吸引了东北社会各阶层的力量投入到反日斗争中来，1932 年夏秋时节，义勇军已发展至 40 万人以上，威震雪原。

令人扼腕的是，在执行王明"左"倾冒险主义思想的当时，罗登贤领导下的中共满洲省委的抗战策略遭到了中央的反对，他们认为，中共满洲省委应该集中精力在城市搞罢工、罢课和游行集会，在农村创建苏维埃政权以及深入土地革命这些方面。

1932 年 6 月，以博古为代表的临时党中央在上海召开北方各省省委代表联席会议。罗登贤因为义勇军运动正处在风起云

涌的高峰期，没能参加，由中共满洲省委组织部部长何成湘出席。会上，何成湘据理力争："日本帝国主义侵占东北后，民族矛盾上升为主要矛盾，东北的工作重点，应该是组织和领导东北人民进行抗日武装斗争，而不是深入土地革命，没收一切地主的土地财产，大力开展城市罢工、罢课等。"

"你们这是'满洲特殊论'，是典型的右倾机会主义，破坏中央'全国一盘棋'的思想，是极其严重的错误！"博古扶扶眼镜，声音尖细地严厉批评道。

最后会议决定，撤销罗登贤的中央委员、中央政治局候补委员和中共满洲省委书记的职务，另行分配其工作。

1932 年 10 月，罗登贤带着孱弱的妻子和刚刚满月的儿子，奉调前往上海。

为了不影响革命工作，夫妻俩毅然决定：把儿子送给香港的姐姐抚养。

昏暗的油灯下，周秀珠暗自垂泪，她怜惜地望着熟睡的儿子，轻声叹道："咱毛毛都快三个月大了，咱们为了革命东奔西走，到现在孩子连名字都没起。明天这一别，还不知道什么时候才能够再见面。"

罗登贤亦虎目润湿，他想到贫苦的姐姐把他抚养成人已实属不易，自己非但没能报答姐姐，如今还要劳烦姐姐替自己尽育儿之责。他深吸了口气，轻轻揽住妻子，缓缓地道："就叫他伟民吧，伟大的伟，人民的民。要让他知道，人民的力量是伟大的，是不可战胜的。就像满洲的抗日斗争，依靠伟大的人民，一定会取得最终的胜利！"

遭出卖不幸被捕，惜抱憾英勇就义

在上海，罗登贤被分配至中华全国总工会上海执行局担任中共党团书记，这样的工作安排，明眼人一看就知道是王明等"左"倾冒险主义者对他的排挤和打压。

秘书余文化替他鸣不平："依您的资历，应该当总书记，或者去苏区才是啊。"

罗登贤笑着说："革命又不是请客吃宴席，该坐哪里都有一套规习。能为党工作，就是我最大的幸福。"

在上海工作的这段时间里，罗登贤认真负责，对同志热情帮助、教育，从不发脾气，不说怒言怨语，对同事总是循循善诱，耐心指导。

有一段时间，执行局工作特别忙，油印科个别同志提出八小时工作制问题。罗登贤听完汇报后，严肃地指出："注意劳逸结合是对的，但在革命还未取得最后胜利的时候，万万不能在共产党的机关内来提倡八小时工作制，因为八小时工作是我们领导工人阶级向资本家作斗争的战斗口号，亦是斗争的目标和要求。共产党员向党提出实行'三八制'是一种最可耻的行为。"

经过他的说明，提问题的同志才认识到，共产党人献身革命，为共产主义奋斗终身，哪还有什么八小时工作制的问题。这让大家提高了觉悟，工作也更积极了。

当时的上海，白色恐怖严重，国民党特务活动猖狂。罗登贤在上海的活动，早已引起国民党特务的关注，他们的抓捕活动也在紧锣密鼓地进行着。但罗登贤没有退缩，早已将个人荣誉与生命置之度外，以坚强的党性，兢兢业业地投入革命工作。

一天，中统老牌特务马绍武抓获了中华全国总工会秘书王其良，此人一被捕即叛变，表示愿意悔过自首，供出中华全国总工会上海执行局中共党团书记罗登贤、全国海员总工会党团书记廖承志将于山西路开会的消息。马绍武欣喜若狂，带着探员赶到山西路五福弄，抓捕罗登贤、廖承志、余文化三人，将其关进巡捕房。接着，一场闹剧的审判在上海第二特区法院开庭，"罪名"是"反革命"。

罗登贤义正词严地驳斥道："你们说我反动吗？让我来说说我的历史吧！我曾在中国大革命时代领导过反帝大罢工，我曾在东北发动了抗日游击战争，打击日本侵略者；最近我刚刚从东北回来，又领导了上海纱厂的反日大罢工。我的一切行动都是反帝国主义的爱国行动，谁敢说我反动？你们国民党卖国投降，出卖东北三千万同胞，才是真正的反动！"

罗登贤把敌人的法庭变成了审判敌人的法庭，法官理屈词穷，狼狈不堪地中止了"审讯"。依照着帝国主义与国民党当局对付政治犯的老套路，将罗登贤转入上海公安局。

《申报》报道罗登贤等人被捕

罗登贤等人被捕的消息传开后，中共中央立即积极组织营救，中国民权保障同盟主席宋庆龄在上海发表《告中国人民书》，号召大家一起保护被捕的革命者，呼吁释放被捕的罗登贤、廖承志等人，因为他们不是罪犯，而是"中国最高尚的代表人物"。

"被捕者理直气壮的论点和英勇不屈的态度，充分表现了他们是中国的反帝战士。他们全都是中国人民应该为之骄傲的典型。罗登贤是他们中间的一个典型。"宋庆龄在文中热情洋溢地赞颂罗登贤坚强不屈的革命精神。

上海掀起轰轰烈烈的反迫害运动，国民党当局觉得上海不太牢靠，在一个月黑风高的夜晚，将罗登贤转移到戒备森严的关押共产党重犯的南京警备司令部牢房。

敌人一开始对罗登贤采用的是劝降手段。一天，放风时间，西装革履的余茂怀笑呵呵地走过来，向罗登贤伸出手来："哈哈哈，好久没见，别来无恙！"

余茂怀是早期上海工人运动的领导，在中共六大上和罗登贤一起当选中央委员，变节后专职劝降被捕的共产党人。

见罗登贤没理他，余茂怀有些尴尬地收回手，从口袋里掏出一张纸条，上面写着"我脱离共产党，服从三民主义"。

"登贤老弟，你只要在上面签字，即刻就会像我一样，有享不尽的荣华富贵。"

罗登贤笑眯眯地看着他的眼睛，突然一拳打在他的鼻子上，余茂怀的脸上开了花。

一旁早已忍了很久的"犯人"们一拥而上，你一拳我一脚地招呼着这个叛徒。

软的不行，敌人就来硬的。

抽皮鞭，压杠子，灌煤油，刺钢针，烫烙铁……惨无人道的敌人最后使用了新式电刑器具，在高强度、超负荷的电压下，罗登贤晕了过去……他的全身伤痕累累，血迹斑斑，腐烂的肌肉一块块地掉下来……非人的折磨丝毫没能消磨他的革命意志，他始终坚贞不屈，不泄露半点儿党的机密。敌人感慨道："这个罗登贤，真是铁打的。"

中国民权保障同盟营救罗登贤的代表宋庆龄先生等人到监狱里去探望他，他们看见他虽然被折磨得遍体鳞伤，但仍然站得极直，眼睛明亮。

宋庆龄眼含泪花，对罗登贤说："你受苦了，我们一定要救你出去！"

就像见到了党组织，罗登贤的心里激动而温暖，他微笑着说："作为共产党员，我感谢夫人的营救。请夫人回去转告党组织，请党放心，什么也不能动摇我，我早将我的生命献给了我们的党与无产阶级。"

见用尽了酷刑仍不能撬开罗登贤的嘴巴，敌人又换了软的法子，他们找来了罗登贤曾经的部下吴均鹤。

肥头大耳的吴均鹤提着烧鸡和烧酒来到罗登贤的囚室，在牢狱里，每天吃的都是发了霉、掺着沙子的糙米和无油无盐的苦菜汤。

吴均鹤坐在罗登贤床前，流着泪说："老领导，您受苦了！我这就救您出去！"罗登贤静静地看着他，没出声。

吴均鹤擦干眼泪，勉强装出笑容，从口袋里掏出一张条子，上面写着："我今后脱离一切政治活动。"

罗登贤看着他的眼睛，平静地问道："援助东北抗日义勇军算不算政治？反帝抗日算不算政治？"

"这……"吴均鹤张口结舌，半天不知如何回答。罗登贤招了招手，吴均鹤把脑袋凑过去，罗登贤一巴掌扇在他的大脸上。

虽经中共中央和宋庆龄等人竭尽全力营救，但仍未能将罗登贤解救出来。

罗登贤如磐石般的意志，令敌人无计可施，他们决定秘密杀害他，时间定在1933年8月29日凌晨。

南京雨花台，几十名卫兵，枪上闪着刺刀，两面排立。一个戴着青天白日党徽的行刑官，假惺惺地询问罗登贤还有什么遗言。

刑伤已经全部溃烂，罗登贤的身子更加枯干消瘦，只剩下不屈的傲骨。

所以他站得直极了！正如他1925年在香港领导着海员和工人罢工时那样地直立着。他的眼睛亮极了，正如他在东北地区当义勇军拼命时那样发着亮！

面对着绿树葱茏的雨花台，罗登贤凛然回答："我个人死不足惜，全国人民未解放，责任未了，才是千古遗憾！"

庄严铿锵的回音，潇洒从容的身姿，像一尊站立着的生命雕塑，放射出壮烈绚丽的熠熠光辉。

行刑官无趣地退开了，摆了摆手，满身横肉的刽子手走过来。

"跪下！"刽子手喝道。

罗登贤直视着他，笑道："我如果肯跪下，你们早就放了我；我站着吧。"

"转过身。"刽子手的气焰矮了下去。

罗登贤仿佛没有听到，镇静地望着他，目光越过刽子手、行刑官，望向遥远的天际，黑沉沉的夜幕如墨一般黑，正是黎明前的至暗时刻；但太白星正在隐去，用不了多久，耀眼的太阳就会从东方喷薄而出，天就要亮了。

"不必了，"罗登贤指指脑袋，微笑着说，"拜托你瞄得准一些。"①

---

① 罗登贤牺牲后，中华苏维埃共和国中央人民政府为了纪念他，一度把江西省的信康县改名为登贤县。1935年中国共产党著名的"八一"宣言中，称赞罗登贤是"为国捐躯的民族英雄"。2015年罗登贤110周年诞辰，《人民日报》刊文称他是"无产阶级的光辉典范"。

囚车上的婚礼
——记烈士伍仲文、蔡博真

崔爱琳

一餐蛋炒饭

1931年初春，簇拥冬日的冷雾还漂流在上海的街巷中，穿过租界里旺盛的炉火，蔓延入弄堂微启的门户，再带着寒气钻入监狱的枯草中，期望能在一片灰暗中顶出一丝绿意。

龙华淞沪警备司令部军法处看守所，一名身穿破旧长衫、提着食盒的男子站在门外，紧盯着眼前这扇即将要开启的门。门开了，男子赶忙把食盒的盖子打开给看守看一下，盒子里面是一份热气蒸腾的蛋炒饭。看守看后点点头，男子又赶忙把盖子盖上，取给来递物品的王师傅，王师傅却说等一等，转身走向了幽暗的走廊。

监狱里关押着比男子年长十岁的姐姐，也是他革命的引路人。姐姐被捕后，每次都在弟弟探望时传递纸条。今天的监狱一如往常，但男子心中不安起来，他知道革命者们可能会付出生命的代价，但他的姐姐是那么可爱，那么值得尊敬，他无法将死亡与姐姐联系在一起，那是怎样一种灰暗的光景呀！

男子将食盒拢在胸前，眼见着炒饭的热气从食盒的缝隙中向上蹿，终不敌外面的冷雾，逐渐消弭了。又过了一阵，王师傅走了出来，似是悲悯地望着他。

"你以后不用来了，人已经不在了。"

龙华淞沪警备司令部旧影

庭中有奇树

狱中的女子名叫伍仲文，生于广东南海，阁中的名字叫作杏仙。

一陂春水绕花身，花影妖娆各占春。
纵被春风吹作雪，绝胜南陌碾成尘。

晚年的王安石见杏枝临池，姣花照水间梳拢了十分春色。他想到杏花自盛开到零落的过程，便感叹自己的人生境遇，才得了这首《北陂杏花》。

这位曾名杏仙的女子的一生也像这诗中杏花一样绚烂而短促，壮烈牺牲后其留存下来的忠勇根骨开出了不败的"革命之花"。

伍仲文出生那年，战争的伥鬼还蛰伏在暗处，看着一头虚弱的雄狮在神州大地缓缓伏下。慈禧杖毙了一名揭露《中俄密约》的记者沈荩，意图堵住众口，为即将倾颓的权位多吊一口气。也是在这一年，广东南海人何香凝发表了《敬告我的同胞

姐妹》，号召"破女子数千年之黑暗地狱，共谋社会之幸福"。伍仲文这位生于岭南的女孩，从出生起就走上了与旧日传统不同的路。她选了彼时还有些荒芜的路——读书明理，独自到社会谋生。她曾在县城唯一的女子高等学校求学，在大革命浪潮影响下，成为爱国学生运动的积极分子。

1922年初，香港曾有一次海员罢工，这股浪潮对全国影响巨大。当时的广州被军阀陈炯明控制，在各处供职的人多受盘剥。当时的电话总局局长黄恒与旧女子职业学校校长勾结，将女生招聘到电话局顶工，更是给了比男工少得多的工资。每一个电话的接通都少不了电话司机的操作，这是一份很容易让人有成就感的工作，伍仲文和那批被招来应急的女工一起来到了电话局，一起刻苦钻研业务。当时妇女做一份工比男子更为艰难，对于女性来说，一份工作的环境虽然艰苦却让人觉得有希望，有奔头，她们都十分珍惜这来之不易的机会。

多日的埋头苦干却换来在罢工潮平息后的多人下岗，大部分女工被替换成原来的男电话"司机"。伍仲文这才明白自己变成了当局破坏罢工的工具，对工人斗争很不利。伍仲文想，光是家庭革命，是无法更多地改变自己作为女子在封建礼教压迫下的命运的，若想在社会上立身处事，挺得起腰板，就要走上社会革命的道路。为了自己，也为了同胞，要从荆棘中挣出一片亮堂堂的地方来。此时的广州，在孙中山联俄、联共、扶助农工政策的影响与共产党人的推动下，伍仲文正吸收着革命的春雨。伍仲文在这样积极向上的集体中快速成长，共产主义的理想之火正成为她的能源燃料，她渴望知识，渴望革命，渴望着一片新天地。

1924年是3月8日，中国第一个公开纪念国际劳动妇女节的活动在广州举行，有两千多位同胞姐妹参加。庆祝大会结束后更有一场浩荡的游行，女子们阔步于街上，畅快地呼吸呐喊。她们宣示着要打倒封建主义，让在封建主义压迫下被欺负的女子悲凉之雾彻底消散。她们也担忧着国家的前程，怒吼着"打倒帝国主义"。一双双或芊或壮、或嫩或糙的手一同举着传单和旗帜伸向四方，引得更多的手从女子旧生活的织网中破茧而出，与她们紧握在了一起。伍仲文的手也在其中，这场反帝反封建的革命有了群众，有了领袖，更因有了她自己，伍仲文有了必胜的决心。在这样的背景下，"新学生社"成立了，这是共产党领导学生运动的外围组织，这场革命洪流开始沿着岭南发达的水系奔涌到更远的地方。

新学生社的传单也被送入了广州市女子职业学校和电话局，贫苦青年们的革命意志十分坚定，代表无产阶级组织的新学生社发展得很快，伍仲文也加入其中。但当地的反动派组织"学生联合会"受国民党右派主使，反对孙中山的联俄、联共政策，经常来搅乱、破坏新学生社的种种活动，连带着电话局克扣女工待遇的现象日甚。当局有意打压工人工会，其中工会的组织者谭竹山和马少芳首先被开除。但是无论是在岗还是被开除，工人们大多能在党的领导下坚守成立工会的初心，不久后电话当局接受了工会的条件，工人们复工。

伍仲文在这场运动中见识到了在中国共产党的领导下的工人力量与之前工人们没有正确指导思想的松散组织的大不同。她期望自己像谭竹山、马少芳两位同志一样，在中国共产党的领导下参加运动并发挥更大的力量。

今朝雨急风骤

1925年，伍仲文加入中国共产党，"为共产主义奋斗"成为她终身坚定不移的理想。

5月，五卅惨案的消息传及广州各界，报童拿着登载着同胞死讯的报纸跑入大街小巷。文字是黑白的，紧密而规整地排列在脆弱的纸张上。它们沉默着，犹如墓地中的墓碑，表面刻录的是代表已故人的文字符号，只有认得、懂得这些符号的人来祭奠才让墓碑有了意义。

伍仲文是懂得的。她紧盯着那些文字，它们承载着数千公里外，在仍属于中国的国土上，一条条因帝国主义暴行而湮灭

的生命。有水滴落在纸上快速地晕开，让那一部分的文字变得模糊不清。五月的岭南总有几场骤降的温雨，浇在未带伞的人身上，叫人带着一身潮热的怨气慌忙奔走，或避雨更衣或抽身向前，总要寻个法子顾自消磨了。伍仲文当时或许在观雨、看人，她已经分不清这水是雨还是热泪，也许更是远在他乡的同胞的一身热血借着这云团向她奔袭过来，向她倾诉革命者的决心和未完使命。

此时立于廊下和立于雨中有什么区别呢？或许风向一改，或许此时需出门，或许遮身的建筑物变老折旧已经不在，人生一场，总要淋着一场雨的呀！若不想前人的功夫白费，不想让这苦雨把整个中华大地都浇透，那就要让每个人都撑起一把伞来，或大或小、或坚或破都该撑着，大家把伞都聚到一起，总能寻到一处不淋雨的出路来！

这正是伍仲文要做的，她念了女工学校，当了学生，做了工人，此刻她更想成为一名革命者，不是站在人群中，而是成为带队人。

五卅惨案的消息传到香港之后，香港的党支部就开始了群众宣传工作，方式多为个人口头宣传和散发传单，也到过海员工会的演讲会作宣传。这样的宣传效果事倍功半，工人们得知后多半气愤念恨，却又不知道该怎样出这口气。当时支部的领导和成员力量薄弱，眼看着香港一切照常，工人上工，学生上学，商旅集散，洋人毫不掩饰，露出居高临下的资本家嘴脸。党支部的拳头击在了一块厚实的棉花上，纵然稍有凹陷，也在慢慢恢复原状。

而在广州文明路75号隔邻的一层楼房内，彼时中华全国总工会的办公桌上，一份新的文件放置在了正在筹划发行的《工人之路》和正在编印的第二次全国劳动大会决议案之上，那是联席会议上通过的《罢工案》。中华全国总工会决定发动省港大罢工，给英帝国主义一个绝厉的反击！

省港大罢工

　　伍仲文被派往中华全国总工会省港罢工委员会女工部工作，她和参与这次反帝活动的广东妇女们以空前的革命热情成为其中的中坚力量。罢工首先在香港海员、电车工人、印务工人群体中开始，他们是这次罢工的"领头军"，其他行业的工人们也相继罢工。6月23日，援助五卅运动大会在广州东较场召开，广东各女工会团体、女学生和家庭妇女从各个地方走到了一起，踊跃参与大会。会后有一千多名妇女加入了游行队伍，街道上人声鼎沸，写着"打倒帝国主义""收回领事裁判权"等标语的旗帜四处可见。另有女子宣传队沿路散发传单，协助纠察队的交通联络并维持秩序。队伍行进到沙基时撞上了敌人冰冷的枪口。枪声在雨中响起，但民众的脚步没有停下，她们不管淋在身上的是雨点还是子弹，仍然高喊着"为受难同胞报仇"的口号。她们明白，只要帝国主义在这片土地上留下一口气，不平等条约不废除，中国就依然没有主权，帝国主义还会屠杀更多同胞。伍仲文与其他广东妇女一起用实际行动表明了她们誓不妥协帝国主义的决心。

　　省港大罢工历时一年零四个月，有效地打击了英帝国主义对香港经济的统治，并且让广州的经济得到了保障。

囚车上的婚礼——记烈士伍仲文、蔡博真

到莫斯科去

"如今一个大时代已经来了，有个庞然大物在向我们逼近，就快要向我们刮起一场清新猛烈的风暴，把我们社会的惰性、冷漠、对劳动的鄙视、腐朽的沉闷生活一股脑地卷了去！"契诃夫的作品《三姐妹》中，身处旧日俄国的屠森巴赫如此说道。

这场风暴很快席卷了俄国，1917 年 11 月 7 日，俄国布尔什维克党带领工人发动武装起义，推翻了资产阶级临时政府，建立了工农联盟的苏维埃政权，世界上第一个无产阶级专政国家诞生了，俄国的革命者把马克思与恩格斯的科学社会主义理论从理想变成了现实。这个事实让世界为之震惊，也让中国的革命者们深受鼓舞。

毛泽东认为"世界历史几千年以来都在发展着，进步着，但只有到了第一次世界大战和十月革命之后，才产生了新的方向。奴隶社会及其以后的封建社会、资本主义社会，都是人剥削人的社会。十月革命后的新的历史方向就是取消人剥削人的制度"。

这种新的制度给俄国人民的生活带来了极大改善，1925 年的苏联在共产国际的领导下已经基本恢复了国民经济，经历风暴后的苏联迎来了新天气——社会主义工业化建设。自 1925 年下半年开始，中国就有三百多人陆续前往莫斯科中山大学学习。到了 1926 年冬又去了第二批，与第一批人数相近，伍仲文也在其中。这批同学们虽然大多是共产党员与共青团员，但其中也不乏国民党员与少数披着进步外衣的不安分子。

莫斯科中山大学位于沃尔洪卡大街 16 号，这座古建筑是十月革命前一个俄国贵族的官邸，屋内堂皇的浮雕与精美的吊灯带有一些雍容气息，但这些孤独而冰冷的装饰属于旧时代。代表着新时代的思想正是俄罗斯放在每一户人家里的冬日炭火，正在房子里熊熊燃烧着。在同去苏联学习的同志的回忆里，莫斯科中山大学对学生生活上是十分照顾的。虽然当时的莫斯科物质条件远不算丰富，但学生宿舍干净明亮，暖气与床褥一应俱全，伙食标准也比当时的苏联大学生高出一倍，每个学生每个月还可以领十卢布的零用钱。

莫斯科中山大学

由于学校的设立是为了帮助中国培养革命领导干部人才，课程多为革命理论如社会发展史、苏维埃建设、政治经济学、党的建设等。学生也会有一定频次的军事训练，主要内容为步兵操典、射击、武器维修等。

这对于伍仲文来说同样是一段难忘的时光，她没见过被冰雪覆盖的天地，也没见过整个国家在共产主义思想领导下的生活面貌。教室中激荡着马列主义思想的乐章："在不流血的、和平的、经济的、教育的和行政的斗争中，没有铁一般的党和在斗争中锻炼出来的党，没有为本阶级全体忠实的人所信赖的党，没有善于考察群众情绪和影响群众情绪的党，要顺利进行这种斗争是不可能的。"（《列宁全集》）伍仲文认识到，无产阶级革命并不是消灭贫穷，消灭苦难，而是让大家都挺直腰板谋生，有尊严地活着。俄国的未来不一定是中国的未来，但俄国的道路可以变成中国革命者的龙舟，走出根植于中国腐朽文化的步伐。

此刻的中国太需要革命了！因为人们的美德、血性与精神正被帝国主义压榨着。也许在革命者们的一生中，有诸多危险

会让他们被埋没，但他们最终会对周围的人和环境造成影响。

一位在 1927 年参加过广州起义的共产党员也踏上前往苏联的学习道路。他的名字叫蔡博真，出生于广东梅州。伍仲文与蔡博真就是在这段时光中相识、相知、相爱。伍仲文和蔡博真坚信中国共产党掌握了社会主义的正确路线，面临国内反动势力与国外颠覆势力的进攻，他们会拼尽一切力量巩固革命成果！

《三姐妹》中，威尔什宁曾这样鼓舞玛莎："……但是，你们依然不会完全消灭，你们不会不发生影响。也许继你们之后，又会出现六个像你们这样的人，再以后，又出现十二个，如此以往，总有一天，像你们这样的人形成了大多数。两三百年后，世界上的生活，一定会是无限美丽、十分惊人的。人类确实需要那样的生活，那么，既然那种生活现在还没出现，我们就应当具有先见之明，就应当期望它、梦想它，为它去准备。"

1928 年，伍仲文从莫斯科中山大学毕业了，这是她作为大学生学习生涯的结束。作为革命者，她的革命生涯不曾中止，也因这段学习经历而迈上了新台阶。她被指派到上海中共法南区委工作，这对她来说是在实战中学习的绝佳机会，她的革命生涯就此开启。

蔡博真在苏联的学习结束后，也被派往上海进行革命工作，他与伍仲文的故事将会在那里延续。

烽火惊涛

1927 年 4 月 12 日，黑云压城。

以蒋介石为首的国民党新右派在上海发动反对国民党"左"派和共产党的武装政变，大肆屠杀共产党员、国民党"左"派及革命群众。从此，蒋介石和他的追随者完全从抗日民族统一战线中分裂出去，当时的中国阶级关系和革命形势发生了重大变化。这是大革命从胜利走向失败的转折点，同时宣告国共两党第一次合作失败。

中共中央的《为蒋介石屠杀革命民众宣言》中曾如此痛斥

这场屠戮的制造者："蒋介石业已变为国民革命公开的敌人，业已变为帝国主义的工具，业已变为屠杀工农和革命群众的白色恐怖的罪魁。"

上海的面庞似乎一夕之间褪去了血色，戏台上，一出《千忠戮》方才开场："但见那寒云惨雾和愁织，受不尽苦雨凄风带怨长……颈血溅干将，尸骸零落，暴露堪伤。又首级纷纷，驱驰枭示他方。"戏台外，革命者们温热的鲜血渗进了砖石缝隙中，但它们没有就此变得冰凉，而是愤怒地沸腾成了血雾与那白色的无道因子对抗，为笼罩在白色恐怖中的上海争取一点红色微光。

"四一二"反革命政变之后，中共党组织遭受了严重的打击。共产党员人数骤减，活动进入地下状态。高压之下，共产党人的处境十分危险，一些同志上任短短数日就被杀害。朝夕之间，生死一线，大家把对生活的全部热情都投入到了革命中。1927年6月，中共中央决定撤销上海区委，成立中共江苏省委员会兼上海市委（简称"江苏省委"）。8月，江苏省委将上海市区各部委调整改建为区委，设立沪东、法南、浦东、闸北等6个区委。法南区委直接领导法租界、徐家汇、南市地区党的基层组织。1928年，伍仲文从苏联归国后就在上海中共法南区委工作，负责指导青年运动。蔡博真回国后任上海青年反帝大同盟党团书记和江苏省委沪中区委书记。

一段时间后，伍仲文前往吴淞区委、闸北区委工作，曾与蔡博真同为闸北区委干部。伍仲文担任共青团闸北区委书记期间领导了丝厂、纱厂的女工运动。这些运动虽然在反动派的残暴高压和工贼阅墙的破坏之下艰难前行，但取得了一定的成效。在这段最为燃情的日子里，共同的革命理想谱写了伍仲文和蔡博真的爱情乐章。脚下的土地是五线谱，手握的旗帜与枪是跳跃的音符，革命的电报是饱含深情的吟唱……

他们也许曾一起畅想过，待共产主义"收拾起大地山河一担装"，就可以与爱人携手踏上这和平又幸福的领土，看赤色漫卷过"渺渺程途、漠漠平林、垒垒高山、滚滚长江"。

1931年1月19日，江苏高等法院第二分院刑庭，一桩"案件"正在开庭。

"被告等……意图串通之方法，颠覆政府，犯刑律第一零三条……宣传违背三民主义及反革命之意义，犯《禁止反革命暂行条例》第六条，被告共犯共产党之嫌疑及疑与共产党有关系，华界公安局请求上海特区法院将伊移交。"

判决一出，"犯人们"愤怒高呼，他们坚称不服判决，自己无罪！

时间回到两日前，上海市敌公安局从国民党市党部得到情报：十七日、十八日，共产党召开重要会议，地点是东方旅社三十一号房间，中山旅社六号房间……

警车迅速出动，包围了地处租界的东方旅社，特务、军警、西捕直扑三十一号房间，逮捕了李云卿、林育南、苏铁、柔石、冯铿、殷夫、胡也频、刘侯春（即彭砚耕）八位同志，并搜出了共产党文件。这八位同志立刻被押上警车，敌局还派了特务留在东方旅社蹲守后来者。敌人从东方旅社出来，迅速包围了天津路的中山旅社，在六号房间逮捕了伍仲文、蔡博真、阿刚、欧阳立安四位同志，其中的欧阳立安年仅17岁。

两日间敌局通过在东方旅社与中山旅社布置的陷阱和线索的搜捕，一共逮捕了三十多名共产党员。大家在押往法庭之前，已经明白自己是被叛徒出卖，并集体编造好口供以应对法庭的审问。但这次审判只是一种形式，律师的辩护与"犯人"的呼声无法阻挡这场无法无理的"判决"。

在被押往龙华淞沪警备司令部的囚车上，与伍仲文和蔡博真同行的同志们得知两人相爱但还没有结成夫妻，都希望他们能举行一场革命婚礼。两人深受鼓舞，蔡博真郑重而又饱含深情地问伍仲文是否愿意与他结为夫妻，伍仲文以同样的爱意回应了他，两人双手紧握，凝望着对方，说出了"人生之路行将走到终点，伉俪共同信仰永远不变"的结婚誓言。

贾鸿志、林景作品《囚车上的婚礼·伍仲文、蔡博真》
作品尺寸：180cm × 120cm × 260cm
作品材料：树脂仿铜

这便是他们的婚礼了，没有传统的仪式，没有盛装与鲜花。只有铁链锁住他们的手脚，冰冷囚车将他们送往铜墙铁壁的监狱……这对爱侣并没有因此而沮丧或者恐惧，他们和囚车上的同志们一起高唱着《国际歌》。因为铁链锁不住他们的革命之心，监狱中依然有理想照耀着他们的生活，生命的终点无论以何种形式抵达，前路都是山河无恙！

1951年，《文汇报》纪念龙华五烈士牺牲二十周年整版特刊中这样写道："有两位男女朋友在恋爱过程中，他们同时被捕，便由大家提议在车上举行婚礼。干革命工作的人对于牺牲并不陌生，但他们无时不充满快乐。如要死，也应当死得年轻一点。在这里，他们竟强迫死神做了一次月下老人，死神也不得不低头了。"

敌人因此次逮捕了许多共产党干部，喜出望外，决心大干一场，抓紧审问，企图将上海的共产党一网打尽。劝降不成就上刑具，被捕的同志们经受着巨大的折磨。但他们都记得自己

的初心，为了共产主义不惜一切！

共同的事业，共同的斗争，可以使人们拥有忍受一切的力量。

在伍仲文看来，这是敌人关押正确思想的地方，这里是革命者的学堂。她曾在给家人的信中这样写道："列宁、斯大林坐过不少次牢，被放逐过，这是一个革命者不平凡的大学历程。"

1931 年 2 月 7 日，敌方无法从被捕同志口中获得消息，便作出一个残忍的决定：将二十四名犯人就地处决。夜晚，本该安静的监狱一阵骚动，看守长到各个囚室把同志们带出牢房甚至宣布他们要被押解到南京。但其他囚犯见到这架势，只说是要打靶。在监牢中忌讳说死，打靶就是枪毙。同志们早就做好了牺牲的准备，反而很坦然，迈开戴着脚镣的腿向前走，和狱中的其他同志点头告别。

夜是那么黑，万古都挂在天上的月亮静谧地聆听着铁镣的声音。二十四人坦荡从容地走向生命的终点，此刻没有人回头，因为他们为共产主义奉献的一生中也不曾犹疑。

走向刑场

敌人将每个人和照片比对了一下，确认无误，行刑队的士兵把枪口对准了同志们的胸膛。同志们高喊："中国革命成功万岁！""世界革命成功万岁！"一阵密集的枪声后，不少同志中弹倒下。据目击者称，伍仲文烈士是最后一个倒地的，她身上被打了十三枪，当身中第十枪时，她还在高呼："中国共产党万岁！"

撒去犹能化碧涛

"龙华千古仰高风，壮士身亡志未穷。墙外桃花墙里血，一般鲜艳一般红。"

三年后，一位同被囚禁于龙华淞沪警备司令部的革命志士在墙上写下了这样的诗篇，用以纪念龙华烈士并表明自己的志向。龙华烈士的牺牲激起了无数人的愤慨，也点燃了更多革命者的斗志。为了揭露国民党的法西斯暴行，中国共产党在《群众日报》发表了《反对国民党残酷的白色恐怖》的社论。社论说，林育南、何孟雄等 23 同志（实际为 24 人）是无产阶级的先锋战士，他们的牺牲是革命中的巨大损失。革命战士的英勇热血必然更要燃烧着革命的火焰，更加迅速地摧毁和埋葬帝国主义、国民党以及一切反动势力。

虽死之日，犹生之年。烈士们永远跟着党、永不叛党的信念引导着更多党员走在正确的革命道路上。

2021 年春，上海市龙华烈士陵园里，有人为这对爱侣献上了一束花，站起身远望，满目青翠，草长莺飞，又是一春了。

鲜花与墓碑

余　韵

......
爱是亘古长明的灯塔，
它定睛望着风暴却兀不为动。
爱又是指引迷舟的一颗恒星，
你可量它多高，它所值却无穷。
爱不受时光的播弄，尽管红颜
和皓齿难免遭受时光的毒手。
爱并不因瞬息的改变而改变，
它巍然矗立直到末日的尽头。

——《莎士比亚十四行诗》第 116 首

赤子侨心爱国情
——记华侨廖锦涛烈士
苟文彬

　　我志愿加入中国共产党，拥护党的纲领，遵守党的章程，履行党员义务，执行党的决定，严守党的纪律，保守党的秘密，对党忠诚，积极工作，为共产主义奋斗终身，随时准备为党和人民牺牲一切，永不叛党。宣誓人：×××

　　一阵响亮而铿锵的入党宣誓声在廖锦涛烈士广场上空久久回荡。在中央人民政府驻澳门特别行政区联络办公室赠送的2.7米高廖锦涛烈士铜像面前，一群来自本地的白衣天使手握拳头，在夏日骄阳下重温入党誓词。第二天，她们就投入到紧张而严峻的新冠肺炎疫情防控战斗中去。

　　廖锦涛出生于广东佛山南庄龙津一个富商家庭，是中共澳门地下党负责人之一、澳门四界救灾会回国服务团团长、国民党第12集团军政工总队少校队员。1938年11月带队到广东开展抗日救亡工作，后被国民党当局逮捕并迫害致死，为抗

廖锦涛像

日救国事业献出年轻而宝贵的生命，换来而今人民自由幸福的美好生活。在廖锦涛身后，是一幅 27 米长的马赛克壁画，万里长城气势雄伟，锦绣河山壮丽多娇。设计者以大气磅礴的匠心，为我们映衬出中华民族好儿子廖锦涛短暂而信仰坚定的革命人生。

丹心碧血，他是中华民族的好儿子

良宝者何？今龙津一自然村，昔龙津堡之良宝乡也，廖氏、梁氏自古居焉。乡先贤廖松尝著《良宝乡记》一文，有言："乡以良名，志善人也；良曰宝何？珍善人也。"概乎而言此地之人，可谓善乎善矣。

从广场去廖锦涛革命烈士故居的路上，一幅 190 平方米陶瓷烧制的巨型壁画尽头，依然是陶瓷烧制的《良宝四景壁画跋》，可以看到廖氏是龙津的大姓。

1914 年某日，龙津百岁坊富商廖近雄高兴地唱起了粤剧《三笑姻缘》。原来，二姨太林瑞生为他生了一个大胖小子，粉嫩的脸蛋镶嵌着一对机灵的大眼睛，像门口流过的北江水一样清澈。廖近雄把婴儿捧在手心，像欣赏艺术品一样瞅着自己的儿子。

"老爷，给儿子取个名字吧。"卧在床上的二姨太说。

"门前北江碧水环绕，沙鸥翔集，锦鳞游泳，惊涛拍岸。干脆就叫锦涛吧，带金带水，将来好继承我们在广州的生意。"在廖近雄眼里，这个孩子将来一定会成长为商界奇才。

遗憾的是，父亲没有等到廖锦涛长大的那一天。在大妹廖明、二妹廖坚相继出生后，廖锦涛三岁那年，廖近雄因病离世。廖锦涛在龙津度过童年，还在良宝沙小学读了两年书。见廖锦涛聪慧过人，已在广州工作生活的庶母林瑞生有意将他培育成接班人，于是把他接到广州。依靠庶母和亲友们的接济，廖锦涛在广州读完小学、中学，后来考进广东大学（现中山大学）

政治经济系。

广州作为中国近代和现代革命的发源地，尤其在国共两党第一次合作形成后，在中国共产党的积极参与和努力下，国共合作的"大革命"迅速席卷全国。不少青年工人、学生、民族资本家受这场革命影响，从为国运复兴而积极参与，到接受共产主义先进思想熏陶并为之奋斗。学习、生活在广州这一中国革命暴风眼中的廖锦涛，自少年时期就看到不少仁人志士为国运复兴而抛头颅、洒热血，一颗"立志报国、寻找真理"的种子早已在他心底种下。刚踏进大学校园，廖锦涛就积极参与爱国进步活动。而廖锦涛爱国的热情、勇猛、坚决，也引起了中共党组织的密切关注。

在世界大战、日本侵华战争阴影笼罩下，作为庶长子，亲人们都希望能保住廖家血脉。1936 年，通过亲友介绍，廖锦涛来到澳门，在岐关车路公司统计科当办事员。之所以选择去澳门，是因为当时澳门被葡萄牙租占，葡萄牙是中立国，澳门也算是中立地区，后来广州、香港相继沦陷，但日本侵略者没有派兵占领澳门，可见当时的澳门还是有着特殊的环境和地位，也是相对平静的孤岛。

1936 年夏秋间，廖锦涛遇到全国各界救国会联合会理事周楠。这位来自广东香山（1925 年 4 月 15 日，为纪念孙中山先生，香山县改名"中山县"）三乡平岚村的老乡，成了廖锦涛加入党组织的引路人。廖锦以岐关车路公司为阵地，团结一些职工，建立读书小组，成立中国青年救护团、"前锋剧社"等进步组织，采用公开或半公开的形式在澳门进行爱国宣传与组织活动。

有人说"礁石挡不住东逝的流水，严冬挡不住和煦的春天，战争挡不住前进的历史，阴霾挡不住美丽的阳光……"，1937 年春的澳门，一切抗日救亡的力量，都在民族存亡的土壤里苏醒。

"廖锦涛同志，现在我宣布，经中共中央批准，中共广州市工委决定，从今天起你正式成为中国共产党党员！现在我们一起宣誓。"

"我志愿加入中国共产党，坚持执行党的纪律，不怕困难，不怕牺牲，为共产主义事业奋斗到底。"

在庄严的镰刀和锤头红旗下，廖锦涛激动地紧握拳头，用铿锵有力的声音向他一心向往的中国共产党宣誓。那一刻，他矢志不渝地把自己的丹心碧血甚至生命，全部献给中国共产党和这可爱而正经受侵略战争的国家。

"根据组织研判，日本很快会发动全面侵华战争。你要积极发动青年职工组织读书会，学习政治时事。你要领导、参加基层职工和青年学生组织的读书会和救亡剧社、救护队，联络各社团的积极分子，大力发展进步力量，推动抗日救亡宣传，为筹募运动、救助难民、慰劳军队工作做好准备。"廖锦涛的入党介绍人、时任中共广州市工委职工运动委员会书记周楠这样对他说。

1937 年 7 月 7 日，震惊中外的"卢沟桥事变"爆发，中国军队沿长城开赴抗日前线。1937 年 7 月底，日军相继占领了北平、天津。为了侵占中国，日军紧接着沿津浦、平汉、平绥三线扩大侵略，旨在迅速打垮中国的抗日力量，扬言"三个月内灭亡中国"。

内忧外患、国难当头之际，作为血脉相连的炎黄子孙，澳门同胞以血浓于水的赤子情怀，迅速投身到祖国抗日救亡的大潮中。

1937 年 8 月 12 日，由澳门《朝阳日报》和《大众报》联合发起组织"澳门学术界、音乐界、体育界、戏剧界救灾会"（简称"澳门四界救灾会"。由于葡萄牙"中立"，不许澳门爱国社团公开使用"抗敌""抗日""救国""后援"一类词）的代表大会在澳门柿山（炮台山）孔教学校召开。在这次有 50 多个社团、上百人参加的会议上，廖锦涛以前锋剧社代表的身份，当选理事会理事兼宣传部副主任。

自卢沟桥事件发生以还，暴敌乘其余焰，陷我中津，更进而向我全国各地侵犯。藉逐其整个并吞之野心。烽烟四起，炮火连天，村舍为丘，灾黎遍野，尸横遍野，血染通衢。其（我）

不死于枪林弹雨间者，亦流离失所，无家可归。夫恻隐之心，人皆有之，救灾恤难，凡属人愿，盖表同情。矧被难者，皆我炎黄裔胄。伤残者，悉我徒手民众。同众在抱，息息攸关，覆巢无完卵，唇亡齿亦寒。国人救援之声，风起云涌，吾侨侨居海外，岂容袖手旁观。本埠侨胞业有"澳门各界救灾会"之设，倾囊发箧，共致爱国之诚。顾兹事大，端赖群力，众擎易举，独力难支。为集中人力起见，合并全澳学术界、音乐界、体育界、戏剧界，组织"澳门学术界、体育界、音乐界、戏剧界救灾会"。以游艺及表演方式劝捐，各尽所能，各出所愿。分门别类，殊途同归，集腋成裘，共拯我被难同胞于水深火热之中。举我侨胞，全体注意，吾人虽不能飞身拯难，亦常尽力输财。将来游艺表演，慨解义囊，踊跃购券。本已饥己溺之襟怀，活盈万盈千之生命。举目望祖国，倾耳听哀音。行见义声一起，全侨响应，是则难民沾惠靡蠹矣。谨此宣言，诸希亮察。

澳门四界救灾会办事处旧址

力陈日军暴行、"天下兴亡，匹夫有责"之《四界会宣言》

声震寰宇，犹如惊涛拍岸，振聋发聩，使无数澳门儿女觉醒。

随后，廖锦涛担起宣传部副主任之责，发挥其出色的组织能力，积极团结大批爱国青年，开展新闻、文学、戏剧、歌咏、美术等活动，大力宣传抗日，揭露日军的侵华暴行，传播华夏儿女紧密团结、抵御外侮的救亡主张。

贾鸿志作品《赤子侨心·廖锦涛》
作品尺寸：80cm×75cm×220cm
作品材料：树脂仿铜

1937年8月12日至1938年10月上旬，澳门四界救灾会的主要工作是宣传抗日救亡及动员慰劳，筹募钱款工作。通过募捐、宣传、慰问等活动，反复高唱《松花江上》《大刀歌》，动员各行各业实行义卖、义演、义捐等社会筹募。一时间，澳门同胞的爱国热情和觉悟空前高涨，许多感人肺腑的场面洋溢在濠江上空并传遍东南亚，感染并鼓舞着当地华人华侨或义捐或投身到祖国抗战大业中来，澳门四界救灾会因而在国内外产生积极影响。时任中共粤东南特委组织部部长吴有恒在总结澳门群众工作时指出："党所能够领导的一个大的、公开的、合法团体是澳门四界救灾会。"可见，澳门四界救灾会在中国抗战史上有着特殊的地位。

1937 年 8 月 24 日，刚成立不足半月的澳门四界救灾会，便派出宣传队奔赴中山等地进行宣传。他们深入乡村张贴标语，发表演讲，表演话剧，举办军民联欢会，备受当地驻军的欢迎。当地民众纷纷冒雨来看，备受鼓舞。9 月 5 日，澳门四界救灾会在清平戏院举办游艺大会，演出《还我河山》《前进曲》《抗敌歌》《布袋队》等歌曲戏剧，发人深省，让观者的爱国之情油然而生。

廖锦涛也在澳门四界救灾会组织的一场又一场轰轰烈烈的募捐、宣传、慰问活动中，充分展现出自己卓越的政治才能、组织领导能力，不仅在澳门四界救灾会组织里的威望日渐"众望攸归"，而且让上级党组织觉得这是一位难得的抗战干将。

1937 年 11 月，中共澳门支部正式成立。廖锦涛任组织委员，成为澳门第一个中共党支部委员。12 月，支部吸收两名新党员后，分成两个党小组，廖锦涛兼任党小组组长。

1938 年初，中共澳门特支成立，廖锦涛为组织委员。根据时任中共香港市委宣传部部长周伯明的指示及传达的全国抗日形势，廖锦涛带领党员和进步青年参加到公开合法的救亡团体中去，广泛进行抗日宣传，团结广大人民群众建立爱国的抗日民族统一战线。他不仅成功发动群众团体到中山县下辖的乡村进行抗日宣传，还先后动员和组织一批爱国青年加入"会宁华侨回乡服务团"和"惠阳青年回乡服务团"。在这个过程中，廖锦涛积极发展进步力量，把先进分子吸收入党，而他也逐渐成长为澳门救亡运动持久发展的中坚力量。

1938 年 8 月中旬，中共澳门工委会成立，廖锦涛担任组织委员。这位一心救国的热血青年，就像屹立在黄河急流中的砥柱一样，在中华儿女追求独立自由的动荡艰难环境中，日益成长为党和人民的坚强支柱。

对党忠诚，他是中国共产党的优秀党员

"书记呀，沦陷的广州①我们一定会收复的，您不要过于忧心。身体是革命的本钱，来，喝碗凉茶，消消火。"中共粤东南特委宣传部部长杨康华提着一壶凉茶，放在中共广东省委常委兼粤东南特委梁广书记的办公桌上。

梁广双手捶着胸脯说："这把火烧得心痛啊。我们挡住了日本三个月占领中国的企图，却没能守住广州，接下来我们的抗战会更艰难。我们要立即号召、动员澳门的党员和爱国青年，回祖国前线工作。你有合适的党员同志做带头人吗？"

杨康华坐在一张凳子上，沉思了一阵，便说："人选有是有，而且能力和声望都很高，又是广东南海人，多次带队回广东中山乡下开展工作。只是他刚当爸爸不久，家有儿女，小日子才刚开始……"

"你是说廖锦涛？"梁广双眼倏地闪亮起来，"这个人我知道。信仰坚定，有文化，有头脑。带领党员和青年上前线的工作千头万绪，还真非他廖锦涛莫属了！这思想工作，全仰仗你这个宣传部部长了。"

"为赶走日本鬼子、实现民族解放而尽力，是你我共产党人之职责，让更多党员同志一起全力以赴，义不容辞！我这就去找廖锦涛。"杨康华起身双手作揖转身离去。

"皮之不存，毛将焉附？国难当头，大家没有，何来小家？从接受共产主义思想教育那一天起，我就已经做好了舍小家、为大家的思想准备！"廖锦涛越说越激动，走过去紧紧握住杨康华的双手，说："哪怕是赴汤蹈火，组织上的安排，我绝对服从，坚决执行。您下达任务吧？"

"通过澳门四界救灾会，组织回国服务团，到广东抗战一线去战斗。你愿意吗？"

"我愿意！"廖锦涛右手握成的拳头举过头顶，仿佛对着党

---

① 1938 年 10 月 21 日下午 3 时 30 分，日军侵占广州市政府。

旗宣誓。

"组织上安排你任团长，为动员一切力量争取抗战胜利而斗争。你有没有信心？"

"有！"廖锦涛响亮地回答。

1938年10月21日下午，澳门四界救灾会回国服务团工作委员会宣告成立，并在港澳各报多次刊登征集服务团男女团员的启事，报名参加者十分踊跃。经过严格的考试审查，服务团工作委员会吸收了部分教师、学生、工人、职员、失业失学青年，还有一些广州沦陷时转移来澳的知识青年。

"回国服务团成立不跟我说，你是团长也不跟我说，你是怕我拖后腿吗？"妻子麦苹转过身去，不让廖锦涛亲她怀里的女儿。

"你才生完孩子不久，女儿还这么小，就留在家里，把孩子养大再说。好吗？"廖锦涛手扶麦苹的双肩，深情地说。

"不。我就要参加回国服务团！只有我参加了，你才能以身作则。我们才能号召更多青年加入。"麦苹坚定地说。

"还有我！"大妹廖明（又名廖婉芬，回国服务团第三、八队队员）突然推开房门走了进来。

"还有我，还有我！"小妹廖坚（又名廖淞、廖嫒芬，回国服务团第二队队员）也风风火火地闯了进来。

从内心来说，廖锦涛是欣慰的。因为妻子和两个妹妹不仅一直支持并参加抗战宣传义捐等，而且要一起前往救亡一线。但他深深知道，一上抗日前线，就要把生死置之度外，有可能一家四口这一去，就会有人面临永别。

见家中三位巾帼心意已决，廖锦涛咬牙说："好。都去。我们去找个照相馆，照张全家福吧。"

照片里，廖锦涛怀抱女儿麦岐，目光坚定地望着前方；妻子麦苹和大妹廖明面带微笑，对即将奔赴前线的日子满怀憧憬。

一家四口参加回国服务团在澳门一度传为佳话，更成为澳门青年儿女竞相报名奔赴抗战前线的标杆。第一批入选的团员中，年龄最大的24岁，最小的才13岁。他们当中有不少人抛开

赤子侨心爱国情——记华侨廖锦涛烈士

廖锦涛与妻女及两个妹妹合影

优渥的工作环境，冲破家庭束缚，毅然参加回国服务团。比如团员梁惠民，原本在戏院从事美术工作，待遇丰厚，生活安逸，但为了抗战，毅然辞掉工作，告别舒适的工作生活圈，加入回国服务团中去。又如，女青年孙瓦儿，原是个虔诚的天主教徒，也坚定地离开安全的港湾，参加了回国服务团。

当时的《华侨报》有篇《遗书父母，六青年投军去》的报道，其中写到有位名叫钟少卿的人，即便有两个年幼女儿，还是决然参加回国服务团，《华侨报》为此感叹道："民气如斯，中国复兴可期矣。"

为上前线能更好地开展工作，澳门四界救灾会回国服务团成立训练委员会，在澳门内港对面的中山县湾仔乡设立训练营，廖锦涛等主持训练工作，负责训练服务团成员。服务团成员赴内地前，均须参加为期七至十天的训练。训练内容包括：抗日民族统一战线宣传，抗战形势分析演讲，青年、妇女、农民工作推进，军队政工思想工作，抗日游击战争问题，战地救护常识等。

"青年团员们，同志们，我们此行回国，任务是艰巨的，日军以最残酷的手段占领我国土，杀害我同胞，我们要以紧迫的反击来回答。今天，我们满腔悲愤，抱着复仇雪耻的决心，到内地抗战前线去工作。大家有没有信心完成任务？"团长廖锦涛朗声问道。

"有！"

"到前线去！"

"到前线去！"

1938 年 11 月 7 日，澳门四界救灾会回国服务团 40 多名团员高唱着"旅澳中国青年乡村服务团"团歌，欢送廖锦涛亲自带领的回国服务团第一队 13 人，踏上内地抗战一线的征程。

　　　慨我中华，山河破碎不整；
　　　恨那日寇，兽行到处凶逞。
　　　我们愿意，走遍祖国农村；
　　　我们立誓，推动全民抗战。
　　　中国青年誓把祖国挽救，
　　　争取民族的解放和生存。
　　　旅澳青年为我国服务，
　　　终有一天，我们得到凯旋！①

廖锦涛和澳门四界救灾会回国服务团第一队合影
（后排左边第三人为廖锦涛）

　　"注意隐蔽。前方有敌军舰艇行动！"廖锦涛蹲在江边草丛里，向队员们传递敌情。
　　回国服务团第一队的目的地是高明、开平、鹤山三县一带。

　　① 中共广东省委党史研究室、中共珠海市委党史研究室、中共中山市委党史研究室：《澳门归程》，广州：广东人民出版社，1999 年，第 126 页。

要取道中山前往，但澳门、香港与内地的交通要道，已受到日军的侵袭和严密监控，不仅有日伪把守各个路口、码头，江面还有舰艇游弋巡逻，路况非常险恶。廖锦涛为保障全队征途安全，他一直仔细观察敌方在陆上与江面的行动，整夜未合眼。

廖锦涛带着回国服务团第一队抵达高明三州时，当地村民对他们的到来既怀疑又恐惧，不欢迎他们进村，也不愿与队员们交往。"队员们出发时的满腔热情，换来的却是避而远之，这不仅不利于开展群众工作，时间一长还会影响队员们的士气。我觉得简单地用空洞的抗日口号和标语是难以把民众发动起来的，必须把抗日与民众的切身利益紧密联系在一起。"廖锦涛决心改变这种状况。

他带领队员发挥各自所长，首先从帮助群众解决日常生活问题入手。通过为村民治病送药、插秧打禾、挑水扫院等多种方式，加强相互接触与了解。渐渐地，回国服务团第一队赢得了群众的好感和信任，与当地民众打成了一片。村民们把村里最好的祠堂打扫干净供他们居住，甚至还争相送来番薯、芋头、南瓜等。随即，廖锦涛将全队分成5个小组，采用歌咏、漫画、田间演说、家庭访问、民众夜校及联欢晚会等民众喜闻乐见的形式扩大抗日宣传影响力，有效地提高了群众对抗战的认识。在此基础上，廖锦涛组织群众成立抗日自卫队、少年先锋队、青年训练班等。抗日救亡的民间种子，从此在高明三州大地生根、发芽、壮大。

"千州万州不离三州。"这是高明三州街坊的老话，意思是三州繁荣昌盛，本地人热爱自己家乡。据史料记载，三州圩在明正德年间已具规模，当年三州圩埠头交通便利，商贸兴旺发达，享誉海内外。如此发达、便利的地区，自然会成为日军进犯的目标。果然，经过两轮日机轰炸后，日军地面部队向三州展开进攻。高明三州守军顽强抵抗，第一队培养的三州青年抗日自卫队和受过训练的爱国人员，纷纷上前线加入战斗，迎击敌人；妇女群众也没闲着，她们送茶送水送粮食，踊跃支前。军民团结一心，最终击退敌人，保卫了三州。

回国服务团第一队开展的工作卓有成效，廖锦涛备受鼓舞。他返回澳门，并于1938年12月4日（照片显示日期。一说为12月7日）带上包括妻子麦苇在内的第二队共27名团员，由澳门向开平出发。到达开平时，恰逢鹤山古劳、沙坪失陷，社会局势十分动荡，一些过惯平静生活的城里人情绪波动很大，对回国服务团工作的开展造成巨大阻碍，一时间难以开展工作。

　　面对这种处境，廖锦涛已经有了经验。他安慰队员："军民遇到危险时刻，我们不要慌，要沉着、冷静，等待时机做好群众动员工作。"廖锦涛依然将第二队化整为零，让各小组深入到百姓中去开展工作，很快就赢得了人心和信任。1939年2月11日，日军轰炸沙坪镇，炸死83人，炸伤88人。回国服务团第二队待日本军机飞走后，冒着生命危险立即深入硝烟弥漫的战场，参与伤员救护和战地服务，从上午一直忙到下午6时。廖锦涛后来总结道："这次救死扶伤，让我亲身体验了日军对无辜平民惨无人道的血腥残杀，激起了同志们的家仇国恨，也更坚定了抗战到底的决心。"

团结同胞，把一切力量凝聚到抗日救国战线上来

　　革命的青年同志们，黄帝的优秀儿女们，国家民族有积厚的教养，也赋予我们特殊的先锋任务。日军已经迫近眼前，我们不该停留在象牙塔里，不能停留在明窗净几的斗室中，不能纸醉金迷般在十里洋场麻醉自己。

　　亲爱的青年同志们，大时代引导我们到民族解放的战场上创建伟大的实绩。亲爱的青年同志们，赶快跑进救亡团来，这才是青年的园地。我们恳切地希望各地青年、战地组织团体、参加团体充实原有团体，更希望国外青年组织回国和我们遍及全省的战工队配合工作。亲爱的青年同志们，紧急动员起来吧。我们是民众动员的先锋，是民众动员的模范，我们要流出光荣的血汗，栽培民族自由的鲜花。我们要用自己的气力，去建立自由幸福的新中国。

第四战区民众动员委员会西江、南路战地工作队代表廖锦涛等五百五十六人敬告。

这份号召广东青年积极投身抗日工作的《给广东青年的紧急号召书》，是1939年1月17日廖锦涛与参加"第四战区战时动员委员会"大会的一些青年共同起草的。当时，廖锦涛代表澳门四界救灾会回国服务团第一、二队，自高明前往肇庆参加"西江、南路战工队汇报大会"。

回到澳门后，廖锦涛将这份敬告书送给报社，报纸称其文"历述此三月来为民族生存而斗争的经过及恳请所有青年朋友都跑进解放斗争的战场，情文并茂……"遂以《敬告青年书》为题刊发。报纸甫一出街，敬告书所呈现的民族灾难及回国服务团所做之工作，引发的爱国主义价值赢得了澳门各行各业、各阶层人民的高度认同，促成了爱国人士的凝聚和团结。

正如毛泽东所说："中国军队的广大官兵，在前线流血战斗，中国的工人、农民、知识界、产业界，在后方努力工作，海外华侨输财助战，一切抗日政党，除了那些反人民分子外，都对战争有所尽力。"

《朝阳日报》通过刊发《团长昨返澳报告》新闻："由于目前交通困难原因，药物需求成为目前一个最严重之问题。而目前最流行病症为发冷、发热，士兵染病死亡者，有日渐扩大之可能，因此亟盼港澳同胞以大量之药物援助。想第四战区当局不日将有代表派来港澳，进行药物募集工作。盼我爱国侨胞，予以热烈帮助。"披露内地前线战场"亟待解决之问题"，以引起广大澳门同胞的关注。《大众报》亦刊发廖锦涛《畅谈西江情势及工作经过——受高明当局委托向港澳征集大量药品》的新闻，阐明"最近西江情势""该团工作情况"，并再次强调"查该会回国服务团团长，以第一队工作经告一段落，乃领取高明县县长及党部特派员发给之证澳明书返。顺便筹集所需物品及药物，该会服务团团长，并受该县当局之委托，向港澳各侨团筹集大量药品，以应目前战时救护之急需，因该县后方平民医院之药品经告用罄也，盼我港澳侨团及侨胞，努力捐助，以收实效云"。

一时间，澳门的救亡团体不仅实现数量上的飞跃，各界捐献迎来一次大发展，而且广大青年、学生等百姓更是自动自发地报名参加回国服务团，团结在澳门四界救灾会周围，凝聚成为一支独特的抗战力量，开展了一系列的抗战救灾募捐活动。

澳门四界救灾会慰问团送给难民营的大型镜屏"国恨家仇"

1939年3月4日，澳门爱国团体到本埠路环难民营举行游艺晚会，演出抗日话剧《血洒卢沟桥》等，演唱《义勇军进行曲》《八百壮士》《松花江上》《游击队之歌》等歌曲，向难民赠送一面写有"国恨家仇"的横匾。彼时，高剑父、关山月、司徒奇、何磊等一批著名画家避难于澳门，积极进行以抗战为主题的创作。6月，高剑父等在澳门商会二楼举行"春睡画院留澳同仁画展"，共展出200多幅画进行义卖，救济灾民。

这种以画救国的爱国创作与慈善活动，一直延续到抗战胜利。1940年1月，关山月在濠江中学举行抗日画展，轰动港澳地区。1944年3月，澳门各界举办慈善义展，赈济难童，当地书画界提供了600多幅画。高剑父创作的《东战场烈焰》（原题《淞沪浩劫》）和《扑火飞蛾》都是现实主义题材的代表作。媒体评论高剑父、关山月"那些以抗战为主题的作品一洗传统国

画冲淡的书斋习气，毫无遮拦的艺术表现手法，显然来自现实生活和人生苦难的体验"。

1939 年 8 月，澳门四界救灾会发起纪念"八一三"两周年"献金运动"，组成 10 个宣传工作队赴各处宣传，举行茶楼义唱、戏院义演、歌姬义唱等活动，三天内筹得款项折合 10 万元，充作抗战经费。

在各类募捐团体中，值得一提的是由歌姬义唱、舞女义舞组成的女团。早在 1937 年冬，廖锦涛就注意到花街歌姬的潜力，即派出骨干与歌姬及其老板娘洽谈，得到热烈响应，最终于 1938 年正式成立花界救灾会。1938 年 7 月 7 日，花界救灾会自制"七七纪念章"向同行等劝销，并积极发动捐献。"七七事变"一周年之际，所有歌姬实行素食和停止"出局"一天，并纷纷捐献，同时，积极向外界人士劝销。媒体称此举"使在场协助工作的'四界'人员深受感动"。

澳门的舞女们也没闲着。1937 年 11 月，澳门四界救灾会为推销内地"救国公债"，在彼时澳门最大的舞场举办"义舞"，并得名流捐出银鼎三座，以奖励销券最多和劝捐成绩最佳的三位舞女。《濠江风云儿女》一书收录的历史资料写道：舞星朱氏"表演草裙舞，以娱众宾"。整个"义舞"大会筹款共得约 952 元，此收入"突破本澳舞场历来一切纪录"。"八一三"两周年当晚，舞女们的响应更为热烈，甚至将身上所佩戴的金饰摘下捐赠。《濠江风云儿女》记叙了此次筹资活动的热烈：不少歌姬甚至将连续三晚"出局"和陪酒所得悉数捐出，当时的澳门报纸由衷赞扬"商女也知亡国恨"。

"廖会计，经理让你去一趟她那里。"同事拍了拍正埋头做账的廖锦涛。

廖锦涛赶紧放下手中的工作，走进岐关公司经理郑芷湘办公室门，问道："郑经理，您找我？"

"小廖啊，你是信不过我，还是看到我账上没钱啊？"

"经理，什么信得过信不过？公司账上还有钱啊。"廖锦涛有些纳闷。

郑芷湘离开座椅，走到廖锦涛身边，拍着他的肩说："你呀，到处宣传发动筹款，就是不通知我。这不是信不过我，还是什么？"

"不不不。经理您误会了，往次筹款您已捐了很多，这次再让您捐，我实在开不了口。"廖锦涛赶紧解释。

"陈声始、杨惠馨夫妇（全新织造厂老板）可以再捐，殷商代表李济堂、梁后源、高可宁、毕侣俭、崔偌校、莫翰声（妇女慰劳会主席）、毕漪迢（爱国人士）他们可以再捐，为什么我就不可以？兴许他们爱国，兴许你爱国，难道我就不爱国吗？"

"那您捐多少？我替澳门四界救灾会和内地抗战前线将士们感谢您！"廖锦涛激动地说。

郑芷湘伸手从桌上拿出一张纸，那是廖锦涛再熟悉不过的筹款认筹纸。见到上面的数字，廖锦涛惊讶地说："经理，我们账面没有这么多钱！"

"我用的是私人存款，不是公司资金。国难当头，不一起出力救国，留再多钱，换不来一个和平自由安定的生活，有什么用？"郑芷湘说，"从你进我岐关公司那天起，我就受你影响，跟你一样，我也有一颗赤子之心！"

廖锦涛所在澳门四界救灾会进行的抗战捐献活动，簇拥着众多的澳门同胞，有如濠江里的波浪，一浪高过一浪，激起巨大的浪。

其实，身边受影响的，何止岐关公司经理郑芷湘。

余化（原名余兆吉，又名余美庆）原籍广东台山，在澳门经营洋服成衣店。1937 年在中山翠亨村中山纪念中学高中毕业后，赴广州应考大学。当时他一心想去中国共产党的根据地陕北学习，遂无心应考，便回到澳门居家。其家隔壁就是前锋剧社，观望几次后，廖锦涛邀请他参加练唱救亡歌曲及排演救亡话剧，从此相识，纵谈抗日形势，两人机缘甚投。经过多次谈话，进行政治教育引导后，廖锦涛介绍余化加入中国共产党，经过 3 个月预备期考察，同年 11 月转为正式党员。两人从此成为亲密的战友，后来还分别领导一个党小组，依托澳门四界救

灾会开展革命工作。

像余化这样被廖锦涛从青年群众发展成同志，并一起开展抗日救亡工作的人，还有很多。但令廖锦涛最有成就感的，莫过于把贫民区里的麦苇发展成党员、妻子、革命战友了。

19世纪中叶，麦家从一海之隔的广东南海逃荒到澳门雀仔园白灰街贫民窟。1918年12月22日，已有五女一儿的麦家又添小女。本来就被人多粥少的日子压弯了腰的麦父，要把小女送出去，麦母认为这是自己身上掉下来的一块肉，死活不肯送走。麦父只能勉强留下并给她起名麦苇。"苇"字寓意女儿像野生的芦苇那样贱生贱长，成活与否顺其自然。

麦父迫于生计加入安全没保障、收入又低的救火队，做了一名救火员。幼小的麦苇经常见到父亲头发烧焦、衣服烧破、满脸乌黑。麦母以给人做鞭炮、搓香为生。尽管父母拼命劳作，仍然难以撑起这九口之家，更无力将麦苇和五个姐姐、一个哥哥送进学堂读书。

8岁那年，麦苇经四姐介绍，进了附近一个葡萄牙人家做帮工，帮忙带一岁多的孩子，没有工钱，只赚一日三餐。尽管这样，也能为家里减轻一些负担。带孩子的三年里，麦苇还是有收获的。因为她的聪慧和认真，葡萄牙女主人很喜欢她，就教她唱歌、跳舞。回到家里，麦苇在家人和左邻右舍的包围中唱歌跳舞，大家都夸她聪明，不上学实在可惜。15岁那年，远嫁香港的五姐将麦苇接过去，倾其所有把她送进一家商会办的义学①读书。

麦苇很珍惜这来之不易的机会，学习十分用功，成绩也好。两年后，义学因商会经费不足关门，麦苇只好含泪返回澳门。后来，五姐又资助麦苇进了澳门实用学校。实用学校是澳门爱国进步人士开办的短期培养技术人才的学校，许多地下共产党人在此教书。在这里，麦苇除学习英文、中文和文化知识外，

---

① 义学专收上不起学的穷人家子女，收费很低。

还初步接受了爱国主义的熏陶。

1936 年秋，18 岁的麦苹从澳门实用学校毕业，出落成一个落落大方、端庄秀美的姑娘。

"你不是在实用学校读书的麦苹吗？"

"你是廖老师？"麦苹惊喜而羞涩地看着俊朗的廖锦涛，"我毕业了，还没有找到工作。"

廖锦涛沉思了一下，说："记得你在课余时间表演过唱歌跳舞，愿意去前锋剧社吗？"

"前锋剧社？就是经常上街头演讲、表演话剧的那个吗？"

"是的。你愿意吗？"廖锦涛问。

"我愿意。"

"我愿意"这句话，在 1937 年春天，麦苹又重复了一次，那一次是她与廖锦涛在婚礼上坚定的回答。原来，麦苹在前锋剧社工作后，发现这是一个由廖锦涛等革命人士成立的公开或半公开宣传抗日救亡的社团。她很高兴能参加抗日救亡活动，工作更加积极，与廖锦涛的接触也更加频繁，两人由此互生情愫。

婚后，麦苹一如既往地参加革命活动，成为廖锦涛组织领导革命的好帮手。1938 年 4 月，经廖锦涛介绍，麦苹光荣地加入了中国共产党。从此，麦苹跟随在廖锦涛身边，参加各种活动，即便身怀六甲，也照样参加澳门四界救灾会的宣传和筹款活动。再后来，如前所述，麦苹将不满三个月的女儿麦岐留给母亲，便与丈夫一起加入澳门四界救灾会回国服务团（1938 年 12 月，第二队），来到内地带开展抗日救亡工作。这一去，直到 1945 年日本投降，才回到家乡从事地下党工作。

不怕牺牲，永志中华民族抗战光辉史册

"65 军军部不同意追认王同学为烈士。"粤北省委书记张文彬手里紧紧攥着那条红头巾，双眼热泪泉涌，在场者无不动容。

赤子侨心爱国情——记华侨廖锦涛烈士

这一天，是 1940 年 9 月某日。

"王同学是在这场会战中牺牲的，为什么不能追认烈士？"廖锦涛急迫地问。

"军部说她是政工总队的共产党，不在国民党编制里，这个烈士不能批。"张文彬眼里满是怒火。

"他们不认王同学是烈士，我们要认，我们共产党人要记住这样的英雄！"廖锦涛悲愤不能自持，任由眼泪流。

是啊，这位来自广东中山的回国服务团政工总队队员，还是高三女学生，在 1940 年 5 月第二次粤北会战牺牲时，还不满 20 岁。国民党不认这位烈士，但她的"红头巾故事"在廖锦涛领导的政工总队的宣传下，迅速在抗战队伍里传扬。

在前线与敌军遭遇后，身受重伤的王同学感觉自己回不到政工总队了，她走到路边隐蔽处，销毁随身文件，已经没有力气动弹，只能勉强抬起右手，挥动红头巾，希望在此路过的同胞能看到自己。

的确有两个第 65 军 187 师的伤兵发现了她，提出背着她去医务所，但王同学自知撑不下去，不愿拖累同胞。在听到王同学"给我一枪"的请求后，两个士兵不忍动手，正在这时，日军追击的枪声在附近响起，他们把王同学抬到树下藏好，匆匆离去。

又一个伤兵路过，循声见到王同学半垂在路边的红头巾。

"兄弟，我不行了，给我一枪。"王同学气若游丝地说。

伤兵大恸："我们是同胞，我怎么下得了手？"

"如果……如果我是你的姐姐，被日本人发现，你忍心姐姐被日本人糟蹋死吗？"

"当然不忍心，姐姐！下辈子，你就是我姐姐！"伤兵侧过脸去，闭眼对着王同学开了一枪。枪响之后，他跪在王同学身边，伸手抹了一把她身上的血，在自己眉心印上一个红印，砍下一堆树枝盖住王同学。伤兵带上那条红头巾追上队伍后，直奔 187 师部，跪在地上，声泪俱下地讲述了他在路上的遭遇，并自请处决。

听闻又一名可爱的回国服务团政工队员牺牲了，廖锦涛抑制不住内心的悲愤与伤痛，捶胸泣道："好同志，你一路走好。我把你从澳门带过来，却不能把你带回去。我一定申请追认你为烈士！"

原来，1939年春，根据抗战形势发展需要，廖锦涛与中共广东省委青年部部长吴华联系后，带领澳门四界救灾会回国服务团第一、二队加入了国民党第12集团军政工总队，开展军队政治工作。1939年7月，他再次返回澳门，组成回国服务团第六、七队，9月中旬前往粤北。原计划由西江去韶关曲江，不料尚未抵江门，便在龙泉古井遭到日军袭击，不得不改道由东江进入粤北。尽管途中危险极大，但是廖锦涛早已把个人生死置之度外。

澳门四界救灾会慰问团负责人摄于驻地

1940年3月，他又一次从粤北前线回澳门和香港，继续动员青年回内地抗战，组织后方慰问团及募捐前方急需物资。3月14日，廖锦涛在香港大东酒店向各界侨团和人士，作了粤北战役及澳门四界救灾会回国服务团工作情况的报告，即席发起筹

组"港澳同胞粤北慰问团",到会各界代表热烈响应,筹组慰问团的团体达 30 多个。

到 1940 年 6 月,廖锦涛和副团长沈文略率领新组成的回国服务团第八至十一队共 66 人赴粤北前线抗战。这一次廖锦涛还携带了在港澳募捐到的平版印刷机、全套铅字、1 200 顶蚊帐,还有服装、药品等一大批物资。他们在接受集中的军事政治训练后,会同先期第一、二队,被分派到第 12 集团各师及独立团担负军政工作,同时开展驻地群众抗日救亡工作。至此,回国服务团共派出 11 个队 158 人到内地进行抗日救亡活动。

在这期间,廖锦涛带领回国服务团主要从事群众动员、战地救护、战区服务、慰劳抗日军队等工作。向前述王同学一样,有些队员还直接参与对日武装斗争,并献出宝贵的生命。

群众动员方面,借用出版刊物,举办晚会、军民联欢会等形式,鼓舞抗战士气。回国服务团第三队还开办了 5 所民众夜校,在提升民众文化素养的同时,觉醒其抗战意识。该队还通过民众夜校帮助群众解决大情小事,在民众中影响很大,甚至连夫妇吵架都向回国服务团请求解决。

1939 年秋,回国服务团第一、二队在粤北的清远、从化、龙门、河源、英德等 10 多个县,建立锄奸队、常备运输队、担架队,组织青壮年开展"国民军训",经过宣传动员,到年底有 1 000 多名农民青年应征入伍,参加了第 12 集团军"志愿兵团",成为当地抗击日军侵略的基干力量。

在准备第一、二次粤北会战期间,回国服务团第一、二、六、七队于清远、连平、佛冈、曲江等地,发动民众建立了军民合作站,组织战时向导队、运输队、破路队,设立了军队过往接待站,利用纪念日举行宣传抗日大会。同时,回国服务团的许多队员还随军参战,一些队员参与战地救护,一些队员配合部队发动民众,根据作战需要,将粤北前线主要铁路、公路和桥梁全面破坏,阻延了日军机械化部队和骑兵的进犯。

廖锦涛和回国服务团队员在第 12 集团军政工总队工作中,注意团结中下级军官,着重做好连长、排长的政治思想工作,

红棉永绽放
——佛山先烈故事选

给他们讲解抗战形势和国家的前途，灌输抗日救国思想，也帮助他们改变过去那种打骂士兵、克扣士兵粮饷的军阀作风。还为连队士兵上识字课、讲时事政治、代写家书、表演文艺节目等，并协调官兵关系，以提高官兵觉悟，增强战斗力。

除参加战地服务外，许多团员还直接投身到武装斗争中，为国捐躯。1939年10月3日，日军3 000余人进攻观澜，为截断日军增援部队，回国服务团成员梁捷等5名队员主动承担炸毁观澜附近木桥的任务，执行中不幸被日军发现，在与日军激战中壮烈牺牲。1940年底，已经加入广州市区游击第二支队独立一中队的回国服务团第五队成员侯取谦，在沙湾战斗中为攻克日军炮楼英勇牺牲。第五队队员马敬荣在顺德广教乡对敌作战中牺牲，第八队队长黎景尹在禺南席地庄抗击日军战斗中英勇牺牲，第三队队员陈寿彭及服务团团员陈曼、苏达民等，也在抗日战争中献出了宝贵生命。

回国服务团所做的一系列工作，获得第12集团军的嘉奖。军政治部特派员李熙寰发给廖锦涛、李云峰、张钊暨服务团第一、二、六、七队各队证明书，赞扬各队"均能实干苦干，努力负责，殊堪嘉许"。总司令余汉谋、副总司令王俊也发给证明书予以表彰。

然而，正当廖锦涛带领的回国服务团政工总队在第12集团军的工作开展得如火如荼之际，1941年1月，震惊中外的皖南事变爆发。

"千古奇冤，江南一叶；同室操戈，相煎何急?!"廖锦涛气愤地拍打着张文彬递给他的《新华日报》，说："周主席说得好！他代表中共中央向国民党当局提出的这个严重抗议很及时。这段时间，我已经感受到破坏团结抗战的政治逆流，冲击到第12集团军内部了。"

"新四军军长叶挺被扣押，副军长项英、参谋长周子昆、政治部主任袁国平等皆遇难。国民党制造的这起皖南事变，目的就是掀起第二次反共。你看，1月17日，蒋介石反诬新四军'叛变'，取消新四军番号，将叶军长革职，交军法审判，并令

汤恩伯、李品仙的 20 余万军队进攻江北新四军。他还以国民党军事委员会的名义发难，现在国民党从上到下破坏抗战、实行反共的罪恶阴谋昭然若揭。"

张文彬愤怒得眼眶就好像要裂开了一样，拍着桌子说："国民党连毛主席 1 月 22 日以中共中央军委发言人的名义提出的解决皖南事变的十二条办法都置之不理，这分明是其独裁专政、反动革命的本质表现。锦涛书记，我们不得不警惕，不得不警惕呀！"

皖南事变成为国民党第二次反共高潮的标志，虽然其在政治、国际国内舆论上被击退，处于被动地位，但国民党顽固派把坚定抗日的共产党和积极参加抗日的一切进步力量视为心中大患，急欲除之而后快。

其实，国民党一边假意联共抗日，一边防共反共早有征兆。1940 年 6 月，同在政工总队的战友李源拿着一份《天水行营报告书》找到廖锦涛，说："锦涛同志，你看天水行营撤销，蒋介石对中下级人员仅拨法币 5 万元资遣费，不安排工作，那么多官兵没有出路，真是令人寒心啊。你在政工总队也才是个少校衔，要是哪天咱们政工总队被解散，你说会不会像天水行营那些人一样，被人遗弃？你跟我们一起回澳门，或者去南洋吧。"

廖锦涛心里明白，天水行营中下级人员跟八路军关系密切，朱德总司令曾就此向西安发话："官兵如无出路，欢迎来延安共同抗日……"他也清楚，自己身处第 12 集团军政工总队面临着随时可能遭到迫害以致牺牲的危险。但他说："如果我们一感到政局逆转就退缩，那中国不是很快就完了吗？我们必须跟这股逆流作斗争。"

那年夏天，李源回香港后就去找廖锦涛，见面后廖锦涛第一句话就问："你是否还准备回内地？"见李源没有作肯定的答复，廖锦涛冷静地说："当前这种政局的逆转只是暂时现象，它不会继续很长时间的。"

回到政工总队后，廖锦涛让回国服务团各队将国民党认为的"禁书""违禁物品"等收藏好，并采取了必要的防范措施，警惕政治逆流的突然袭击。他沉着地带领大家继续工作，决心为祖国抗战奋斗到底。

皖南事变后，白色恐怖弥漫全国。国民党对抗战队伍里共产党的清洗变本加厉，很多政工队员很灰心，又有队员劝廖锦涛辞职回港澳。廖锦涛动情地说："我一走，恐怕就会影响到其他的政工队员。你看，队里100多名政工人员都是我招请过来的，我跟这些队员间都有很密切的联系。连带头人都贪生怕死，要拍屁股走人，你叫其他队员怎么看？我今后还怎么干革命，怎么带队伍？"

从此，不管政治逆流多紧张、多黑暗，廖锦涛从来没有动摇过。

"廖锦涛，跟我们走一趟！"1941年6月30日，廖锦涛同王珠、邝清辉代表政工总队正在佛冈石角白坟前村第157师471团视察时，突然闯进一队宪兵，冲上来将他们团团围住。

廖锦涛镇静地回道："我就是廖锦涛，你们要带我去哪里？"

"你被捕了！"领头的宪兵说。

"我是政工总队的少校，专职团结抗战官兵工作，也有错吗？"

"我们奉集团军总司令余汉谋之命，请你配合工作。"宪兵领队出示了一张手令。廖锦涛冷静地回头对王珠、邝清辉说："你们继续工作，我去去就回。"

次日，廖锦涛被押解到韶关总司令部宪兵营进行秘密审讯。

"只要你承认自己是中共地下党，接下来什么都好说。"司令部派军法官对廖锦涛说。

"我是国共联合抗日的战士，跟第12集团军全体将士一样，为国而战！"廖锦涛坚定地回答。

"你没那么单纯。你三番两次返回香港、澳门带来那么多人，潜入我第12集团军进行破坏活动，企图颠覆我国民政府。"

"我是一个参加抗日救国、追求民族自由幸福的华夏子孙，带领更多人加入这个阵营，是希望全体将士团结一致，齐心抗日。我们澳门回国服务团这些年在抗日战线上开展的工作，汉谋总司令是认可的，还得到过嘉奖。你们难道看不到吗？"

廖锦涛义正词严地据理驳斥、揭露顽固派的卑鄙诬陷之词，令军法官恼羞成怒。见软的不行，军法官命令宪兵上刑具，严加逼问，妄图通过肉体折磨攻陷廖锦涛之精神意志。怎奈廖锦涛绝不屈打成招，自始至终坚贞不屈，体现出一个共产党人的崇高革命气节。

"佩服你们这种人的坚强。"面对廖锦涛的大义凛然、视死如归，国民党军法官不得不佩服眼前这位真革命者。"你不承认也没关系，我们知道你是中共地下党，你就必须得死。在你死之前，我敬你是一条汉子，告诉你的罪名，就是'企图颠覆政府罪'，这样你好死得瞑目。"1941 年 7 月 12 日，廖锦涛惨遭杀害，时年 27 岁。国民党对外谎称，廖锦涛因病而逝。

廖锦涛遇害，给澳门爱国同胞、澳门四界救灾会等社团、群众罩上了一层悲伤的阴影。一些港澳报刊纷纷发文，对廖锦涛的离世表示痛惜、哀悼。

你死得太奇突了！太使人不相信这是事实！

你是一个热情、勇敢而坚强的青年小伙子，你有爱真理爱正义的情怀，你有崇高的理想。在抗战的烽火燃起了不久之后，你便认定了这民族解放的事业就是你自己的事业，你领导起一百多个热情而年轻的伙伴，从澳门踏上祖国的战场。你把民族仇恨的种子播送到僻远的地方，你在枪林弹雨下度过了无数的日子。照理，你只该死在敌人的炮火下，你的血该是祖国新生的果实的养料；然而，你如今的血却流得那样没有代价！这怎能叫人家相信这是事实呢？这怎能不叫人感到是过分的意外呢？

在这静寂的深夜，我带点怅惘伴着抑郁的心情，想起了过去的事——

1941 年 9 月 13 日，曾经的战友李源写下这篇《哀亡友锦涛》的悼文。文中回忆了他印象中的廖锦涛，回国服务团开展工作的艰难，皖南事变后政工总队队员们的思想变化及危险处境，表达了对廖锦涛"很有雄辩的才能，他不放过任何一个辩论的机会，但他有时也表现得异常沉默。他爱真理、爱进步，肯追求光明"的钦佩，以及英年早逝的惋惜"锦涛！你就那样无代价的死去了吗？我该对你说些什么好呢"。

穿过龙津镇南门，拐进海边大街西九巷 7 号。廖锦涛烈士故居前，两株耐寒抗旱的翠柏四季常青，树形优美，先端急尖，富有韧性，枝叶细密，清香四溢，正如烈士的铮铮铁骨和满腔热血。他那坚持追求真理的不变信仰，对同志热情友爱、对工作认真负责的人生态度，不惧生死、为国捐躯的民族大义，可歌可泣，当与世长存。

追寻红色印记，缅怀革命先烈。烈士虽已逝，但后世没忘记。1992 年，廖锦涛故居被修复，内增建陈列馆，大厅内放置廖锦涛半身雕像，两侧设廖锦涛事迹展，展出其相关的图片和文字资料共 20 件，介绍廖锦涛士光辉的一生。陈列馆建成后，当时的南海市有关部门特意邀请已从洛阳工学院离休的麦苇女士，前来拜谒廖锦涛。在廖锦涛的遗像前，麦苇双眼含泪，默默地说道："锦涛，你安息吧。"

2012 年 9 月，澳门中联办协助扩建廖锦涛故居音像室和第二展室。2014 年 10 月被中共禅城区委、禅城区政府公布为禅城区爱国主义教育基地，2018 年 10 月被佛山市委组织部公布为佛山市党员教育基地。

一群少先队员在廖锦涛烈士故居门前

"在兵荒马乱的年代，出身富裕的廖锦涛烈士，在广州读完大学，远赴澳门工作，躲过了战火，但在国家与民族的危难关头，他没有选择独善其身，而是毅然走上革命道路，寻求救国救民的良方，将其满腔热血和生命毫无保留地奉献给国家，为我们开创了现在美好自由的幸福生活，是值得我们永远铭记和学习的榜样。"在故居门前空地上，一个来自龙津小学的年轻教师对我说。在他身后，是一群戴着红领巾、充满朝气的学生。

岭南古韵，小桥流水人家。滨江廊道廊桥相连，三座拱桥河涌环绕，两岸古榕遒劲，高楼与古朴建筑悠然祥和，石板与水泥铺设的小路蜿蜒细长。空气静谧清新，河水潺潺流淌，凉亭、屋舍、村民、游人，纷纷入画。革命烈士廖锦涛广场气息庄严，700多年的古龙津格治公园深耕"格物、致知"，维则公园"仲山甫之德，柔嘉维则"（语出《大雅·烝民》），《弦歌里》"不弹流水不当歌，门巷犹传古太和"（清代文人廖明熙诗）……

这就是"全国农村幸福社区示范单位""全国家风文明示范村"——龙津！这里是廖锦涛的家乡！如今的龙津，不正是当年和廖锦涛一样的、千千万万的革命英烈所追求奋斗的幸福家园、美好人间吗？他用生命换来而今祖国的富强、社会的祥和、人民的安康、福祉的延绵……

（特别鸣谢：广东佛山龙津村委会）

在暗夜里点燃"农运"烈火

——"西江陆伟昌"的传奇人生

周崇贤

青岐位于三水最西边,面积不大,只有 28.1 平方公里,曾经是三水辖下最小的一个镇级单位,后来在 21 世纪初撤镇设村,由小镇变成了一个大村。

青岐是一个江畔半岛,东有北江,西有西江,西北两江就像一件瘦身衣,把这个小岛紧紧夹住,也造就了它独特的地理环境和优美的自然风光。青岐村内地势平坦,土地肥沃,不管是种粮、种甘蔗还是养鱼,都特别高产,说它是鱼米之乡,一点儿都不夸张。特别是北江那一片河滩,宽广阔大,绿茵如盖,芦苇满滩,美不胜收。

青岐与三水中心城区隔着一条北江。本来,隔江相望也没什么,从某个角度看,反而还觉得美。有意思的是,如果你想从三水城区去青岐寻清访幽,远不是过一条江这么简单,因为你得先出佛山市,跑去肇庆四会,绕道回来过马房大桥,在收费站前边几百米的地方左转,进入三水地界,这个时候,才算是顺利通达青岐。因为这个,青岐被人们称为"飞地"。

实际上,当年的青岐并不是飞地,因为那还是"水运时代",从三水城区到青岐,有渡船,西南—青岐,直通。不存在飞地之说。又因为水路直达,早在明朝初年,三水建县,青岐所属小洲都,村内有一条小河涌叫青岐涌,所以就借此涌名,

把这一片叫青岐。清康熙二十三年（1684），当局还往青岐派军队驻防。清末时期则设灶岗、瑞凤二局。到了民国时期，青岐分属西区、四区所辖。再因为远离繁华区域，青岐半岛居民一直保留着传统的耕种生活方式和淳朴民风。大榕树下，仍然是老人带着小孩纳凉聊天的好地方；而沿江沙地仍然是种玉米和红薯的首选。就连散落其间的房屋，很多都还是清代建筑风格。地道的岭南水乡风景，令到此一游的城里人流连忘返。

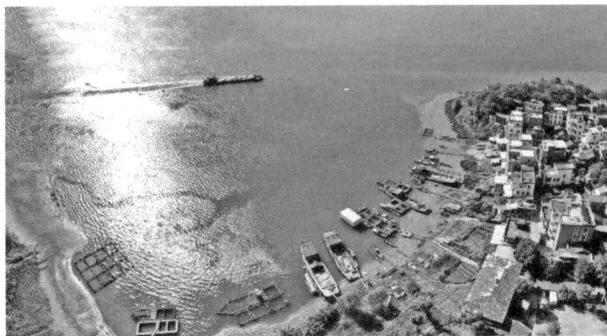

青岐一景

都说一方水土养一方人，因地形独特，风光秀美而被游客称为"世外桃源"的青岐，按理说应该"不知魏晋"，而事实上，在国难当头、民族危亡之际，"世外桃源"也不会置身事外，一样有人站出来，点燃革命的星星之火。这个在青岐点燃星火的人，就是青岐阁美村的陆伟昌。

"东江有彭湃，西江有陆伟昌"，讲的就是他——在革命的征途中，从一个懵懂少年，成长为三水工农运动早期领导者。

不平凡的 1901 年

1901 年之于中国，注定是一个不能忘却的年头。因为这一年 9 月 7 日（农历七月二十五日），清政府派全权代表奕劻和李鸿章与英、美、俄、德、日、奥、法、意、西、荷、比 11 国代表在北京签订了《辛丑条约》。

是的，《辛丑条约》，丧权辱国的《辛丑条约》！

而这一年之于青岐阁美村，也注定不能忘记，因为这一年，陆伟昌啼哭着降临人间。也许这就是命，他到人间来，是肩负着使命的。当然，他并不是孤身一人，他是有同伴的，他的很多同志，如赵世炎、陈毅、徐向前、陈郁等，和他一样，都是肩负特殊的使命，在这一年，降临人间。

1901年9月7日，德、奥、比、西、法、英、意、美、日、荷、俄11国公使组成一个外交团，推选葛络干任团长，在上午11点，聚集于西班牙使馆。他们叼着牙签，跷着二郎腿，坐等奕劻和李鸿章等清廷高官前来签约。条款早就拟好了，没有议价空间，只需签个名就可以了，所以，整个仪式半个小时就完成了，11时30分，签约结束。

这是一次列强狂欢的坐地分赃，沙俄外交大臣拉姆斯托夫说：“1900年的对华战争为历史上少有的最够本的战争。”是的，这一次，沙俄分得的“赃物”最多。

《辛丑条约》签订现场

肩负使命而来的陆伟昌，他在三水青岐阁美村呱呱落地、嗷嗷待哺。“山河破碎风飘絮，身世浮沉雨打萍。”千疮百孔的一个烂摊子，是他和他们那一代仁人志士必须面对的现实。

为国家独立富强而读书

三江汇流处,人杰地灵村。在三水青岐阁美村 15 巷,有一座青砖古屋保留至今,这几间看上去颇为雅致的老房子,更有一个雅致的名字——仕彪别墅。这儿,就是陆伟昌的故居。

据极其有限的史料显示,陆伟昌幼年丧父,旧时代的小脚母亲哪有能力养活自家孩子,除了哭,她真的是别无他法。幸好陆伟昌的叔父在青岐圩开药店,还算是有点儿能耐,于是,抚养陆伟昌长大的重担,就落在了叔父的肩上。

那个时候水运发达,先天即得三江汇聚之地利的青岐圩,一年四季船来船往,人气很旺。每逢圩日,连四会、高要的人都会过来赶圩,要是家人有个头痛脑热啥的,也会趁此机会在药店里抓些草药回去,因此,陆伟昌叔父的药店生意还算不错,这也为其抚养陆伟昌提供了物质保障。不仅如此,叔父对包括陆伟昌在内的下一代,其实是有很高期待的,这从仕彪别墅的"仕彪"二字就能看出,即便是像青岐这样远离市镇的江中小岛,一样有着儒家文化极深的烙印。

所以,再穷也不能穷教育,再苦也不能苦孩子,无论生活多艰难,叔父也要供陆伟昌上学读书,以期他日学而优则仕,炳如彪如,出人头地,光宗耀祖。

在叔父的支持下,1920 年,陆伟昌顺利读完小学,然后又顺利考入县立三水中学。

陆伟昌考上三水中学是他人生的一个转折。如果说这之前他还只是一个不谙世事的大孩子,那么,考入三水中学就是他的"成人礼"。是的,他开始接受新思想了,开始关心国家大事了;他知道了《辛丑条约》,他懂得了"国家兴亡,匹夫有责";他开始与一些校内进步同学一起组织秘密团体、开展学生运动,一大群热血青年,喊着口号,冒着风险,从河口游行到西南地区。

那时的三水中学,还是四年制。这四年的求学生涯,为陆伟昌的人生定下了革命的基调。在这里,特别需要提及的一个重要日子，就是 1923 年 5 月 6 日。

这天，孙中山第二次来到三水县。他来这里是因为革命队伍把陈炯明的部队打跑了，所以他亲自来三水县慰问军队官兵。三水中学全体师生前往河口火车站夹道欢迎。

三水县河口火车站

那是陆伟昌一辈子都忘不了的日子，挤在欢迎人群中的他远远地望着孙中山，内心的激动真的是无法形容。孙中山——孙先生——那绝对是他和众多进步学生心中的偶像。

孙中山发表演讲的时候，陆伟昌竖着耳朵，一个字都不愿错过。他听到了深切的勉励与教诲：要树立远大理想，为国家独立富强而读书！

是的，陆伟昌是有远大理想的，他要为国家独立富强而读书。

1924 年，陆伟昌中学毕业，毕业那天，他与思想进步的同学们约定——到广州去探寻更广阔的世界，去寻找民族的希望，去寻找中国的出路！

前往广州为国家和民族寻找光明的陆伟昌，遇见了彭湃，并追随彭湃从事革命活动，在革命火光的照耀下，加入了中国共产党。

追随彭湃闹革命

"东江有彭湃，西江有陆伟昌"，这是后来世人的评价。

彭湃比陆伟昌大5岁，如果从时间上论，彭湃的影响要比陆伟昌早得多。1922年，陆伟昌还只是三水中学的一个学生时，彭湃已经开始组织海丰学生举行庆祝五一劳动节的集会和游行了，并与李春涛等创办《赤心周刊》，在《赤心周刊》第4期发表《谁应当出来提倡社会主义》等文章。

不仅如此，彭湃还深入农村从事农民运动，在1922年7月29日晚上，他和另外5位农民组成了全国第一个农民协会——六人农会。1923年，海丰县成立了总农会，会长就是彭湃。后来海丰总农会改组为惠阳农民联合会，再改组为广东省农会，并在汕头发起组织惠湖梅农会。彭湃领导的海陆丰农民运动已经有了星火之势，正在朝着广东全省迅速推进和蔓延。和彭湃比起来，这个时候的陆伟昌，还只是一名学生。他之所以能和彭湃在后来的岁月里产生诸多交集，主要是因为这个时候发生了著名的"七五"农潮。

"七五"农潮对海丰农民运动打击巨大，原本高涨的农运士气很快跌入低谷。这个时候彭湃要忙的头等大事不是开展运动，而是奔走于全省各地，营救被捕的战友。1924年3月，海丰县县长王作新再次宣布取缔农会，没办法，彭湃只能离开海丰前往香港。4月初，他从香港启程去广州，出任国民党中央农部秘书，并在广东区第二次代表大会上当选区执行委员会委员。

1924年6月3日，彭湃抓住国民党中央召开执委会议的时机，以农民部的名义，提出创办农民运动讲习所的构想，这个建议在全会上顺利通过，彭湃也被委任为第一届农讲所主任。

陆伟昌不单单喜欢听彭湃讲述他在海丰的传奇经历，更喜欢捧着教材——《海丰农民运动报告》细心研读，他想从海丰农民运动的经验中学到适合在家乡三水传播和推广的东西。与此同时，他还有点儿小心思，那就是，他也想成为彭湃那样的人。

回乡播撒革命的火种

时间很快就来到了 1925 年底。一天，陆伟昌接到通知，说彭湃找他。

"彭主任说有事找你商量，你快去吧。"

"彭主任找我有什么事？难道是有新的革命工作要安排去做？"

陆伟昌猜得没错，彭湃找他，的确是为了革命工作。

"伟昌，你多久没回老家了？"

"快一年了吧，我也记不清有多久了。"

"都快一年了，想不想回家看看？"

"回家？"陆伟昌以为自己听错了，"回三水？"

"对，回三水老家。"

"是我什么地方做错了吗？主任，您指出来，我即刻改正。"

"你没做错，你做得很好。"彭湃拍拍他的肩膀说，"但你可以做得更好。"

"做得更好？"

"对，我希望你做得更好，党组织也需要你做得更好！"

陆伟昌明白了，他在农讲所学习期间，彭湃除了主持农讲所的工作，还亲自给学员讲课，把他在海丰搞农运的经验和教训毫无保留地传授给学员。为了让学员理解得更深，他还带学员到广州郊区农村进行调查研究，手把手地教大家组织、领导农运。陆伟昌印象特别深的是，在彭湃的安排下，他和同学们一起在"将帅摇篮"——黄埔军校接受了十天的军事训练。40多天的培训班，学到那么多东西，当然应当学以致用，而回家乡三水从事工农运动，就是最完美的学以致用。

"好，我服从组织安排！"陆伟昌别过彭湃，回到住所立即收拾行李，带着革命的火种踏上了返乡的路途。

回到三水的陆伟昌，按照上级安排，很快联系到邓熙农、程鸿博等人，一起挨家挨户宣传革命形势和进步思想，为成立农会积极准备。

邓熙农、程鸿博这些名字，对陆伟昌来说，早已是如雷贯耳。其中，程鸿博在 1925 年参加过省港大罢工，在陆伟昌回到三水后不久，即接受组织派遣，前往三水县组织工农运动。邓熙农更是不得了，早在 1924 年春天，就受中共广东区委派遣，到家乡三水发动工农运动，发展党组织。回到三水的邓熙农深入到理发、碾谷、烟丝、染织、起落货等行业的工人中去宣传，安排工人组织工会，团结起来做天下的主人；不仅这些，他还时常到码头、公园、学校等人多的地方演说，宣传孙中山的新三民主义和共产党的主张，号召大家起来革命。1925 年，他到青岐乡阁美村当教师，用这个身份作掩护，与陆伟昌一起开展农民运动。

当然，在宣传发动群众方面，陆伟昌一点儿都不比邓熙农差，除了人更年轻、精力更旺盛外，他的演说口才也是一流的，在发动农民的过程中，不辞劳苦，耐心讲解。在这里，一干就是小半年。在大路、岗根、塱西、西村、伏户、上九等地，那些半坡土堆上，那些榕树下，经常都能看到他登高演说的身影。而在他的周围，站着的坐着的蹲着的，男女老少，一个个都听得津津有味。

在陆伟昌等人的共同努力下，1926 年夏末秋初，阁美村正式成立农会，与三水首个农会——上横涌农会遥相呼应。

建立农民自卫军

阁美村农会刚一成立，马上着手接管公产公物，实行禁烟禁赌、减租减息。但是，问题很多——比如这抽大烟和赌博，可以说早就很普遍，是你说禁就能禁的吗？还有减租减息，无产阶级当然鼓掌欢迎，可是，这些要改革实行起来并不容易，阻力很大。

陆伟昌当然明白这个道理，利益这个东西，蕴含其中的道理，对谁都有效，要想顺利实施禁烟禁赌、减租减息，仅成立农会肯定是不行的，还得有一帮人来推动、执行这些事。所以，必须得有自己的队伍，并且把队伍武装起来。于是，陆伟昌提议，建立农民自卫军，为阁美村农会保驾护航。

对于成立农民自卫军，陆伟昌想，"我得想办法弄到枪，哪怕能有一支枪，那也算是有了军队的样子"。可是，上哪儿弄到枪呢？万千思绪中陆伟昌想到读书时一个同学家有把左轮手枪，于是决定"智取"。为此，他找了一个风和日丽的好日子，提了几条刚从河里捞起来的鲜鱼，前往老同学家拜访。而这个同学的父亲旧时是个地主，私下里被成为"小地主"。见到同学的父亲，陆伟昌便上前打招呼。

"阿叔，这些鱼是我刚捉的，新鲜滚热辣，来来来，送给你尝个鲜，尝个鲜！"

"不用这么客气，你留着自己吃。"

"我有，我还有，这几条是专门送给你的。"

"是不是有啥事情需要我帮手啊？"

"哎呀，阿叔，你真是料事如神。"一阵寒暄之后，陆伟昌把话转入正题："阿叔，你知道我正在开展农会工作。"

小地主不知道陆伟昌葫芦里卖的什么药，望着他不搭话，静观其变。

陆伟昌故作兴奋和神秘，说："没想到做这个农会，竟然发了财。"

一听"发财"二字，小地主立马就来了精神："农会能发财？怎么发财的？"他好奇得双眼放光，伸长脖子等陆伟昌往下说。

"昨日有人送我一大包子弹。阿叔你不知道，现在子弹好难得到，拿钱都不一定买得到，你说我是不是发达了？"

"子弹？一大包？"阿叔瞪大双眼，羡慕得要命："多大一包？"呀，这不是天上掉馅饼嘛！这么好的事为什么我遇不到？！

陆伟昌叹了口气说："可惜我不清楚那些子弹是不是真的。"

"为什么？"

"因为都是左轮手枪的子弹，不合适我们农会的枪，而且也不知道打不打得响。"话讲到这份上，陆伟昌不能给他冷静思考

的时间，紧接着说："我突然想起阿叔你有左轮，这些子弹在我手上也没用，不如同你做笔生意，你把枪拿来试下子弹，看看是不是真的。如果是真的，我同你二一添作五，一人一半。"

天上真的掉馅饼了？而且砸自己头上了？小地主没提防其中有诈，听说有子弹分，喜得不知如何是好，马上把枪拿出来交给陆伟昌。

"你试下，你快点试下。说不定是真的。"小地主有点急不可待。

陆伟昌摸出一颗子弹，顶上枪膛，然后，他晃晃枪管，突然变脸说："阿叔对不住了，你知我们做农运，没枪肯定不行，这把枪就算给我们用啦。如果你不同意，莫怪子弹不认得你！"

小地主哪料到儿子的老同学会跟他来这一手，他望着黑洞洞的枪口，吓得面无人色。这种性命攸关的时刻，就算气得脸青唇白，他也不敢说半个不字，只能眼睁睁看着陆伟昌提着他的左轮手枪大步流星而去。

原来，枪是可以这样到手的。而后，陆伟昌拓展思路，要是能找到更多有枪的地主老财，如此这般如法炮制，农民自卫军的武装问题不就三下两下解决了？

这么一想就禁不住兴奋，他握着那把"智取"到手的左轮手枪，一会举枪瞄准，一会擦拭把玩，而心思却完全不在这里，满脑子只有一句话："哪些人有枪？"

想着想着，他突然激动得跳了起来。因为他想到了两个字——土匪。对，土匪手上肯定比地主有更多的枪，比如南沙乡的李校，这个土匪头子，他们家不但有枪，说不定还有炮呢！打打他们的主意，可能更具现实意义。但如何获取也是个非常难的问题。

俗话说，办法总比困难多。陆伟昌思前想后，最后还是决定从土匪手上搞枪，虽说这等同于太岁头上动土，但身处乱世，匪患猖獗而且团伙不少，老百姓被他们骚扰得苦不堪言，抢他们的枪，除了能抢占道义制高点外，下手的机会也比较多。

从同学父亲手上拿到手枪之后没几天，陆伟昌打探到一个消息：有一伙土匪从外边买了一批武器，运输路线刚好途经阁美村。三江汇流的青岐，是南来北往的必经之路，土匪运货也不例外。

　　这真是瞌睡来了遇到枕头，吉人自有天助！陆伟昌马上召集十多位农会会员，带上铜锣、长矛、大刀，到村外路边埋伏，而他则揣着左轮手枪，猫在榕树下，以猎人的机警等待着猎物到来。

　　"拿铜锣做什么？吓鬼用？"奉命回家找铜锣的农会会员没弄明白，不是说拦路打劫吗，难不成拿个铜锣往土匪头上砸？

　　陆伟昌晃晃手枪，诡秘一笑："对，吓鬼，吓死他们！"

　　……天色慢慢黑下来了，可是，运送武器的土匪还没来，难道是情报有误？陆伟昌按捺住性子，继续等。

　　终于，夜色中猎物终于来了。

　　"昌哥，开工？"

　　"不用急不用急，等一阵。"

　　"再等，他们就走过去了。"

　　"等他们走近点，大锣大鼓突然响起来，吓都吓死他们啦！"

　　那就再等，紧张地等，耐心地等。

　　近了，更近了，就快到跟前了。土匪的脚尖都快踢到路边埋伏者的下巴了。

　　心悬在了嗓子眼上。紧张，这个时候，只有紧张！埋伏在路两旁的农会会员紧张得大气不敢喘。

　　陆伟昌突然一声猛喝，从路边杂草丛中飞身跃出，"砰"的就是一枪："都别动！蹲下，全体蹲下！哪个不听话，别怪子弹不长眼！"

　　"咣咣咣，当当当，咚咚咚"，大锣大鼓突然就响起来了，埋伏得快要神经崩溃的农会会员轰的一声冲出来，因为高度紧张，一个个像万福台唱大戏似的，拼了命地喊打喊杀。

　　哇呀呀……刹那间杀声震天，响彻夜空。运货的土匪和帮工，哪里见过这种从天而降的阵仗，全都像撞了鬼一样，吓

得四散奔逃。

缴枪不杀！缴枪不杀！缴枪不杀！

一场漂亮的夜袭，没有伤亡，但真的缴到了一批枪。

有了枪就不一样了，很快，一支30多人的队伍就拉起来了，陆伟昌亲自出任总队长，实行武装自卫。

农民自卫军开始只是为保卫农会，维持治安，没想到后来随着时局变化，北伐开始了，这支队伍竟然有机会支援北伐。真的是应了那句老话——上天早有安排。

奔向人生的高光时刻

世界那么大，光成立一个阁美村农会就可以了吗？

当然不行。

事实上，在组织阁美村农会的同时，陆伟昌和邓熙农加上从香港、广州回来的张剑影、李恒高、刘作舟等人，兵分多路，深入到青岐7个乡10多条村发动农民，准备让农会遍地开花，形成更大的声势。经过大家的艰苦努力，最后如愿以偿，青岐所有乡村都把农会搞起来了，而每当农会成立时，必不可少的便是听陆伟昌演讲，乡里乡亲的，大家平时也没觉得陆伟昌有多厉害，但当他站上高台，好像一下子变了个人，激情四射地演讲，听得大家热血沸腾。

而且，很多新成立的农会都参照阁美村农会，很快就组织起了自己的武装——农民自卫军。如此这般，青岐被陆伟昌搞成了三水农民运动最活跃，也最有声势的地区。

三水农运，就这样蓬蓬勃勃地发展起来了，为之后建立三水地方党组织打下了坚实的基础，创造了优渥的条件。

充满理想的日子很充实也过得很快，一眨眼就到了1926年，五黄六月，气温高得吓人，火辣辣的太阳差不多就能把大地点燃。这个时候，中共三水县支部成立了，陆伟昌众望所归，成了支部成员。而三水的工农群众运动，因为党支部的成立，就像夏天的气温一样，很快就进入了高潮。

资料显示，这年夏秋之时，三水县 40 个乡村和 1 个区全部成立了农会，会员多达 3 480 人。"东江有彭湃，西江有陆伟昌"就从这个时候开始流传。

风生水起的三水工农群众运动很快就引起了上级的重视，1926 年秋天，天气依然炎热，彭湃专程到三水视察，陆伟昌、梁应坤、邓熙农怀着欣喜和激动的心情，一五一十地向彭湃详细汇报了三水农运情况。彭湃听完汇报，不仅对他们面授机宜，还招手把陆伟昌叫到跟前，问他："回来三水多久了？"

陆伟昌抑制着内心的激动，回答说："快一年了。"

彭湃说："我听说，三水这边有句话，叫'东江有彭湃，西江有陆伟昌'。这个'陆伟昌'，说的是你吗？"

陆伟昌吓了大一跳："报告主任，说的是我，但这话不是我说的。"

彭湃哈哈大笑："我当然知道不是你说的。"顺势亲近地在他肩膀擂了一拳，鼓励说："你小子行啊，回来一年都不到，就搞出了这么大名堂！"

有了彭湃的亲自指导，三水农运就像清晨的太阳从东方喷薄而出，刹那间光芒万丈。

1926 年 11 月，三水县农民协会宣告成立，成立典礼当天，全县 30 个乡、50 个村的农会和中小学、机关团体，全都派出代表前往县城河口祝贺。在典礼上，陆伟昌当选为县农会委员兼县农民自卫军队长。可以说，这个时期的三水工农革命运动，就像西江、北江澎湃的波涛，一浪高过一浪，滚滚向前，势不可挡。

壮志未酬，英魂永在

自古英雄多磨难。因为工农革命运动而名声在外的三水县，在 1927 年"四一二"反革命政变中，自然首先被清算。1927 年 4 月 19 日，国民党右派实行清党行动，三水县党部改组委员李国雄向其上级告密："陆伟昌、邓熙农有共产党嫌疑。"

宁肯错杀三千，不可放过一个。

"是共产党就是共产党，还嫌疑什么，直接抓起来！"

荷枪实弹的军警，杀气腾腾地直扑青岐陆伟昌老家。原以为会手到擒来，谁知里里外外搜了个遍，最后还是没找到陆伟昌。气急败坏的军警立即查封陆家并且满街张贴告示，"花红"金额就在告示上，凡发现陆伟昌、邓熙农者，举报有奖。协助捉拿归案者，重奖！

"怎么办？"陆伟昌问邓熙农："就我们这几把枪，拼，肯定是拼不过他们的。"

邓熙农笑道："留得青山在，不怕没柴烧。赶紧转移吧。"

所谓好汉不吃眼前亏，凡成大事者，从来不逞匹夫之勇。陆伟昌、邓熙农碰头商量之后，决定离开村子，利用附近得天独厚的水网资源，学蛋家人，把家建在船上，暂避风头。

事不宜迟，说干就干。他们很快租了一只小艇，直接出海，在阁美、河口、木棉一带的北江河上昼伏夜出，神出鬼没，兜兜转转，躲避了一个多月。结果是，国民党抓捕队抓来捕去，最后连他们的人影都没见着，只能在骂骂咧咧中沮丧收兵。

躲过一劫的陆伟昌，在焦灼中终于盼来了 1927 年的中共中央八七会议，会后组织决定，三水县共产党员恢复活动。

在一个秋高气爽的日子里，中共三水县委成立，陆伟昌出任县委委员。根据中共中央确定的实行土地革命和武装反抗国民党反动派的总方针，陆伟昌等人的主要任务就是重回农村，恢复农会组织，发动农民举行秋收起义。

1927 年 11 月，中共广东省委决定准备举行全省暴动，夺取政权，三水县委接到的任务是秘密组织武装力量，策应广州起义。

陆伟昌、邓熙农等县委成员紧急碰头商议："时间紧，任务重，你看这事怎么办？"

邓熙农想了想，说："说下你的看法。"

陆伟昌说："工人这一块你在行，要不，你先把西南镇榨油、理发这些行当的工会会员组织起来，组建一个工人赤卫队。"

邓熙农点头说："那你赶快回阁美，召集各村农会会员，把农民自卫军搞起来。"

二人紧紧握手给对方打气："好，我们分头行动。"

1927 年 12 月 11 日凌晨 3 时 30 分，叶剑英领导的第四军教导团率先行动，"砰""砰""砰"三声炮响，三颗红色信号弹腾空而起，冲破南方黑沉沉的夜空。按预定计划，陆伟昌和邓熙农立即率队出击，会同西江四会农军一路猛冲猛打，迅速攻占广三铁路走马营路段，这儿是广州至西江地区的陆上要冲，必须拿下！

广三铁路

心是红的，血是热的，感觉中，一个崭新的中国，就要到来了！

但没想到，广州起义会失败。

三天的浴血奋战，最后因为敌我力量太过悬殊，广州起义失败了。为了保存革命的有生力量，陆伟昌长叹一声，怀着未酬的壮志离开了三水县，前往香港暂避。

前路仿佛一片漆黑，希望的星光到底在哪里？陆伟昌迷茫、痛苦、不甘心。他需要光，他要去寻找前行路上的那一束光。

陆伟昌心中的光，就是彭湃。暂避香港的日子里，他一直在做一件事，那就是想尽一切办法找彭湃。皇天不负有心人，最后，通过组织的帮助，他真的找到彭湃了。

看着一脸胡子茬、满眼焦虑的陆伟昌，彭湃爱惜地握住他的肩膀："你看你，胡子拉碴的，都不靓了。"

陆伟昌激动得有些哽咽："主任，我……"

彭湃用力握紧他的肩膀，语重心长地说："革命者，任何时候都不可以对革命失去信心。我们现在要做的头等大事，就是把老乡们组织起来，把农民自卫军和工人赤卫队组织起来，武装反抗国民党的大屠杀。"

"能行吗?"

"东江有彭湃，西江有陆伟昌。怎么不行?!"

陆伟昌忍住眼眶里的泪水，用力点头。

彭湃再次用力握紧他的肩膀，鼓励说："这才是你陆伟昌该有的样子嘛!"

陆伟昌找到了前进的方向。在香港稍做休整后，陆伟昌悄悄返回三水县，几经周折，联系上辗转隐蔽的邓熙农，把彭湃关于"组织武装力量反抗国民党的大屠杀，不可离开家乡民众"的指示传达给他。其时，为了躲避国民党的追捕，邓熙农一直在西区老家、高明明城、南海西樵、鹤山沙坪一带兜兜转转，与上级失去联系的他，一直在焦灼地等待上级的指示，陆伟昌的突然出现令他欣喜若狂。

1928 年 4 月，广东省委派人前往三水县帮助改组成立临时委员会，之后又改为三水县委。陆伟昌续任县委领导组成员。当时，省委给三水县委的指示精神，主要有两条:

一是"要尽量发展赤色工会会员";

二是"依据三水情形，要引起农民暴动，首先要领导农民起来反抗民团"。

根据省委指示，陆伟昌和邓熙农等县委领导要深入到工人、农民群体中去，快速恢复工会、农会组织，其间还重点发展了五名工农分子加入中国共产党。新鲜血液的加入，让三水工农革命运动重获生机，再次活跃起来了。

此时的陆伟昌还有一个身份——南海县南沙乡李校匪队成员。

一个共产党员、三水县委领导成员，怎么会是土匪呢？原来，这是陆伟昌的一个长远计划，目的是在白色恐怖笼罩下保存革命有生力量和发展更多的革命力量。于是，他一边躲避国民党当局的追捕，一边寻找机会，成功打入南海县南沙乡土匪头子李校的队伍，成了一名匪队"喽啰"。

"以后，我们就会有更多的人，更多的枪。"在陆伟昌的构想中，卧底土匪窝，慢慢把带枪的土匪发展成革命力量，绝对是一箭双雕的妙招。

只是，天有不测风云。1928 年 8 月的一天，李校家大办喜宴的消息被南海县署获知，当天晚上，南海县署出动军警数十人，悄悄前往南沙，把李校老巢团团围住，他们要趁李校办酒的机会，一锅端了他的匪窝。

"大哥，不好啦，官府来捉人了！"

"什么？官府？来捉人？该死！"

李校听说县里来人围了村子，也顾不上酒宴了，拔枪在手，大喝一声，率队朝着村外猛冲。一时间，"砰砰啪啪"的枪声和喊杀声，搅得整条村子鸡犬不宁。

天黑如墨，陆伟昌跟着队伍往村外冲，一边冲一边开枪还击，但是，天太黑了，伸手不见五指，看不清路也分不清方向，而对方仗着人多势众，只管乱枪扫射，在突围过程中，嗖嗖乱飞的子弹射进了陆伟昌的胸膛，穿过了他的身体，他在一片沉重得令人窒息的黑暗里，睁着不屈的双眼，轰然倒下，倒在了黎明前的血泊之中。

这一年，陆伟昌 27 岁。

这一年，三水大地，站起了一座丰碑。

尾 声

青岐三面环水，阁美村是典型的广府传统民居，坐北向南，沿水道蜿蜒而建。历经岁月风霜的老榕树已开枝散叶，掩映着错落有致而又排列整齐的房子，青砖黛瓦的岭南风情，随处可见。陆伟昌的故居——仕彪别墅，便是这岭南风情的一部分。

仕彪别墅

　　遥望壮志未酬的陆伟昌，遥望那个渐行渐远的时代，三水文史专家陆探芳目光深邃而沉静，他说："他们那个时代的追求，是建立一个自由平等的中国。"

信念如磐永向党
——邓熙农烈士蒙冤罹难记

罗祎英

在佛山早期革命运动史上，有一位经历颇具戏剧性的人物，他叫邓熙农，曾用名"羲农"。"熙农"和"羲农"都是原三水县，如今的三水区金本镇云塘村人邓穗安从事革命事业期间使用过的化名，从名字就可以清楚地知道，他不仅生长于以盛产农粮稻米而闻名南粤的三水交汇之地，而且对日日辛劳于乡间的农民桑梓饱含深情，这或许就是为什么在他革命生涯之初就首先从农民问题入手，引导农民，带领农民，力求用革命的洪钟震醒蒙昧惨淡已久的乡野大地的原因。

邓熙农

邓熙农（1901—1930），又名穗安，三水区金本镇云塘村人。他生于富家，年轻时就读于三水县立中学和广州政法学堂，1923年在上海加入中国共产党。翌年春，受中共广东区委派遣回家乡开展工农运动，他是第一个在三水县从事革命活动的中共党员。1928年8月，邓熙农在家乡云塘村被国民党反动派逮捕，1930年12月24日在三水县城被害。

三水出英豪，农运领风骚

1901 年，邓熙农生于三水金本镇云塘村一个富裕家庭。少时熙农聪慧好学，能言善辩，1917 年以第二名的成绩考入新办三水县立中学，两年后考入广州政法学堂。正是在省城学习期间，受五四运动的影响，他第一次接触到当时青年知识分子中暗自流传的一些"异端"思想。一开始，他只是在同学、老师们的口口相传中对这类"大逆不道"的言论感到好奇，留心之下才发觉，这些誓言砸碎禁锢人性的恶毒枷锁，推翻吃人的阶级和制度的呐喊，自己在家乡目睹劳苦乡亲遭遇自然灾害与人为压迫时的痛惜心情是如此一致，自己压抑而痛苦的心境仿佛终于找到了一个出口。从那之后，他不再满足于"听"别人说，而是要自己去"看"。邓熙农想尽一切办法地阅读，参与各种形式的讨论，研读马克思著作和革命书刊，逐步接受新思想，逐渐确立起社会主义能够救中国的革命信念。这个从三水乡村走出来的青年迅速成长了起来，而他每每既兴奋又激动地与志同道合的师长、学友们交谈、讨论，乃至为一个问题、一句话的理解而争得面红耳赤的经历都极大拓宽了他的眼界和心胸。当时，很多进步青年为寻求救国之路，赴国外求学，邓熙农也想去苏联，但因父亲反对而未成。不过，马克思主义和共产主义的理想如同家乡四月的秧苗，迅速而蓬勃地在他的心灵深处扎根、发芽，抽出一根根坚强的稻秆，亟待几场春雨下来就能抽穗开花，结出饱满的谷粒。

"春雨"果然很快就来了。"民国"十二年，也就是1923年，邓熙农在读书时期结识的朋友的介绍下，第一次离开广东，远赴当时共产主义的传播和运动中心——上海，到那里继续寻求他的社会理想和农民问题的解决之道。在上海的学习和工作是紧张而充实的，但生活中也无时无刻不充满着刺激和危险。二十世纪初的上海被称为"冒险家的乐园"，三教九流，鱼龙混杂，帮会横行，贫富悬殊。作为中国最早开埠的地区之一，在欧美资本的强势进驻之下，上海建立了中国当时最大的工业区，数千家工厂昼夜不停，上百万工人劳动不止。即便这样，大多数工人仅凭工资仍然填不饱肚子，基本的劳动权益更无从谈起。为了改善生活和维护尊严，上海工人多次掀起罢工运动。也正是在多次反抗资本剥削和压迫的斗争中，上海诞生了中国最早一批工人阶级，也孕育了中国富有反抗精神和思想觉悟最先进的工人运动领导集体。正是在这样的背景下，上海以及上海的工人阶级如同一块巨大的磁石，强烈地吸引着无数心怀理想的青年，邓熙农就是其中的一个。在上海，邓熙农和那里的工人兄弟们一起做工，一起吃住，学习斗争经验，也在斗争中学习。更令他激动不已的是，在同志和工友的见证下，他光荣地加入了中国共产党，成为当时为数不多的广东籍青年党员。

　　1924年1月，在中国共产党的帮助下，国民党于广州召开了第一次全国代表大会。会议确定了联俄、联共、扶助农工的三大政策，实现了第一次国共合作。为了促进反帝反军阀的国民革命，中共派出一批党员到各地发动工农运动，发展党组织。这年春天，邓熙农受中共广东区委派遣，回到家乡三水活动。作为第一个在三水从事革命活动的中共党员，邓熙农的任务是极其艰巨的，在缺乏革命斗争基础的三水，一方面要高度防备敌人的破坏，另一方面还要想方设法组织和发动群众，让在上海学习到的工人运动斗争经验在故乡发挥作用。

　　他深入到理发、碾谷、烟丝、织染、起落货等行业的工人队伍中，宣传"工人组织工会，团结起来才有力量，才能做天下的主人""共产党是为人民谋利益的党，将来的世界必定实行共产主义"等革命道理。他不知疲倦地往来于城镇和乡间，还时常到码头、公园、学校等人多的地方发表演说，广泛宣传孙中山的新三民主义，宣传共产党的主张，号召大家起来革命。无论走到哪里，只要有人愿意听，他都一遍又一遍地讲，既讲外面的故事和未来的世界，也讲身边的事和眼前的人，常常讲得自己眼中涌出了泪花，更让听的人攥起了拳头。三水县虽然是以务农为传统，但近代以来，广东作为中国开埠最早的地区之一，资本主义以及民族资本主义率先发展起来，以丝织、制

陶、造纸等行业为代表的轻工业的设立带来了一大批产业工人。这些受制于落后生产关系中的无产阶级正是发动社会变革、建立新中国的天然力量。因此，邓熙农的另一项重要工作就在工人群体中宣传和组织革命活动，建立工人组织。经过多方努力，他和他的同志们突破重重限制，成功地在西南镇组建工会组织，一时之间，广大工友们纷纷踊跃参加，这使得革命的思想和党的威望逐渐在工人群众中传播开来。

1926 年 2 月，国民党三水县党部改组，按照党组织的工作安排，邓熙农将以个人身份加入国民党。5 月，由国民党广东省党部委任邓熙农为三水县党部筹备员。有了国民党合法身份的掩护，他得以全力投入到工农运动中。同年五、六月间，邓熙农参与建立中共三水县支部，与梁应坤、程鸿博、谭毅夫、陈殿钊等先后发动和帮助榨油、烟丝、织染、碾谷、起落货等行业建立工会，成立三水县革命工人联合会、工人纠察队、南（海）三（水）工人研究社。7 月，米业工人向资本家提出增加工资、减少工时的要求遭到拒绝。邓熙农等人通过工会组织发动全县米业工人举行大罢工。罢工斗争得到广东碾谷总工会和三水工会联合会的援助，坚持了一个多月，最后国民党省党部令三水县党部筹备处转三水县县长，责令资方接受工人提出的全部条件，最终斗争取得了胜利。此次胜利极大地鼓舞了工会成员和广大工友，邓熙农等人在三水的革命活动达到了一个高潮。

在开展工人运动的同时，邓熙农也努力开展农民运动。农村是中国革命的摇篮，也是革命星火的发源地。早在 1919 年 7 月 28 日，毛泽东同志就在《民众的大联合》一文中，号召广大贫苦农民联合起来，自主自立地解决自己的问题。为响应号召，邓熙农回到了三水县带领农民革命。当时的广东农村，生产力和生产关系的矛盾极其严重。农民终日劳作但生活依旧贫困，基本生活都无法保障。像三水这样的地方，虽然以农业为主，但可耕土地受自然条件和天灾人祸的限制，加之层层盘剥，最后能够留在农民自己手中的已经所剩无几。但与此同时，大量农地荒芜，全省可耕而未耕的土地竟占陆地面积的 15%。自然条件的限制和连年战乱、兵灾匪祸的频繁发生致使许多田地荒废，残酷的现实让出身农家的邓熙农清楚地知道，造成了农村劳动力没有出路、农民生活暗无天日、民生凋敝惨淡的根本原因不在天灾和人祸，而是统治乡村的政治经济制度，而要改变像故乡三水这样的农村的悲惨境地，根本的手段只能是彻底推翻这种统治秩序，建立一个新的世界。

马景仁、谢成鑫作品《信念如炬·邓熙农》

作品尺寸：130cm×105cm×230cm

作品材料：树脂仿铜

为了实现这一理想，除了自己熟悉的村庄和乡邻，邓熙农深入到周边的三岗、木棉、横涌、杨梅、上九等乡村发动农民，组织农会，开展农运讲习，组建农民自卫武装，影响和教育了一大批挣扎在生死线上的贫苦农户，也让更多的人，尤其是广大农村青年认识到革命的必要性，坚定了他们的革命信念。1925 年，邓熙农来到西区青岐乡阁美村，以教师的身份开展工

作。1926 年 6 月，在阁美村他与陆伟昌、程鸿博发动和组织的阁美村农会成立，吸收会员共 30 多人。阁美村农会接管了公产公物，实行禁烟禁赌、减租减息，组织农军，实现武装自卫。在阁美村农会的示范之下，三水农民运动迅猛发展，不到一年的时间全县已有 40 多个乡村纷纷建立了农会，会员一度达3 000多人。

正当三水县的工农运动轰轰烈烈铺展开来的时候，国民党反动派悍然发动反革命政变，各地革命形势急转直下。三水县国民党右派于 1927 年 4 月 19 日开始对共产党人和进步人士展开大搜捕，一批共产党员和工会、农会骨干被逮捕，工农组织遭到严重打击和破坏。在白色恐怖下，邓熙农与陆伟昌先避于北江河上，后转到万金沙一带，昼伏夜出一个多月。为应对当时严峻的革命形式，中共中央在汉口召开了八七会议。会议确定了实行土地革命和武装反抗国民党反动派的总方针。不久，中共三水县委成立。邓熙农作为县委委员和共产党员们又投入新的战斗。他首先恢复了一批在"四一二"反革命政变中遭到破坏的工会、农会组织，领导群众开展斗争。同年 8 月，中共广东省委经香港会议部署，秘密组织广州、西江、北江暴动。11月，中共广东省委决定在广州伺机举行武装暴动，夺取政权。接到命令后，邓熙农与陆伟昌即以西南镇榨油、理发等行业工会会员组成的工人赤卫队和阁美村农会会员组成农民自卫军，与集结在三水的西江农军策应起义。12 月 11 日，广州起义的枪声打响后，工人赤卫队和农民自卫军曾一度占领了广三铁路走马营路段一带，封锁了广州至西江地区的陆上要冲。

然而，刚组建不久的工农武装力量毕竟不是专门的军队，在缺乏必要的斗争经验、武器装备以及军事训练的情况下，邓熙农等人领导的队伍在西江流域艰难支持一段时间之后最终不敌反扑的敌军，被迫撤退转移。

朗辰遇劫案，污蒙染双星

1926 年虽然仍处于第一次国共合作期间，但国民党反动派越来越不遵守国共双方合约定下的合作训令。由于邓熙农在三水地区广大工农群众中拥有较高威望，前一阶段的组织发动工作也开展得较为顺利，他很快引起了特务机构的注意。当时的三水县由国民党官僚石楚琛主政，素以严酷著称，一直视邓熙农为眼中钉、肉中刺，恨不得立即找到机会除之而后快。

受战事影响，邓熙农经常活动的三水西南镇治安不靖，盗匪横行，劫案频频发生。是年春，南沙悍匪李校流窜至三水县，四处骚扰百姓，人心惶惶。而共产党领导的广州起义失败后，白色恐怖笼罩全省，三水县反动当局也加紧缉捕共产党人。三水党组织的成员被迫转移，邓熙农辗转隐蔽于家乡西区以及高明明城、南海西樵、鹤山沙坪一带。不久，避往香港的陆伟昌返回三水县，向邓熙农传达彭湃关于"组织武装力量反抗国民党的大屠杀，不可离开家乡民众"的指示，邓熙农即在西区开展秘密活动。而此时发生的一个"意外"事件彻底改变了邓熙农、陆伟昌二人的命运。

西南镇有一所由乡绅钱朗辰出资兴办的新式学堂——朗辰学校。钱朗辰，原名应龙，是西南镇上西村人，少有文名，光绪三十年（1904）中"小三元"，名噪一时。因才华出众，他颇得清远朱汝珍（甲辰科榜眼）所推重，文交至笃。晚清光绪年废除科举后，钱朗辰入武备学堂攻读，接受新思想熏陶，是一个深受旧式文化教育影响而兼有新式思想的知识分子。二十世纪二十年代中期，钱朗辰返乡兴办了三水县第一所新式小学——朗辰学校，并亲自担任校长。因其博学善教，趋庭求学者甚众，很快门下桃李遍及三水各乡镇，吸引了一些向往新知、求知若渴的农家子弟。正因为新式学校的良好氛围和校长钱朗辰开明的思想，朗辰学校也成为邓熙农等共产党人传播革命思想、开展基础农民运动的绝佳地点。然而，也正因为朗辰学校在十里八乡的盛名，所以极易招致不法之徒。

　　四月的一个深夜，月黑风高，早春的三水刚从春耕的辛苦劳作中稍得喘息，田野早早在人们黑甜的睡梦中安静下来。然而，一阵急促的脚步声突然惊扰了夜的宁静，继而在朗辰学校的学生宿舍里传来尖锐的破门砸窗的声音，几声尖叫划破了夜空，但一切很快又归于死寂。仿佛只是谁在发酒疯，虽然扰人清梦，但大家对此倒也觉得稀松平常。等到了天亮，晨起敲钟的校工才惊恐地发现，全校所有的学生宿舍都已经人去楼空，床褥书籍撒了一地，桌椅四下散乱，除了几块窗户玻璃破碎之外，现场没有发现血迹。校长接到报告之后立刻派人到镇派出所和县警察局报案。如此诡异的案件很快传遍了全县，街头巷尾议论纷纷。案件发生后，从镇里到县里都曾派人查看现场，多方搜集线索查办，广州也派人专门督办此案。但由于当时社会治安状况普遍恶劣，且当权者关注重心多不在这毫无油水的学生失踪案，尸位素餐者也不在少数，因此虽然案情重大，但侦办进展缓慢。几天之后，有学生家长报称收到来历不明者传信，信中声称失踪学生是遭绑架掳走，要求支付赎金方可放人。至此人们才明白，原来这是南沙匪首李校纠结流匪犯下的一桩牵涉人数众多的绑架案。当晚失踪的学生共计四十余人，其中还包括驻校老师黄楚白，他们都是被闯入的匪徒们用刀械、火枪等胁迫离校，不知所踪，后来才知道匪徒将其藏匿于李校的老家南沙村。

　　案情虽已大白，但人质问题没有解决。朗辰学校虽然是一所私立学校，但入学者大多为出身农家的平民子弟，还有不少是依靠校长的资助求学的贫苦学生，动辄数百块大洋的赎金对他们的家庭来说实在是万难实现。因此，不论是苦主还是好事者，时限逼迫和愤怒之下，纷纷将怒火从抱怨当局侦办不利转向提供被掳学生家庭信息的人身上：四十多名被掳者，若不是内有奸细，匪徒如何能准确找到苦主？由此人们进一步推测，若不是早有内应，外县匪徒又如何能悄无声息地潜入乡间校园，神不知鬼不觉地将人掳走而不留下一丝线索？一时之间，流言四起，虽然各种说法荒诞不经，众人莫衷一是，但其中流传最广，甚至影响了整个事件走向的莫过于对案件中有关内应或奸细的猜测。而这种看似合理的猜测却间接或直接导致了两个无辜人的死亡。

一种流言是关于朗辰学校的毕业生陆伟昌。陆伟昌是三水青岐阁美村人，曾在朗辰学校读书，深受校长钱朗辰照顾，心中一直感念。小学毕业后他顺利升入三水县立中学继续学习，求学期间开始接触进步思想。1925 年，他回到青岐地区组织农民运动，向广大农友乡邻宣传第一次国共合作期间国民党所遵循的孙中山先生的联俄、联共、扶助农工三大政策。1926 年，在顺利开展农村讲习的基础上按照党组织的指示，陆伟昌在阁美村建立农会并成立农民自卫军，为进一步的革命运动做好准备。也正是在这一年的春天，在劫案发生之前他因故回到阔别数年的西南镇，特意返回母校探望曾经资助、教导过他的钱朗辰校长。陆伟昌返校后不久，学校就发生了这桩劫案。由于陆伟昌毕业多年之后又返回学校探望师长多少令人有些意外，而劫案的发生又颇不同寻常，因此就有些别有用心之人将"引狼入室"的罪名安在了他的头上，认为是他为匪徒带路行劫校园。

还有一种流言便是针对在当时的农运和工运活动中声名远播的邓熙农。邓熙农和陆伟昌一样，也曾在朗辰学校念书，校长钱朗辰还是他世伯，并且还早于陆伟昌升入三水县立中学，是该校的首届毕业生。邓熙农之所以被流言所伤，是因为他在第一次国共合作破裂后，在国民党发动反革命政变时为躲避追捕不得不暂时躲藏在南沙村。为取得匪首李校的信任，邓熙农便利用自己识文断字的优势，为被掳的几个学生写信，通知家人出钱赎身，因此也就被不明真相的群众怀疑是绑匪的同伙。再加上他与朗辰学校以及钱朗辰校长的关系，更坐实了他作为土匪一员负责写"打单信"（勒索书）的身份。

陆伟昌和邓熙农两人在劫案发生前后并无直接联系，却因为各种原因被人为地与这一耸人听闻的案件联系在了一起，一同蒙受了不白之冤。

含冤辩莫白，赤血荐轩辕

一般来说，坊间流言只不过是一些无关痛痒的猜测，既无证据也无情理，然而事态发展的走向和严重程度超乎了人们的想象。

1927年，第一次国共合作彻底失败，国民党在全国各地建立清理党务委员会，大肆捕杀共产党员及进步人士。三水县的革命形势也急转直下，先是陆伟昌刚建立不久的阁美村农会和农民自卫军被县清理党务委员会主任李国雄解散，随后查封了陆伟昌的居屋，陆伟昌本人也被通缉。直接参与追捕行动的除了李国雄之外，还有三水县谍报队队长刘精一。此人阴狠狡诈，本身就是半个土匪，投靠国民党反动派之后为追捕共产党人不遗余力，无所不用其极。在革命空间严重压缩、处境极其艰难的条件下，邓熙农仍千方百计、争分夺秒地开展工作。1928年底，邓熙农冒着被暴露的危险在南海、三水一带坚持领导农民运动，但敌人也紧追不舍，步步紧逼。县侦缉大队队长刘贞一与西区华警中队长林干栓带领几十个团丁包围云塘村，邓熙农不幸被捕。他被押解到县城河口时，适遇广三列车到站，下车旅客其众，他向行人高呼口号，宣讲要实行共产主义的道理。被捕后，侦缉队将他押回三水县看守所，但很快又转押到广州市公安局的广州南石头监狱。在敌人的审讯室里，邓熙农遭到了严刑拷打。一开始敌人以劫匪的名义要他认罪，被严词拒绝之后很快就暴露了他们反革命的嘴脸。几经审讯一无所获之后，敌人不得不将他移送到河南的"教育感化院"。虽名为"教育感化院"，但其实是关押国民党思想政治犯的集中营。在狱中，邓熙农遭到敌人的非人对待，但他每次受审都理直气壮地痛斥敌人，反置敌人于受审的境地。在刑讯中，邓熙农多次公开承认自己的身份，直言共产党人是为劳苦大众谋福利的，揭露国民党右派背弃孙中山的联俄、联共、扶助农工三大政策，篡夺革命领导权，破坏革命统一战线，勾结外敌屠杀共产党人和革命群众的可耻行径，斥责国民党右派与军阀政府都是城狐社鼠。邓熙农深陷牢狱，家人十分焦急，多方设法营救。反动当局允诺："只要他表悔改轻狂之意，就可以释放。"但邓熙农断然表示，绝不变志，决不屈膝求生！他不仅严词拒绝反动当局提出的引诱，而且严正宣布："只要一息尚存，就还要参加共产党的活动。如果要答应条件才可以放我出狱，那我就宁愿把牢底坐穿！"种种折磨非但没有磨损他的革命意志，反而更加坚定了他的共产主义信仰和对革命光明前途的信心。抱着必死之决心，他传出家信，嘱咐妻子不要为他忧伤，要教育好后代，鼓励家人坚信正义的事业一定会胜利。1930 年 1 月，刘精一再次以朗辰劫案为名将邓熙农押回三水县，目的就是要将邓熙农作为劫掠朗辰学校的刑事犯进行处理，刘精一伙同县长、法官等人在三水县审办这起案件。

为坐实邓熙农的罪行，敌人使出了卑劣的手段。按照当时的司法程序，刑事犯定罪量刑必须经过司法审判。庭审当日，刘精一以暴力手段逼迫校长钱朗辰出庭作伪证，指认邓熙农为劫匪同伙。万般无奈之下，钱朗辰校长不得不带领两个学生出庭，在敌人的监视和逼迫之下指认。担任审判法官的是县长邓昙的女婿，为尽快摆脱此案的压力，他仅凭漏洞百出的证人证词就认定此案有人证可据，认定邓熙农有罪，并判处死刑。邓熙农识破了敌人的虚伪伎俩，不仅拒不认罪，而且当庭痛斥他们草菅人命。整个庭审过程草草结束，连证人签字画押的书面证词都没有，显然完全是为了杀人而走的过场。

年仅 29 岁的邓熙农就这样被国民党反动派以莫须有的罪名和比这罪名更拙劣的伎俩所审判，于 1930 年农历十月初五押赴三水县旧县城北门的教场处决。临刑前，邓熙农被押在囚车上沿着县城一路前行，沿途无数群众为他送行。他虽然被折磨得遍体鳞伤，但面无惧色，一路高呼"中国共产党万岁""打倒国民党反动派""共产主义必胜"。场面极其悲壮，在场群众无不为之落泪，悲愤之情几乎难以自抑。

英雄壮烈牺牲之际正值春节。那一年正月，三水格外冷，田野里的风吹得人睁不开眼，河涌里的潜流也被搅得掀起愤怒的波浪，拍打着两岸的河堤，仿佛在为这个三水的儿子呐喊、

呼号，一声接着一声。

尽管陆伟昌、邓熙农已经牺牲，但是关于朗辰劫案的猜测和中伤并没有停止，随后的五六年里仍不时有人议论。然而，事实的真相究竟如何呢？根据后来侥幸获释的人质、朗辰劫案的亲历者之一黄楚白老师所说，陆伟昌是因逃避反动派追捕而暂时落脚于南沙乡，因与当地盘踞南沙乡的匪首李校有一点儿亲戚关系，他到了南沙乡后不久便经人介绍到李校处做看守，负责管理被掳的学生，以掩人耳目。陆伟昌因此得以在南沙隐蔽下来。当时黄楚白老师与几个被掳学生同居一屋。一次偶然的机会，黄老师在门口瞥见陆伟昌经过，作为三水中学的校友，他一眼便认出了陆伟昌。两人在患难中相逢，百感交集。后来在陆伟昌的求情帮助下，李校同意释放黄楚白。一天夜里，陆伟昌按照匪徒的要求，用黑布紧紧蒙住黄楚白的眼睛，趁着夜色将他送出村外四五里。临别前陆伟昌反复叮嘱："千万别泄露我的名字。"两人就此别过，再无联系。黄楚白侥幸逃离之后，先是返回西南镇，后来趁乱去往香港，一直到 1980 年才从香港返乡探亲，人们这才从他口中得知真相，得知陆伟昌在这场轰动一时的案件中所扮演的角色。而邓熙农则根本是国民党反动派为掩人耳目，假借刑案之名行政治迫害之实，在多次刑讯无果的情况下罗织罪名将其残忍杀害。而该案真正的同伙和内奸经查是朗辰学校的看门人，也是校长钱朗辰内姜的舅舅，他收受匪徒的贿赂二百两白银，在当天夜里开门揖盗，导致绑架案的发生。至此，轰动一时的三水朗辰学校绑架案的真相终于水落石出。事实证明，此事与邓熙农、陆伟昌根本无关，而两人的牺牲完全是国民党反动派蓄意迫害所致。

呜呼，英雄已逝，浩气长存！

（本文系根据何锡安、黄爱卿、谭桂贤撰述文献采写）